Ribbys Geheimnis

Cathy McGough

Stratford Living Publishing

WAS DIE LESER SAGEN

USA:

"Die ganze Geschichte ist manchmal süß, aber die meiste Zeit ist sie erschreckend. Der Autor hat eine interessante Art, eine Geschichte zu erzählen und hat dieses Buch sehr unterhaltsam gemacht."

"Wie Bernheimer ist auch McGoughs Erzählstil vielleicht nicht für jeden geeignet. Man muss schon eine Menge Unglaubwürdigkeit walten lassen, um Angelas Anwesenheit und einige Ereignisse und Situationen in der Handlung zu akzeptieren. Ich glaube, die Mühe lohnt sich. Ich freue mich darauf, mehr von diesem Autor zu lesen."

"Eine unterhaltsame und verstörende Lektüre, die das Versprechen eines psychologischen Haushaltsthrillers einlöst."

"Ein düsterer, psychologischer Thriller, der dich in Atem hält und dich nicht mehr loslässt, bis du das Ende erreicht hast!"

"Wow! Was für eine Fahrt war das! Die Art und Weise, wie diese Geschichte erzählt wird, wird dich fragen lassen, was gerade mit dir passiert ist."

"Das ist eine echte Psycho-Horrorgeschichte für Frauen, die mit trockenem Humor erzählt wird."

UK:

"Ribby birgt so viele Geheimnisse. Eine schöne, aber traurige Geschichte."

"Ribbys Geheimnis ist eine interessante und unterhaltsame, aber auch verstörende Geschichte, die es wert ist, gelesen zu werden.

"Gut geschrieben, mit fesselnden Charakteren und einer faszinierenden Reise".

Inhalt

"Meine Geheimnisse schreien laut.

Ich habe kein Bedürfnis nach Zunge.

Mein Herz ist ein offenes Haus,

Meine Türen sind weit geöffnet."

Theodore Roethke

Für imaginäre Freunde und diejenigen, die sie brauchen

GEDICHT: AN DER OBERFLÄCHE

Spiegel,
Du spiegelst
mich mit der Entlassung
Überall
über mich
ist fleischliche
farbige Ungewissheit.
Spiegel,
Du spottest
Perfektion
Mit dieser zurückhaltenden
Reflexion
Und das
ist das Ergebnis immer dasselbe
In deinem
Rahmen: Ich bleibe unverändert.
Geschrieben

zwischen den Zeilen
Verkleidet
poetisch
Unausweichlich
bietet
Fließen
unharmonisch.
Spiegel: I
halte mich an das, was ich sehe
Denn ich bin
du, durch und durch
Aber manchmal
Reflexion
wünsche ich mir, dass
ich dir ähneln würde.

Prolog

ALS ER SICH AUF sie stürzte, bohrte sich der Schlüssel, den sie in der Hand hielt, direkt in seine Augenhöhle. Er schrie und wimmerte, als sein Unterleib mit ihrem Knie zusammenstieß. Als sie den Schlüssel aus seinem Auge zog, erschrak sie über das schmatzende Geräusch. Während das Blut über sein Gesicht floss, schluchzte er und wälzte sich in seiner Leistengegend. Sie stach den Schlüssel in die Seite seines Halses und traf dabei eine Arterie. Das Blut spritzte wie Wasser aus einem Feuerwehrschlauch.

Sie ging ein paar Schritte von der Leiche weg und tauchte ihre Zehen ins Wasser. Ab und zu warf sie einen Blick auf ihn zurück. Bis er sich nicht mehr bewegte. Sie ging zurück und lauschte, um zu sehen, ob er tot war: Er war es. Endlich. Sie rollte ihn, wie einen Sack Kartoffeln, immer tiefer ins Wasser. Mit jedem Stoß schien der Leichnam leichter und leichter zu werden.

Archimedes hatte Recht.

Als er so weit draußen war, wie es ihr möglich war, schwamm sie zurück zum Ufer, sammelte ihre Sachen ein und zog sich um.

Seine Sachen ließ sie dort liegen, wo er sie fallen gelassen hatte.

Als die Sonne des neuen Tages den Himmel feuerrot färbte, kehrte sie ins Wasser zurück.

Sie suchte das Ufer ab und sah keine Spur von ihm. Sie tauchte den Schlüssel ins Wasser, um das Blut abzuspülen, und machte sich dann auf den Heimweg. Nach einer langen Dusche schlief sie wie ein Baby.

KAPITEL 1

DIES IST DIE GESCHICHTE einer Frau, die zu nett für ihr eigenes Wohl war: bis sie es nicht mehr war.

Der Tag von Ribby Balustrade begann immer auf die gleiche Weise: Ihre Mutter drohte, ihr Frühstück an den Wolfshund Strolchi zu verfüttern, wenn sie sich nicht beeilen würde.

Ribby, deren Garderobe sich auf die abgelegten Kleidungsstücke ihrer Mutter beschränkte, zog sich das geblümte Muumuu über den Kopf, stieg in ihre Jesus-Sandalen und bürstete sich die Haare, was nicht lange dauerte. Trotzdem schaffte sie es selten rechtzeitig nach unten.

Martha Balustrade gehörte nicht zu den Müttern, die sich an einen festen Zeitplan halten. Das Frühstück würde zubereitet werden. Was und wann, wurde an dem Tag entschieden.

Der Gewinner dieses nicht enden wollenden Küchendebakels war Strolch.

"Ist schon gut, ich habe sowieso keinen Hunger", log Ribby, als sie dem Hund einen Klaps auf die Stirn gab und das Haus verließ.

Ribby beschäftigte sich nicht mit diesen Ereignissen, ihrem ganz eigenen Murmeltiertag. Stattdessen beeilte sie sich, durch den Park zur Hauptstraße zu kommen.

Das Buswartehäuschen stank nach Urin und Kaffee. An einem Tag wie heute war sie froh, nicht gefrühstückt zu haben, denn der Gestank brachte sie sogar jetzt noch zum Würgen. Sie konnte es kaum erwarten, zur Arbeit in der Bibliothek zu kommen.

Als der Bus ankam, zeigte sie ihre Presto-Karte und machte sich auf den Weg zu ihrem üblichen Sitzplatz ganz hinten. Ihr Magen knurrte, während der Bus rumpelte und ab und zu anhielt, um neue Fahrgäste aufzunehmen. Als sie in der Innenstadt von Toronto ankam, stieg sie aus und eilte in den Laden an der Ecke, um sich einen Schokoriegel zu kaufen und dann zur Bibliothek zu gehen.

Ribby war stolz darauf, dass sie nie zu spät kam. Wenn man in einer Bibliothek arbeitete, durfte man einfach nicht zu spät kommen. Wenn man zu spät käme, würden Horden ungeduldiger Kunden den Eingang verstopfen. Und so war es auch, als sie eintrat und die außergewöhnlich lange Schlange sah, mit Mr. Filchard an der Spitze.

"Guten Morgen, Mr. Filchard. Wie kann ich Ihnen helfen?"

"Guten Morgen, lieber Ribby. Oh, was würde ich nur ohne dich tun? Alle anderen sind immer so beschäftigt, beschäftigt, beschäftigt, aber du, mein Lieber, du nimmst dir immer Zeit, einem alten Mann zu helfen."

"Ich mache nur meine Arbeit", sagte Ribby. "Also, was suchst du heute?"

"Könntest du bitte näher kommen? Es ist ein ziemlich unhöfliches Buch: Wendekreis des Krebses. Kennen Sie es?"

"Ja, Mr. Filchard. Es ist ein Klassiker."

"Wirklich? Ich habe gehört, dass es... ach, egal; wenn es ein Klassiker ist, dann muss ich ja nicht mehr flüstern, oder?"

"Nein, es gibt viel umstrittenere Bücher", lächelte sie und erinnerte sich an das Tohuwabohu um Fifty Shades of Nonsense.

"Das Problem ist, dass ich keine Ahnung habe, wer es geschrieben hat, meine Liebe. Du kennst mich doch, ich komme aus dem finsteren Mittelalter und kann mit diesen verdammten Computerdingern nicht umgehen." Er lachte. "Wärst du so lieb und würdest es für mich nachschlagen?"

"Es ist von Henry Miller", sagte sie, während sie sich in die Datenbank einklickte. "Ja, es ist oben im Belletristik-Gang erhältlich."

"Ich schaue es mir zuerst an. Henry Miller, sagst du. Nie von ihm gehört!"

"Um ehrlich zu sein, war ich nicht besonders beeindruckt, als ich es gelesen habe. Die Kritiker und Rezensenten hielten es zu seiner Zeit für brillant. Es gibt ein paar grobe Stellen."

"Danke, Ribby. Ich wünsche dir einen schönen Tag."

"Gern geschehen", sagte sie, als er sich auf den Weg machte.

Die anderen wartenden Kunden bediente sie im Alleingang. Nachdem sie den letzten Kunden bedient hatte, räumte sie den Tresen auf.

Jetzt, wo alles ruhig war, machte sich Ribby eine Tasse Kaffee und kehrte an ihren Schreibtisch zurück. Auf dem Rückweg blieb sie kurz stehen, um das Rauschen des Wassers wahrzunehmen. Der Architekt der Bibliothek hatte mit dem Brunnen die Außengeräusche übertüncht und damit einen Anreiz geschaffen. Manche Städte schlossen ihre Bibliotheken, aber Toronto war anders. Das Gebäude selbst war ein Überlebenskünstler. Selbst die Plünderungen nach dem Krieg von 1812 konnten seinen Geist nicht brechen.

Sie nahm einen Schluck Kaffee, blieb einen Moment stehen und schaute auf die Treppe. Sie sah cool aus, mit den Leuten, die rauf- und runterkamen, aber der Aufzug war wirklich praktisch, wenn man ihn brauchte.

Oben im Treppenhaus sah sie, wie Mr. Filchard sich auf den Weg nach unten machte. Er war schon fast unten und hatte eine Hand an seinem Buch und die andere an seinem Bibliotheksausweis. Sie blieb stehen und wartete auf ihn. Er war ein wenig außer Atem.

"Nächstes Mal nehme ich auf jeden Fall den Aufzug", sagte Mr. Filchard.

Sie machten sich auf den Weg zum Auskunftsschalter, wo Ribby seinen Ausweis abstempelte.

"Dreckiger alter Mann!" flüsterte Amanda, eine Arbeitskollegin, als er das Gebäude verließ. "Der macht mir eine Gänsehaut."

Ribby ignorierte ihren Kommentar. Sie nahm einen Arm voller Bücher, stellte sie auf einen Wagen, schob ihn in den Aufzug und fuhr in den dritten Stock. Sie ging von Regal zu Regal und ordnete die Bücher ein. Als sie ein Buch in der Nähe des

Fensters neu einordnete, fiel ihr ein Blitz von der anderen Straßenseite auf. Ein junger Mann Anfang zwanzig, der von Kopf bis Fuß in Jeans gekleidet war, schritt auf sie zu. Das Sonnenlicht glitzerte auf seinen Nasenringen und den Ketten, die sie an seinen Ohren befestigten.

Ribby beobachtete ihn weiter, während er die Treppe hinaufging. Neugierig beeilte sie sich, ins Erdgeschoss zu kommen.

Allein der Gedanke, ihn zu bedienen, ließ ihr Herz höher schlagen. Sie war noch nie so nah an einem Typen dran gewesen, der so viele Löcher im Kopf hatte. Ribby war sich sicher, dass auch andere tief in ihrem Innern versteckte Löcher und emotionale Wunden hatten. Wie Vincent Van Gogh, der seinen Schmerz nutzte, um Gefühle auszudrücken. Die Vorstellung, den eigenen Körper als Kunst zu benutzen, machte ihr Angst und faszinierte sie zugleich.

Als sie wieder am Schreibtisch ankam, beobachtete sie ihn. Er stand in der Eingangshalle wie ein kleiner Junge, der sich verlaufen hat. Wie ist seine Stimme, fragte sie sich?

Sie stellte sich hinter die Akquisitionsabteilung, wo sie aufräumte. Er hatte sich nicht einen Zentimeter bewegt. Sie hustete, dann stellte sie sich unter das Schild "Hilfe/Information". Ihre Blicke trafen sich.

"Kann ich Ihnen helfen?" fragte Ribby mit geröteten Wangen und verschwitzten Handflächen.

"Äh, ja, das hoffe ich", sagte er mit lauter Stimme.

"Bitte sprich leiser", sagte sie.

"Oh, okay. Entschuldigung. Ich suche ein Buch, aber ich weiß nicht, wie es heißt."

"Weißt du, wer es geschrieben hat?"

"Nein."

"Kannst du mir sagen, worum es in dem Buch geht?"

"Ja, ja, das weiß ich, das weiß ich ganz sicher. Es geht um die Zukunft. Als der Mann es schrieb, war es seine Zukunft. Für uns ist es unsere Vergangenheit. Es kommt Big Brother darin vor. Nicht die Fernsehshow, sondern eine andere Art von Big Brother." Er lachte über die clevere Art und Weise, wie er die Vergangenheit und die Gegenwart miteinander verbunden hatte. Ribby lachte auch.

"Oh, du meinst 1984 von George Orwell?"

"Ja, das klingt richtig. Orwell. Ausgezeichnet. Ist es drin?"

"Einen Moment bitte", sagte Ribby und tippte es in den Computer. Er war drin und Ribby ging los, um ihn zu suchen. Der junge Mann lief hinter ihr her.

Als sie das Buch in der Hand hatte, kehrten sie zur Rezeption zurück. Ribby bestätigte, dass er sich ausweisen konnte und stellte ihm einen Bibliotheksausweis aus.

Nachdem die Transaktion abgeschlossen war, steckte er die Karte in seine klapprige Brieftasche. Er bedankte sich bei Ribby und schlenderte in Richtung Ausgang. Seine zerrissenen Bluejeans hingen durch, genau wie Ribbys Gemütszustand.

$$***$$

ALS DIE SCHICHT ENDLICH vorbei war, eilte Ribby aus dem Gebäude. Jeden Montag arbeitete Ribby freiwillig im Kinderkrankenhaus. Sie tanzte und sang. Sie tat alles, was sie konnte, um die Stimmung zu heben. Sie liebte die Kinder, und sie schienen das zu erwidern. Jede Woche wählte sie ein Kind aus, das im Mittelpunkt der Aufmerksamkeit stand. Heute war Mikey Landers an der Reihe und sie durfte nicht zu spät kommen.

In ihrer linken Hand trug Ribby ihre Zaubertasche. Die Kinder waren immer ganz aufgeregt, wenn sie ihre Hand hineinstecken durfte. Darin befanden sich Kostüme, Musikinstrumente, Gesichtsbemalung, Luftballons, Schmuckstücke und Schminke.

Als sie endlich auf der Kinderstation ankam, hüpfte sie in Mikeys Zimmer. Seine Eltern saßen, einer auf jeder Seite des Bettes, und hielten die Hände ihres Sohnes in einem Haufen von Fingern und Handflächen fest. Mit ihren freien Händen wischten sie sich die Tränen weg. Mikey schlief schon, also ging sie leise weg.

Ribby versuchte, nicht an die Traurigkeit zu denken, die in Mikeys Zimmer in der Luft hing. Mikey und seine Familie hatten so viel durchgemacht.

Sie verdrängte es in den hintersten Winkel ihrer Gedanken. Ribbys Aufgabe war es, die Kinder und ihre Familien aufzumuntern. Sie würden schon auf sie warten. Sie setzte ihr fröhlichstes Gesicht auf.

Billy und Janie Freeman stießen einen Schrei aus, als sie Ribby den Flur entlang kommen sahen. "Sie ist da! Sie ist da!", riefen sie. Eine Welle der Freude erfüllte den Korridor. Die Kinder und ihre Familien bildeten im Gemeinschaftsraum einen Kreis um sie.

Ribby sang eine selbst komponierte Nummer namens Jump Like A Caribou und spielte in den passenden Momenten auf dem Kazoo:

JUMP JUMP JUMP

WIE EIN KARIBU!

Ribby setzte einen Zug in Gang und die Kinder, die laufen konnten, fielen hinter ihr ein.

HÜPFEN HÜPFEN HÜPFEN

WIE EIN KARIBU

Der alte Zug endete und Ribby bildete eine Reihe mit den Kindern, die in Rollstühlen oder auf Krücken saßen. Die Kinder sangen oder winkten oder stampften mit den Füßen. Alles, was sie tun konnten, um in das Lied einzustimmen und Lärm zu machen.

JUMP JUMP JUMP

WIE EIN KARIBU!

Als das Lied zu Ende war, riefen sie: "Noch mal! Nochmal!"

Das Lied war den Kindern vertraut, denn Ribby sang es oft mit verschiedenen Tieren wie dem Känguru, dem Kakadu, dem Kakadu und sie hatte sogar eine Version, die einen Besuch im Zoo beinhaltete.

Ribby verbeugte sich und ging direkt zu einer anderen Melodie über. Es machte ihr Spaß, die Dinge zu vermischen. Sie ließ die Leute im Ungewissen. Als die Energie im Raum abflaute, wechselte sie den Kurs und fragte nach Wünschen für Ballonformen. Sie sang, während sie die Ballons in Tierformen zog und drehte. Der beliebteste Wunsch war eine Karibu-Mutter mit ihrem Kalb, was sie sehr beschäftigte, denn es war eine schwierige Aufgabe.

Die Kinder, die Luftballons haben wollten, bekamen sie und es war Zeit für Ribby zu gehen. Sie begann, ihre Tasche zu packen, als Mikey Landers hereinkam und auf die Räder seines Stuhls klopfte. Seine Mutter lief hinter ihm her und hatte Mühe, ihn einzuholen. Mikey war sauer, das konnte sie sofort sehen. Sie ging zu ihm und bot ihm mit ausgestreckter Hand einen Tierluftballon an.

"Ich hätte dich fast verpasst, Ribby! Du hättest mich wecken sollen. Du hast versprochen, diese Woche in meinem Zimmer aufzutreten! Ich war an der Reihe!" Tränen liefen ihm über die Wangen, als er die Arme verschränkte und ihr Friedensangebot ablehnte.

Sie senkte ihre Hand, kniete sich auf seine Höhe und sagte: "Tut mir leid, Sportsfreund. Ich bin so froh, dass du wieder auf den Beinen bist", —sie sah seine Eltern an— "aber du hast geschlafen, als ich vorbeikam, Kleiner. Ich weiß, wie sehr du deinen Schönheitsschlaf brauchst! Du stehst ganz oben auf der Liste für nächste Woche, okay?"

"Versprochen?" Er verschränkte seine Arme.

"Ich schwöre es und hoffe, dass ich sterbe." Ribby wünschte sich, sie könnte diese Worte zurücknehmen und sie herunterschlucken. Wenn es möglich wäre, ihr Leben gegen seins zu tauschen, hätte sie es ohne zu zögern auf der Stelle getan.

Mikey hatte den Fauxpas nicht bemerkt und streckte schließlich die Hand aus, um ihr Geschenk anzunehmen.

Nachdem sie es ihm überreicht hatte, verabschiedete sich Ribby. Auf dem Weg aus dem Zimmer sagte sie: "Bis nächste Woche, Rugrats!"

Ribby konnte ihre Tränen zurückhalten, bis sie aus dem Gebäude war. Da sie keine Taschentücher hatte, benutzte sie ihren Ärmel. Als sie die Bushaltestelle erreichte, hatte sie es geschafft, sich zu beruhigen.

Jede Woche hatte sie sich geschworen, nicht zu weinen. Kinder sollten draußen spielen und Spaß haben. Sie sollten sich keine Sorgen machen müssen, krank zu sein oder zu sterben. Wenn sie ihnen diesen Schmerz nehmen konnte ... und sei es auch nur für kurze Zeit, dann war es die Fahrt auf der Achterbahn der Gefühle wert.

∗∗∗

D ER BUS WÜRDE ERST in fünfzehn Minuten kommen. Sie eilte zum Laden an der Ecke, weil ihr Magen knurrte. Salzig oder süß? dachte sie. Hinter der Theke entdeckte sie eine Reihe von Zigaretten. Neugierig fragte sie nach einer Schachtel.

"Welche Sorte, Lady?"

Sie warf einen Blick auf die Namen. "Cools", sagte sie.

"Haben Sie schon ein Feuerzeug?", fragte der Verkäufer. Ohne auf eine Antwort zu warten, legte er eine Packung Streichhölzer auf die Cools. "Die Streichhölzer gehen aufs Haus", sagte er, als Ribby ihm das Geld übergab. Er gab das Wechselgeld zurück.

Das plötzliche Grinsen des Kassierers, das einer Grimasse glich, beunruhigte sie. Sie verließ den Laden fluchtartig. Zurück an der Bushaltestelle riss sie die Zigarettenschachtel auf und zündete sich eine an. Sie inhalierte tief, wie eine Schauspielerin, die eine Rolle spielt. In den Filmen sah es so einfach aus. In Wirklichkeit war es schwer, sich nicht zu übergeben. Nach dem ersten Zug blies sie den Rauch aus und Entspannung machte sich in ihr breit.

Als der Bus ankam, steckte sie das Päckchen in ihre Handtasche und setzte sich auf ihren üblichen Platz hinten. Sie dachte daran, wie unanständig es sein würde, im Bus von Stan the Man eine Zigarette zu rauchen.

Stan the Man war ein ziemlicher Nazi und ein bekannter Tyrann. Sie hatte es selbst gesehen. Er brüllte Kinder an, weil sie ihre Füße auf die Sitze stellten. Er warf sie bei eisiger Kälte aus dem Bus, als hätten sie einen Mord begangen.

Einmal hatte eine kleine alte Dame ihre Taschen auf dem Sitz neben ihr abgestellt. Er verlangte von ihr, sie zu entfernen, obwohl niemand den Platz brauchte. Als sie dem nicht nachkam, warf er sie aus dem Bus.

Ribby konnte sich noch gut an ihr pflaumenartiges Gesicht erinnern, das aufblickte, als der Bus sich in Bewegung setzte. Die Frau hatte ihren Mittelfinger so hoch erhoben, wie es ihr kleiner Körper zuließ, und rief: "Fick dich!"

Ribby war von dem Vorfall so schockiert, dass sie von diesem Tag an immer hinten im Bus saß. Dort konnte sie unsichtbar sein. Sie konnte wie eine Fliege an der Wand beobachten, ohne Aufmerksamkeit auf sich zu ziehen. Sie wollte nichts tun, was Stan the Man verärgern könnte.

Andererseits konnte Stan auch nicht alles sehen. So wie der Mann, der sich in der Nase bohrte und sie am Sitz abwischte. Sie hat es gesehen, aber Stan nicht. Ribby lachte. Stan the Man warf ihr einen Blick in den Rückspiegel zu. Sie hörte auf zu lachen. Wie sicher war Stans Fahrkönnen? Er war so besessen von seinen Fahrgästen, dass es ein Wunder war, dass er nicht in einen Unfall verwickelt wurde.

Ribby griff in ihre Handtasche. Sie überlegte, ob sie eine Zigarette herausziehen sollte. Würde Stan das merken? Würde er sie aus dem Bus werfen? Es war dunkel und es war zu weit nach Hause, um zu laufen. Sie schloss ihre Handtasche. Sie konzentrierte sich auf die Sterne vor dem Fenster.

Als sie zu Hause ankam, öffnete sie die Tür und sofort ertönte Gelächter aus der Küche. Ihre Mutter hatte oft Herrenbesuch zu Besuch. An diesem Abend war es nicht anders.

Tom Mitchell saß ihrer Mutter gegenüber am Tisch. Ribby nickte in Toms Richtung. Sie spürte, wie Toms Augen sie entkleideten. Er sah sie immer so an. Ihre Mutter schien das nicht zu stören.

"Hallo, Ribby", sagte Tom. "Schön, dich wiederzusehen."

Ribby drehte den Wasserhahn zu, holte tief Luft und stellte sich an den Tisch.

Ihre Mutter wartete auf eine Antwort.

Und Tom auch.

"Na dann", sagte Tom und stand auf. "Ich gehe jetzt besser, Martha. Es war wie immer sehr schön, dich zu sehen." Er schob seinen Stuhl zurück und schob seine Baseballkappe in ihre Richtung.

Tom machte einen Schritt auf Ribby zu. "Und du auch, Ribby, auch wenn du dich für zu groß und mächtig hältst, um den Verehrer deiner Mutter zu begrüßen, mag ich dich trotzdem."

Ribbys Mutter lachte, ein lautes und tiefes Bauchlachen. "Oh Tom, unsere Ribby hat Angst vor ihrem eigenen Schatten. Das macht nichts. Ich bin mir sicher, dass sie dich auch mag." Sie drehte sich zu ihrer

Tochter um. "Stimmt's, Ribby? Du magst meine Beaus immer."

Ribby schluckte das Glas Wasser hinunter. Sie griff in ihre Handtasche und berührte die Zigarettenschachtel. Ein Geheimnis zu kennen, gab ihr ein Gefühl von Macht. Sie ging ins Wohnzimmer.

Tom und Martha flüsterten im Eingangsbereich, während sie in einer Zeitschrift blätterte. Bald hatte sie genug von den skandalösen Schlagzeilen und nahm die Fernbedienung des Fernsehers in die Hand und klickte sich durch die Kanäle. Die Haustür knallte zu.

"Ich wünschte, du wärst netter zu meinen Freunden", sagte Martha, als sie sich auf das Sofa plumpsen ließ. "Schließlich brauchen wir in diesem Leben Freunde und Tom war immer gut zu uns."

"Was gibt's zum Abendessen, Ma?"

"Ich hatte den ganzen Nachmittag Besuch. Keine Zeit zum Kochen, Tochter, und ich bin am Verhungern", Martha leckte sich über die Lippen. "Ich bin absolut, absolut und völlig ausgehungert."

"Dann lass uns was bestellen", sagte Ribby. "Wir können uns speziellen gebratenen Reis, ein paar Frühlingsrollen und Zitronenhühnchen holen, die wir uns teilen."

"Ja, das wäre mir recht", sagte Martha und schnappte Ribby den Fernseher aus der Hand. Sie zeigte auf ihn und klickte schnell und wütend.

"Ich gehe zu Mrs. Engle und rufe an."

"Mach das, Tochter, mach das", sagte Martha, während sie sich ein Glas Whiskey einschenkte. Sie schüttete ein wenig Soda hinein. Sie griff in den Mini-Kühlschrank und holte den Eiswürfelbehälter heraus. Sie warf zwei Würfel hinein, nahm einen Schluck und seufzte.

Als Ribby zurückkam, sagte Martha. "Du bist eine gute Tochter, die meiste Zeit." Martha nahm noch einen längeren Schluck. "Ohne deinen Lohn wären wir obdachlos, um die Hypothek zu bezahlen und Essen auf den Tisch zu bringen." Martha rührte ihr Getränk mit ihrem Finger um. Die Eiswürfel klirrten gegen das Glas.

Ribby zappelte ein wenig. Bei diesem Gespräch fühlte sie sich immer unbehaglich.

Als die Werbung anfing, fragte Martha: "Gibt es schon was zu essen? Der Whiskey nagt an meinem Bauch."

"Er hat dreißig Minuten gesagt, Mama."

"Dreißig Minuten, bei Gott, dreißig Minuten sind zu lang, um auf ein bisschen Reis zu warten!" Martha schlug mit der linken Faust auf die Armlehne des Stuhls. Ihr rechter Arm blieb oben, um ihr Glas Whiskey nicht zu verletzen.

"Ich kann jetzt nicht absagen. Bleib ruhig sitzen und sieh dir dein Programm an, dann ist es schneller da, als du denkst."

Martha machte sich an der Bar zu schaffen und füllte mehr Whiskey und Eis nach. Zurück auf der Couch hatte sie sich damit abgefunden, auf ihr Abendessen zu warten.

Wenigstens musste sie nicht dafür singen, dachte Ribby mit einem schiefen Grinsen.

$$\ast\ast\ast$$

MARTHA BLÄTTERTE DURCH DIE Kanäle. Ribby wartete in der Eingangshalle auf den Zusteller.

Sie griff in ihre Handtasche und zog eine Zigarette heraus. Sie steckte sie unbeleuchtet zwischen ihre Lippen und betrachtete ihr Spiegelbild. Wenn ihr Haar nicht so neutral und ihr Teint nicht so verwaschen wäre, könnte sie durchaus elegant aussehen. Vielleicht.

Als es an der Tür läutete, ließ sie vor Schreck fast die Zigarette fallen.

Martha rief: "Nimm das, Ribby!"

Sie schob die Zigarette in ihre Handtasche.

Wieder Bing-Bong.

"Tochter? Töchterchen! Bist du da?"

"Ja, Mama, ich hole das Geld." Sie öffnete die Tür.

"Guten Abend", sagte der Lieferjunge.

Er erkannte sie nicht, aber sie kannte ihn. Der Typ aus der Bibliothek mit den Piercings und Tattoos.

"Das macht dann 32,50 $", sagte er.

Ribby übergab 35,00 $. Er sah anders aus, als er auf ihrer Veranda stand. "Behalte den Rest", sagte sie, als sie die Tür schloss und immer noch an ihn dachte.

"Es muss kalt werden, Rib!" sagte Martha, riss ihr die Tasche aus der Hand und ging in die Küche.

Ribby hängte ihre Handtasche wieder an den Haken und notierte sich, dass sie sie mit nach oben nehmen würde, wenn sie ins Bett ging. Martha durfte die Zigaretten auf keinen Fall finden.

Zurück im Wohnzimmer aßen sie ihr Abendessen auf dem Fernsehtablett. Die beliebte Spielshow Jeopardy! begann.

Ribby und Martha lieferten sich jedes Mal einen Wettstreit. Wer die Antwort zuerst wusste, schrie sie heraus.

"Was ist New York", rief Ribby.

"Was ist L.A.!" rief Martha. Sie lag falsch.

"Ich habe es dir gesagt", sagte Ribby. "Jeder weiß das, Mutter."

Martha griff über den Tisch und verpasste ihrer Tochter eine Ohrfeige. Der Schlag war so hart, dass das Fernsehtablett mitsamt seinem Inhalt durch die Gegend flog. Ribbys Stuhl kippte nach hinten und ihr Kopf schlug mit einem dumpfen Schlag auf den Couchtisch. Dann schlug er mit einem dumpfen Aufprall auf dem Boden auf.

"Das wird dich lehren", sagte Martha, "dass du respektlos bist. Das ist mein Haus. Wer bist du, dass du mir sagst, ob ich Recht oder Unrecht habe!"

"Aber Mama", flüsterte Ribby. "Er hat gesagt..."

"Es ist mir scheißegal, was er gesagt hat. Ich gehe jetzt ins Bett. Mach mir eine Tasse Tee, wie immer, und bring ihn hoch."

"Okay, Ma", sagte Ribby.

Ribby ging in den Barbereich. Sie hob die Flasche auf, ging in die Küche und setzte den Wasserkocher auf den Siedepunkt. Sie warf einen Teebeutel in eine Tasse und goss das heiße Wasser zu einem Viertel ein. Nachdem der Tee gezogen hatte, fügte sie eine halbe Tasse Bourbon hinzu, gefolgt von zwei Teelöffeln Zucker.

Auf dem Weg die Treppe hinauf beschloss sie, etwas ganz und gar Un-Ribby-mäßiges zu tun.

Sie bewegte ihre Zunge im Mund herum, sammelte Speichel und ließ ihn in ihre Wangen spritzen. Als sie genug hatte, spuckte sie in die Tasse ihrer Mutter.

Sie beobachtete, wie sie auf der Oberfläche schwamm, dann rührte sie um und stellte sie auf dem Nachttisch ab. Sie lächelte, als sie das oberste Laken herunterzog, dann die Decken, wie sie es jeden Abend tat.

Martha kam aus dem Bad. "Du bist manchmal eine gute Tochter."

Ribby sagte nichts. Sie half ihrer Mutter aus den Kleidern und in ihr Nachthemd. Die Füße ihrer Mutter waren kalt. Ribby massierte sie mit etwas Öl, bevor sie ihre Hausschuhe über das alte Fleisch schob.

Auf dem Weg nach draußen warf Ribby einen Blick über ihre Schulter zurück. Martha nahm einen Schluck des verarzteten Tees und seufzte dann.

Ribby hielt das Lachen zurück, bis sie in ihrem Zimmer war.

Dann lachte sie so laut, dass sie das Geräusch mit ihrem Kissen dämpfen musste.

KAPITEL 2

ALS SIE AUFWACHTE, SETZTE Ribby sich auf und dachte über die vergangene Nacht nach. Sie lachte und hörte, wie ihre Mutter wie üblich unten herumstampfte.

"Das Frühstück ist in zehn Minuten fertig", rief Martha.

Ribby schaffte es, das meiste davon zu verdrängen. Immer das Gleiche. Immer dasselbe.

"Ich habe keinen Hunger, Mama", rief Ribby und bürstete sich die Haare. "Außerdem muss ich heute früh zur Arbeit."

Ribby hörte zu, wie ihre Mutter sie ausschimpfte. Sie fuhr sich mit der Bürste durch die Haare und hielt plötzlich inne, als unten ein Gackern ertönte. Dieses Lachen war beunruhigend. Martha lachte morgens nur selten, es sei denn, einer ihrer Verehrer war da.

"Bis dann, Ma!" sagte Ribby, als sie die Küche verließ und direkt zur Tür ging. Draußen bemerkte sie einen Lieferwagen, in dem ein Mann saß und wartete. Auf der Seite des Wagens stand der Name des Unternehmens: Attics-R-Us.

Das Wort "Dachboden" erinnerte sie an das letzte Mal, als sie dort oben gewesen war. Allein der

Gedanke daran ließ sie frösteln und zittern. Sie löschte die Erinnerung und schloss sie mit einem Schlüssel in der Bibliothek ihrer Fantasie weg.

Sie machte sich auf den Weg zur Bushaltestelle. Sie schaffte es gerade noch rechtzeitig. Sie kletterte in den Bus und starrte aus dem Fenster, während die Welt an ihr vorbeirauschte. Ihr Magen knurrte. Sie wurde immer hungriger. Sie ignorierte den Heißhunger, denn sie wollte jeden Cent für den Ausflug ins Einkaufszentrum sparen. Heute war der Tag, an dem sie sich etwas gönnen wollte.

Sie öffnete ihre Handtasche. Allein der Geruch des Tabaks betäubte ihr Magengrummeln.

Bei der Arbeit hängte sie ihren Mantel auf und sicherte ihre Handtasche.

Obwohl ihre Kolleginnen und Kollegen an ihren Plätzen waren, half niemand der Schlange der wartenden Kundinnen und Kunden.

Ribby war die dienstälteste Assistentin der Bibliothekarin und doch hatte sie keine Befugnisse.

Wieder kümmerte sich Ribby im Alleingang um die wartenden Besucher. Die Chefbibliothekarin Mrs. P. Wilkinson schien das nicht zu bemerken.

In der Mittagspause fragte Ribby ihre Kolleginnen und Kollegen, wo sie ihre Kleidung kauften. Die meisten empfahlen das Kaufhaus im Einkaufszentrum, wo es hochwertige Markenartikel zu erschwinglichen Preisen gibt.

Ribby wurde immer aufgeregter, da sie nun wusste, wo sie einkaufen würde. Sie konnte es kaum erwarten, etwas zu tun, was sie noch nie zuvor getan hatte.

Ribby Balustrade wollte sich ein neues Kleid kaufen.

$$* * *$$

V*OR DEM* K*AUFHAUS* *BLIEB* *Ribby einen Moment lang stehen und schaute in die Fenster. Autos, Busse und Straßenbahngeräusche hallten um die Gebäude herum. Ein Straßenmusiker in der Nähe des Eingangs begann zu klimpern und zu singen. Eine Menschenmenge begann sich zu versammeln, drängelte und schubste, einige hatten heiße Getränke dabei und rauchten Zigaretten. Es war so laut und so voll, dass sie nur noch nach drinnen gehen wollte. Hinein in die Stille.*

Sie ging durch die Drehtüren und für eine Sekunde war es still. Dann öffnete sich ihr Abteil und sie trat hinaus in ein anderes Chaos. Kunden, die Taschen schwangen, kamen und gingen. Und es war groß, viele Stockwerke. Mehrere Menschen füllten die Rolltreppen, die hoch und runter fuhren. Der Geruch von frittiertem Essen, Popcorn und Donuts versüßte die Luft und verursachte eine Reizüberflutung.

"Kann ich Ihnen helfen?", erkundigte sich eine Dame an der Information.

"Ja, die Damenabteilung, bitte."

"Dritter Stock", sagte sie.

Auf der Rolltreppe war es still. Die Reisenden schauten auf ihre Handys. Sie hielt sich am Geländer fest.

Als sie in der dritten Etage ankam, entdeckte sie das Kleid ihrer Träume. Ein kleines Schwarzes, wie die Zeitschriften in der Bibliothek es nannten, perfekt für abendliche Cocktailpartys und besondere Anlässe. Sie betrachtete es und dachte an die Worte aus einem Film über Baseball. Sie lächelte und änderte die Worte in "Wenn du es kaufst, werden sich Gelegenheiten ergeben, es zu tragen."

"Kann ich Ihnen helfen?", fragte eine Frau in einem schicken Anzug.

"Ja, ja, das können Sie. Ich möchte mir etwas gönnen. Ich dachte, ein schwarzes Kleid, das leicht zu tragen und zu pflegen ist, wäre genau das Richtige. Mir gefällt das an der Schaufensterpuppe da oben. Wenn du es in meiner Größe hast, würde ich es gerne anprobieren."

"Eine gute Wahl", sagte die Frau. "Mal sehen, welche Größe hast du? Zwölf? Vierzehn?"

"Ich, ich weiß nicht."

"Du bist eine Zwölf. Normalerweise bin ich ziemlich gut im Schätzen, aber für den Fall der Fälle nimm eine zehn, zwölf und vierzehn", schlug der Verkäufer vor. "Oh, und du brauchst noch ein Paar schwarze Schuhe, um den Look abzurunden. Hast du Größe sieben?"

Überrascht sagte Ribby: "Diese Schuhe sind Größe sieben."

"Dann ist das perfekt. Hab keine Angst, rauszukommen, wenn du bereit bist. Ich weiß, wie schwierig es sein kann, wenn du alleine einkaufen gehst.

"Das werde ich, danke", sagte Ribby, als sie die Tür der Umkleidekabine schloss.

Umgeben von Spiegeln konnte Ribby sich zum ersten Mal von allen Seiten betrachten, als das langweilige, abgelegte Martha-Kleid zu Boden fiel.

Ribby probierte das Kleid in Größe zwölf an. Mit seinem Ausschnitt und den Falten an den Hüften und der Taille betonte es wirklich ihre Figur. Sie wusste bereits, dass sie es kaufen wollte, aber sie wollte noch eine zweite Meinung einholen. Sie trat aus der Umkleidekabine heraus.

"Wow!", rief die Verkäuferin aus. "Du siehst toll aus! Aber lass mich noch etwas machen."

Die Verkäuferin verschwand um die Ecke, kam aber nach wenigen Sekunden zurück. "Lass mich das in dein Haar stecken und diese falschen Perlen um deinen Hals. Ich schwöre, du wirst wie eine Million Dollar aussehen!"

"Ich sehe so glamourös aus!" Ribby erkannte sich selbst kaum wieder.

"Du siehst wirklich sensationell aus!"

"Ich würde gerne noch ein paar andere Outfits anprobieren." Sie ging zu einem Ständer und suchte sich einen zweiteiligen roten Anzug, eine Bluse und eine Hose aus. Sie kehrte in die Umkleidekabine zurück. Der Anzug sah wunderbar aus, mit seiner sauber geschnittenen Jacke und dem passenden Rock, und die Schuhe, die sie zum Kleid anprobierte, passten perfekt dazu. Die Bluse sah besser aus als angezogen und die Hose lenkte die Aufmerksamkeit zu sehr auf ihren Hintern.

"Ich nehme den Anzug, das Kleid, die Schuhe und die Perlen", sagte Ribby. "Wie viel ist es? Ich habe nicht nachgeschaut."

Der Angestellte rechnete alles zusammen. "Der Gesamtpreis vor Steuern beträgt 760,00 $. Bezahlst du das bar oder auf Kredit?"

"Oh, das ist mehr, als ich erwartet habe", gestand Ribby.

"Mach dir keine Sorgen, nimm doch das Kleid heute mit und komm später wieder, um die Schuhe und Accessoires zu kaufen. Oder du beantragst einen In-Store Credit. Ich prüfe, ob du die Voraussetzungen erfüllst und dann bekommst du den Kredit sofort."

"Darf ich?" fragte Ribby. "Das wäre sehr hilfreich!"

Der Angestellte stellte Ribby ein paar Fragen und sie qualifizierte sich für eine Kreditkarte. Sie kaufte die Ware. Die Verkäuferin tütete alles ein.

"Ich danke Ihnen vielmals. Sie waren wunderbar!"

"Gern geschehen."

Ribby feierte mit einer Tasse Kaffee und machte sich, als es schon dunkel wurde, auf den Weg zur Bushaltestelle. Auf dem Weg dorthin rauchte sie eine Zigarette.

Der Lieferwagen von Attics-R-Us war immer noch vor ihrem Haus geparkt, als sie um die Ecke bog.

Im Haus angekommen, ging Ribby in die Küche. Hinter der geschlossenen Tür hörte sie die vertrauten Geräusche des Liebesakts. Es war nicht das erste Mal, dass sie nach Hause kam und ihre Mutter mit einem ihrer Kerle vorfand. War der Typ von Attics-R-Us den ganzen Tag hier? Ihhhh. Ribby zog sich die Treppe hinauf zurück.

In ihrem Zimmer verdrängte Ribby den Vorfall von unten. Sie würde sich davon nicht den Tag verderben lassen.

Sie zog ihr neues Kleid, ihre Schuhe und ihre Perlenkette an. Sie griff in ihre Handtasche und zog eine Zigarette heraus. Mit der Zigarette in der Hand sah sie noch eleganter aus. Sie spielte mit ihrem Haar. Sie testete, wie es hochgesteckt und dann heruntergelassen aussah.

Draußen öffnete sich eine Autotür und schloss sich wieder. Ribby spähte aus dem Fenster und beobachtete, wie der Lieferwagen von Attics-R-Us wegfuhr.

Wenige Augenblicke später ertönten die Schritte ihrer Mutter, und im anderen Zimmer wurde die Dusche eingeschaltet.

Ribby zog sich wieder ihre alten Sachen an. Während sie sich auszog, verdrängte sie die Gedanken an ihre Mutter und ihre Verehrer. Als sie fertig war, schlich sie leise die Treppe hinunter, ging zur Tür hinaus und kam wieder herein. Diese Aktion stärkte ihre Abschottung für diesen Vorfall und würde ihr in Zukunft helfen, wenn ein ähnlicher Vorfall eintreten würde. Angesichts von Marthas zahlreichen Herrenbesuchern war diese Aktion eine Taktik, um sich selbst zu schützen.

Sie schenkte sich eine Tasse heißen Tee ein und rührte den Eintopf im Kochtopf um, bevor sie ins Wohnzimmer ging, um ein bisschen fernzusehen.

Martha kam kurz darauf die Treppe herunter und sie aßen zu Abend. Als ihre Mutter auf der Couch eingeschlafen war, ging Ribby nach oben in ihr Zimmer.

Nachdem sie eine Weile gelesen hatte, schloss Ribby ihre Augen und ließ ihrer Fantasie freien Lauf. Sie stellte sich ein eigenes Haus am Wasser vor. Sie stellte sich das Wohnzimmer mit einer bequemen Couch und passenden knackigen Stühlen vor. An der Wand hinter ihnen Van Gogh- und Monet-Grafiken. Blumen in Vasen. Sie stellte sich vor, wie sie von der Arbeit nach Hause kommt und die Füße hochlegt. Die Kontrolle über den Fernseher zu haben.

Die Seifenblase zerplatzte und die Realität sickerte herein.

Martha würde das niemals zulassen.

Aber was sie nicht wusste, konnte ihr auch nicht schaden.

Zusätzlich zu der neu erworbenen Kreditkarte nahm Ribby am Sparprogramm für das Personal der Provinzbibliothek teil, so dass sie über ein paar geheime Ersparnisse verfügte, die sie bis heute nicht angerührt hatte.

Ribby dachte über einen Artikel nach, den sie in der Zeitung gelesen hatte. Es war die wahre Geschichte eines Mannes, der zwei verschiedene Leben mit zwei verschiedenen Frauen führte. Sie fragte sich, ob sie diese Idee aufgreifen und zu ihrer eigenen machen könnte. Könnte sie ein neues Leben für sich selbst schaffen?

Der Schlaf kam, aber Ribby träumte nicht. Stattdessen traf sie eine Entscheidung.

Morgen würde sie eine neue Version von sich selbst zur Welt bringen. Einen imaginären Freund. Ein Alter Ego.

Ein Teil von ihr, der Dinge tun würde, vor denen sie zu viel Angst hatte.

Eine Freundin mit einem schönen Namen: Angela.

KAPITEL 3

S AMSTAGMORGEN. RIBBY SPRANG AUS dem Bett und freute sich auf den bevorstehenden Tag. Sie faltete ihr schwarzes Kleid und eine Strumpfhose zusammen und steckte sie in ihre Handtasche. Ihre Absätze würden nicht passen. Ein Paar Sandalen würde reichen müssen.

Martha saß am Küchentisch und hatte den Kopf in die Hände gestützt. Katerstimmung. Die Kaffeemaschine schnupperte und zischte hinter ihr. Als sie Ribby sah, stöhnte sie auf. Ribby hatte die Anzeichen für zu viel Whiskey bei ihrer Mutter schon oft gesehen. Sie schenkte sich eine Tasse Kaffee ein und füllte die Tasse ihrer Mutter nach. Marthas Hände zitterten, als sie einen Schluck nahm.

Ribby ging weiter durch den Flur und auf die Veranda, wo sie die Zeitung aufhob. Sie kehrte in die Küche zurück und nippte an ihrem nun kühlen Kaffee, während sie las. Die Zeitung war kein Hindernis für Marthas Schlürfen, das von Stöhnen unterbrochen wurde.

Ribby blätterte zu der Spalte "Wohnungen zu vermieten". Sie fuhr mit dem Finger über die Liste, und es gab eine große Auswahl in der Gegend am Wasser, in der sie zu wohnen hoffte. Sie klappte die Zeitung zu und spülte ihre Tasse aus.

"Ich muss los, Mama. Wir sehen uns später."

Martha schlug mit den Fäusten auf den Tisch. "Dann komm nicht wieder, wenn du nicht mal ein bisschen Mitleid mit deiner armen Mutter aufbringen kannst."

"Nimm ein paar Aspirin, dann geht's dir besser", sagte Ribby, während sie die Haustür öffnete und hinter sich zuschlug. Als sie ging, bemerkte sie, dass ihre Mutter die Jalousien vor der Tür geschlossen hatte. Keine Herrenbesucherin heute.

Ribby stieg in den Bus und kaufte sich eine weitere Zeitung, nachdem sie in der besten Mietgegend angekommen war. Sie schaute sich ein paar Möglichkeiten an und beschloss, an ein paar Besichtigungen teilzunehmen. Eine davon lag in einer herrlichen Gegend unweit des Strandes und stand ganz oben auf ihrer Prioritätenliste.

Bevor sie die Häuser besichtigen konnte, musste sie sich ein passendes Outfit anziehen. Ein öffentlicher Waschraum würde ausreichen. In ihren neuen Klamotten erkundete sie die Gegend und nahm sich Zeit, um auf den Ontariosee zu schauen. Sie lauschte den sanften Wellen, die an die Ufer schwappten. Über ihr schrien die Möwen um Aufmerksamkeit. Hinter ihr hupten die Autos, während die Passagiere darauf warteten, dass die Ampel umschaltete. Der Klang von AC-DC mit starken Bässen ertönte und sie drehte sich um, um zu sehen, dass ein schwarzes Auto mit offenem Verdeck der Verursacher war. Sie ging weiter die Promenade entlang. Ihr lief das Wasser im Mund zusammen, als sie an einem Hotdog-Stand vorbeikam, an dem Zwiebeln gebraten wurden. Sie schaute auf die Uhrzeit in einem Schaufenster und merkte, dass sie sich beeilen musste, um das erste Haus zu sehen.

Von außen sah das Gebäude einladend aus. Es war kein Wolkenkratzer wie einige der anderen. Es war mittelgroß und hatte private Balkone. Balkone, die mit persönlichen Gegenständen wie Fahrrädern und Pflanzen geschmückt waren. Balkone, auf denen die Mieter ihr eigenes kleines Paradies schufen. Sie waren stolz auf ihr Eigentum.

Über ihr entdeckte sie ein Schild "Zu vermieten". Wie in der Anzeige versprochen, hatte sie einen Blick auf das Wasser. Sie konnte es kaum erwarten, hinaufzugehen und es sich genauer anzusehen.

Drinnen angekommen, schlenderte sie durch die Lobby, um ein Gefühl für das Haus zu bekommen. In der Postabteilung las sie die Namen auf den Postfächern, als ob sie hoffte, jemanden zu erkennen. Das tat sie aber nicht. Sie drückte den Knopf für den Aufzug und fuhr nach oben.

Es war einfach, die Wohnung zu finden, denn die Schilder wiesen ihr den Weg. Die Tür war offen. Sie klopfte trotzdem an und ging dann hinein. Andere liefen herum. Auf den ersten Blick wusste sie, dass sie die Wohnung bekommen musste. Sie war für sie bestimmt.

Der Agent in der Küche sprach mit einem jungen Paar. Zu ihr sagte er: "Ich bin gleich bei Ihnen. Schauen Sie sich ruhig um."

Die Inneneinrichtung war in einem faden Magnolien-Ton gehalten. Die Küche war gut ausgestattet mit Geräten aus rostfreiem Stahl und einer Spülmaschine. Der Hauptwohnbereich war offen gestaltet. Perfekt. Sie stellte sich vor, wie sie dort saß und auf die fantastische Aussicht auf die Wellen blickte. Sie hörte den Wellen zu. Sie schob die Balkontür auf und trat hinaus. Nicht weit entfernt spielten Kinder. Sie ging wieder hinein und sah sich das Schlafzimmer an. Es war größer als ihr Zimmer zu Hause, hatte ein eigenes Bad und einen mehr als geräumigen begehbaren Kleiderschrank. Sie würde viele neue Schuhe und Klamotten kaufen müssen, um diesen Raum zu füllen. Es war wunderbar. Alles. Sie wollte es so sehr, dass sie es schmecken konnte.

"Die Aussicht ist atemberaubend", sagte Ribby, als der Makler frei war. "Das ist genau das, wonach ich gesucht habe."

"Es ist sehr begehrt. Wenn du es willst", sagte der Makler. "Du musst heute eine Bewerbung ausfüllen. Hast du schon mal gemietet?"

"Nein, ich habe zu Hause gewohnt."

Er fummelte an einigen Papieren herum. "Wirst du allein wohnen? Arbeitest du Vollzeit?"

"Ja, und ja. Ich arbeite in der Bibliothek. Ich bin Assistant Librarian und arbeite dort seit sieben Jahren."

"Der Eigentümer vermietet am liebsten an eine alleinstehende Person oder ein junges Paar ... wenn alles mit dem Papierkram in Ordnung ist."

Ribbys Augen leuchteten auf, als sie die Bewerbung entgegennahm. Der Makler reichte ihr einen Stift. Während sie den Antrag ausfüllte, plauderte er weiter.

"Sobald deine Bewerbung angenommen wurde, brauchen wir einen Scheck für die erste und letzte Monatsmiete.

"Kein Problem." Sie schloss das Formular mit ihrer Unterschrift ab. "Wann erfahre ich, ob meine Bewerbung erfolgreich ist?"

"Ich rufe dich an. Wir sollten es bis Dienstag wissen."

"Ich, wir haben kein Telefon. Wenn du mir deine Visitenkarte gibst, rufe ich dich an. Ist Dienstagmorgen okay?"

"Perfekt", sagte er mit einem Blick auf die Bewerbung. "Frau Balustrade, wir sprechen uns dann und viel Glück", sagte der Makler, während er das Schild mit dem Tag der offenen Tür entfernte. Er begleitete sie zum Aufzug und aus dem Gebäude. Als sie die Straße erreichten, fragte er: "Kann ich Sie irgendwohin mitnehmen?"

"Nein, danke, ich werde am Wasser spazieren gehen und dann den Bus nach Hause nehmen."

Ribby lief zum Strand. Sie schlüpfte aus ihren Sandalen und ließ den Sand zwischen ihren Zehen herausrieseln. Dann tauchte sie sie in das Wasser. Sie sammelte ein paar Muscheln, setzte sich hin und lauschte den Geräuschen der Stadt und des Ontariosees.

Eine Möwe landete in der Nähe. Dann noch eine.

"Was denkt ihr?", fragte sie die Vögel. "Ist das der richtige Ort für Angela und mich?"

Die Möwen sahen sie an, aber ein Krächzen war ihre einzige Antwort.

***

Es war noch zu früh, um nach Hause zu gehen. Ribby beschloss, sich noch ein paar Möbel anzusehen. Im Ausstellungsraum gab es eine gute Auswahl an Artikeln. Aber es war alles so teuer, weil sie alles brauchte.

Eine Stimme in ihrem Kopf sagte: "Second Hand. Eleganz. Raffinesse. Shabby Chic.

Ribby sah sich um. Hatte jemand mit ihr gesprochen? Sie war allein. Sie fuhr mit den Fingern an der Rückenlehne eines Sofas entlang und dachte: "Shabby chic, was? Perfekt!

Die Stimme sagte: "Vergiss nicht, dass eine neue Wohnung auch einen neuen Kleiderschrank braucht.

Ribby hielt inne. War sie verrückt geworden? Sie führte ein Gespräch mit sich selbst, aber die Stimme war anders. Die Stimme war Angela. Angela war geboren worden.

Du kannst doch nicht erwarten, dass ich in Marthas alten Lumpen in dieses Leben geboren werde.

Ribby lächelte. Einverstanden. Aber das Wichtigste zuerst. Die Wohnung. Möbel. Du brauchst schöne Dinge. Wir brauchen schöne Sachen. Wir müssen dafür sorgen, dass Mama nichts davon erfährt. Sie würde eine Kuh bekommen.

Sie ist eine Kuh.

Ribby lachte, bis sie sich fast in die Hose machte.

Wie bin ich jemals ohne dich ausgekommen?

Das werden wir nie erfahren. Hey, wirst du dir jemals eine Zigarette anzünden? Meine Lunge schreit nach einer!

Ribby griff in ihre Handtasche und holte eine Zigarette heraus. Sie steckte sie zwischen ihre Lippen, zündete das Ende an und nahm einen Zug.

Ahhhh, Angela seufzte, das habe ich gebraucht. Ribby, wir brauchen jetzt einen Plan.

Ich weiß schon. Wenn wir die Wohnung bekommen, wie wollen wir sie vor Mutter geheim halten? Wie soll ich sie weiter bezahlen und die neue Wohnung bezahlen und alles andere besorgen? Ich weiß, ich werde um eine Gehaltserhöhung bitten.

Frag nicht nach einer Gehaltserhöhung, fordere sie. Und bring den alten Sack dazu, deine Miete zu reduzieren!

Eine Gehaltserhöhung ist überfällig. Ja, da hast du recht. Aber Mama wird niemals zustimmen, auch wenn sie ohne mich das Haus verlieren würde.

Das ist ihr Problem, nicht deins, Rib. Sie ist eine erwachsene Frau und wenn du nicht da bist, kann sie doch dein Zimmer vermieten, oder?

Für Ribby war es ein seltsames Gefühl, einmal jemanden auf ihrer Seite zu haben.

Ich habe nicht vor, die ganze Zeit in der Wohnung zu bleiben. Das würde nie funktionieren. Sie würde einen Weg finden, alles zu verderben. Nein, ich werde unter der Woche zu Hause wohnen und an den Wochenenden in der Wohnung.

Sie wird aber wieder dein Sparbuch durchgehen, Rib, und wenn sie sieht, dass der Kontostand immer weiter sinkt, wird sie ausrasten. Du weißt ja, wie sie ist.

Ribby hat sich zweimal umgedreht. Woher wusste Angela davon?

Du hast Recht, ich muss aufpassen, wo ich meine Handtasche lasse. Mit den Zigaretten darin habe ich sie direkt auf mein Zimmer gebracht. Das werde ich auch weiterhin tun, und sie wird nichts merken.

Und wenn sie dich um Geld bittet, was wirst du dann tun?

Ich werde ihr Nein sagen.

Erinnerst du dich daran, als du ihr angeboten hast, jeden Cent, den du verdienst, zu übergeben? Alles, was sie dafür tun musste, war, keine Herrenbesuche mehr zu akzeptieren?

Und woher weiß sie das? Es ist, als ob sie die ganze Zeit bei mir gewesen wäre.

Ja, wie könnte ich das je vergessen? Mutter lachte so laut, dass ich dachte, sie würde sich verschlucken. Ich wollte ihr helfen, Luft zu bekommen, indem ich ihr auf den Rücken schlug, und im Gegenzug schlug sie mich so hart, dass mein Zahn herausfiel.

Die alte Kuh wird dich vermissen, Ribby, aber du verdienst ein Leben, und ich bin hier, um dir zu helfen. Ich sorge dafür, dass du eins bekommst. Jetzt gehen wir besser zurück, bevor die alte Stute die Kavallerie losschickt!

Das Glück war zum Greifen nah, aber manchmal musste man die Hand ausstrecken und es sich nehmen.

KAPITEL 4

Aм Montagmorgen war Ribby sehr früh auf den Beinen und aus der Tür. Sie wollte Martha nicht sehen. Für die Arbeit trug sie eine Martha-Muumuu-Spezialität, in der ihre Brüste frontale Rüschen bekämpften. Diese Kleidung war im Rahmen der Kleiderordnung der Bibliothek. Sie beeilte sich, den Bus zu erwischen und kam früher als sonst an.

"Guten Morgen, Ribby", sagte Mrs. Pigeon, eine regelmäßige Bibliotheksbesucherin. "Wenn du etwas Tolles zum Lesen suchst, empfehle ich dir dieses Buch." Sie hielt ihr das Buch hin und Ribby nahm es.

"Mein Leben auf einem Teller", las Ribby. "Geht es darin um Essen?"

"Nein, in keinster Weise!" sagte Mrs. Pigeon lachend. "Es geht um das Leben, das Lachen und die Tränen." Sie hielt inne. "Hör auf damit, Billy! Jason, komm wieder her." Die Kinder kehrten an den Tresen zurück. "Es tut mir leid, dass das Buch so spät zurückkommt."

"Du hast mich überzeugt. Danke, Mrs. Pigeon." Sie lächelte, als sie das zurückgegebene Buch abstempelte.

"Gern geschehen, meine Liebe. Wenn ich das nächste Mal vorbeikomme, kannst du mir sagen, was du von Clare Hutt gehalten hast. Verabschiedet euch jetzt von Ribby, Jungs. Jason hört auf, deinen Bruder anzuspucken. Du wirst so viel Ärger bekommen, wenn du nach Hause kommst!" Mrs. Pigeon lächelte, als sie Jason am Ohr und Billy an der Hand führte. Das Trio verließ die Schule durch die Drehtüren.

Ribby war zu aufgeregt, um zu lesen. Außerdem war es schon wieder Montag und sie musste ins Krankenhaus fahren.

Um 17 Uhr schnappte sich Ribby ihre Sachen aus dem Spind und stieg in den Bus. Unterwegs kam sie in Versuchung zu rauchen, aber sie wollte nicht, dass die Kinder Zigaretten an ihr riechen.

Sie ging zum Geschenkeladen, wo sie für jedes Kind auf der Station mit Helium gefüllte Luftballons bestellt hatte. Der Gedanke war wundervoll, sie zu tragen war eine andere Sache.

Wie versprochen begann Ribby in Mikey Landers' Zimmer. Er war nicht da. Sie ging den Korridor entlang und warf einen Blick in die Zimmer, die auf dem Weg lagen. Hinter ihr folgten andere, die eine singende Parade bildeten. Rollstühle, Krücken, jeder war willkommen. Sogar Oberschwester Alice machte mit.

Ribby warf einen Blick in ihre Richtung und ihre Blicke trafen sich. Irgendetwas stimmte nicht, aber das konnte warten. Sie fuhr mit der Aufführung fort.

Ribby trat in die Mitte. Sie nahm Blickkontakt mit den Kindern auf. Lucy May Monroe brauchte eine Schleife für ihr Haar, die Ribby aus ihrer Zaubertasche zog. Es war ein lila Band, die Lieblingsfarbe von Lucy

May. Das Kind quietschte vor Freude. Lucys Mutter wickelte es um ihren kleinen Pferdeschwanz.

Beim letzten Besuch hatte sich Benjamin Fish einen Drachenstummel gewünscht, den Ribby jetzt in ihrer Zaubertasche versteckt hatte. Sie ließ Benjamin hineingreifen, und er zog ihn heraus. Er legte ihn auf seinen Schoß und schaute nach seinen Eltern, aber die waren nicht da. Da er es nicht ohne sie öffnen wollte, wog er das Geschenk in seinem Schoß mit dem Rollstuhl.

Es warteten noch einige andere Kinder. Eines nach dem anderen erfüllte Ribby ihre Wünsche. Sie sang wieder. Diesmal tanzte sie und gab ihre Version von Elton Johns Crocodile Rock zum Besten. Sie verteilte den Rest der Ballons. Nur der Ballon von Mikey Landers blieb übrig.

Ribby verabschiedete sich von den Kindern. Sie trug Mikeys roten Ballon und ging den Korridor entlang. Schwester Alice wartete schon.

"Ribby, warte, ich muss dir etwas sagen."

Ribby wollte die Neuigkeiten nicht hören. Sie ging weiter. Wenn sie es nicht wüsste, würde es nicht wahr sein.

Krankenschwester Alice hielt Ribby am Arm fest. "Ribby, Mikey hatte große Schmerzen und jetzt hat er seinen Frieden gefunden.

Ribby wollte schreien. Sie lief weiter und verließ das Gebäude. Draußen angekommen, ließ sie den Ballon los und beobachtete ihn, bis sie ihn nicht mehr sehen konnte.

Sie weinte nicht.

KAPITEL 5

*R*IBBY WAR SO AUFGEREGT, *als sie den Makler von einem Münztelefon aus anrief und erfuhr, dass die Wohnung ihr gehörte. In etwas mehr als einer Woche würde sie einziehen. Genug Zeit, um das Nötigste zu kaufen und sich zu überlegen, wie sie sich von Martha fernhalten wollte.*

Warum nicht mit mir? Schließlich sind wir doch Freunde, oder nicht?

Was meinst du damit?

Manchmal bist du so dick wie ein Ziegelstein. Sag der alten Streitaxt, dass du eine Freundin besuchst, die in der Stadt wohnt, und dass sie Angela heißt.

Was ist, wenn sie dich treffen will? Außerdem kann ich nicht lügen, mein Teint würde mich verraten.

Du lügst nicht. Du wirst die Zeit mit mir verbringen. Du hast das perfekte Alibi— MICH!

An diesem Abend beim Abendessen sprach Ribby das Thema an. "Ich würde gerne am Freitagabend mit meiner Freundin Angela ausgehen."

"Ach ja?!" sagte Martha mit Erstaunen in ihrer Stimme. "Du hast eine Freundin?"

"Wir lesen die gleichen Bücher und verstehen uns gut."

"Tochter, sei vorsichtig mit dieser neuen Freundin. Pass auf, dass sie dich nicht ausnutzt, denn du bist sehr naiv, was weltliche Dinge angeht."

"Ich komme schon klar, Mama. Wir sehen uns einen Film an und gehen einen Kaffee trinken."

Die Tage vergingen schneller, jetzt, wo ihr Leben aus dem gewohnten Trott herauskam, und bald war es Freitag.

"Ich muss mich beeilen. Wir treffen uns vor dem Kino."

"Bevor du gehst, könntest du deiner armen alten Mutter ein paar Dollar geben, um die Flasche Jack Daniels zu ersetzen?"

Ribby zögerte. Wenn sie ihrer Mutter kein Geld geben würde, käme sie vielleicht nicht mehr aus dem Haus. Sie musste das Geld aushändigen, und das tat sie dann auch.

"Ich komme zu spät, Mama; es macht keinen Sinn, auf mich zu warten."

"Viel Spaß", sagte Martha und stopfte das Geld in ihren BH.

Während sie den Weg entlanglief, atmete Ribby mehrmals tief ein. Sie konnte es nicht fassen. Freitagabend, und sie ging in der Stadt ins Kino.

Vergiss mich nicht.

Wie könnte ich das? Ohne dich würde ich immer noch im Wohnzimmer stehen!

Du hast es gut gemacht, Ribby, als du ihr heute Abend das Geld gegeben hast. Aber nicht mehr. Wir werden jeden Loonie brauchen!

Während des Films kicherte Angela immer wieder über die verliebten Stellen.

Das ist so langweilig! Das ist so unrealistisch. Lass uns hier verschwinden.

Es ist romantisch. Gib ihm eine Chance.

Ribby stopfte sich ein Stück Schokolade in den Mund.

Ich wünschte, wir könnten hier drin rauchen.

Schhhh.

Nach dem Film war Ribby zu genervt, um sich einen Kaffee zu holen und ging nach Hause.

Was sagst du, wenn wir zurückkommen, wenn du-weißt-schon-wer auf ist?

Sie wird nicht wach sein. Nach dem Jack Daniels wird sie für immer weg sein.

Morgen früh kannst du ihr dann sagen, dass du am Samstagabend bei deiner neuen Freundin Angela übernachtest. Am Sonntagabend bist du wieder da. Hast du das verstanden?

Sie würde wissen, dass ich gelogen habe. Das weiß sie immer.

Vielleicht wird sie das, aber das war, bevor du eine eigene Wohnung hattest. Ein Doppelleben. Bevor du mich hattest. Außerdem ist es eine Formsache. Du wohnst in meinem Haus und ich bin dein Freund. Also... sagst du wirklich die Wahrheit.

Wenn du es so sagst, klingt es ziemlich gut.

Ja, jetzt zünde dir eine Zigarette an und lass uns zurückgehen.

KAPITEL 6

ES WAR EINZUGSTAG UND Ribby war bereit zu gehen. Sie schlich auf Zehenspitzen die Treppe hinunter und hoffte, sich unbemerkt davon zu schleichen. Das war aber nur von kurzer Dauer, denn Martha wartete in der Küche auf sie.

"Eine Tasse Kaffee?"

"Danke, Ma", sagte Ribby, als sie sich setzte und auf ihre Uhr schaute.

Marthas Schlucken und das Summen des Kühlschranks waren die einzigen Geräusche, die zu hören waren.

"Angela und ich haben uns letzten Freitagabend unglaublich gut amüsiert, Mama, und sie hat mich gebeten, das Wochenende bei ihr zu verbringen. Ich würde gerne mitkommen."

Martha stieß mit der Nase in ihre Tasse Tee. Mit einer Hand fingerte sie an der Tischdecke, während sie mit der anderen Strolch unter dem Tisch streichelte.

Das Schweigen ihrer Mutter war beunruhigend. Sie war selten so still gewesen. Ribby fühlte sich schuldig und ihre Hände zitterten, als sie an ihrem Getränk nippte. Sie fragte sich, ob ihre Mutter es wusste.

Ribby überlegte, ob sie etwas sagen sollte, die Stille war schrecklich, aber sie hatte Angst davor. Sie trank ihren Kaffee aus, stand auf und spülte die Tasse aus. Sie stellte sie zum Trocknen ins Regal.

"Ich bin froh, dass du einen Freund hast, und ich hoffe, du amüsierst dich."

"Danke, Ma", sagte Ribby, während sie die Treppe hinauflief, um ihre Handtasche zu holen und hinauszugehen. Sie erwischte den Bus und schaffte es noch vor den Lieferjungen durch die Stadt.

"Kommt rauf!", sagte sie in die Gegensprechanlage. Die Männer brachten die bescheidenen Möbel und andere Dinge, die sie während ihrer Mittagspause angesammelt hatte. Nachdem sie gegangen waren, machte sie es sich auf dem Balkon gemütlich und lauschte den Wellen.

Mittags machte Ribby einen Spaziergang entlang der Uferpromenade. Auf dem Weg fielen ihr mehrere Bars und Nachtclubs auf. Sie war noch nie in einem gewesen, weil sie es nicht interessant fand, alleine zu gehen, aber jetzt war es anders. Sie würde später wiederkommen.

Mit Angela in der Welt fühlte sie sich nicht mehr ganz so allein.

✳✳✳

SPÄTER AM ABEND WARTETE Ribby auf dem Bürgersteig vor dem Nachtclub.

Hör auf, so herumzulaufen, Ribby. Ich zähle jetzt bis zehn und dann gehen wir rein. Also gut, auf geht's! Bereit oder nicht, wir kommen!

Ich habe Angst.

Ein Kinderspiel, Ribby, ein Kinderspiel! Folgt mir.

Als ob ich eine Wahl hätte.

Die Treppe war schmal und schwach beleuchtet. Ribbys Knöchel wackelten in ihren neuen hochhackigen Schuhen, als sie den Weg nach unten nahm. Als sie um die Ecke in den Barbereich bog, blitzte und pulsierte das Stroboskoplicht im Takt der Musik.

Hör auf, dich über die Schuhe aufzuregen. Das Paradies erwartet dich! Hier drüben. Ich werde mich auf diesen Hocker setzen, damit ich das Geschehen beobachten kann. Ganz zu schweigen davon, dass sie uns beobachten können!

Ich weiß nicht so recht. Werden wir nicht verzweifelt aussehen?

Nicht verzweifelt—verfügbar. Schau dir diesen Ort Rib an. Es ist voller Lachen und Musik; wir werden eine fantastische Zeit haben. Warum lädst du uns nicht auf einen Drink ein?

Was soll ich verlangen? Ich habe noch nie einen Drink bestellt.

Mal sehen, Angela sieht sich die Getränkekarte an. Einer von diesen wäre gut. Ja, bestell einen Wodka Tonic, und zwar einen großen!

Ribby räusperte sich, in der Hoffnung, die Aufmerksamkeit des Barkeepers zu erregen. Er unterhielt sich gerade mit einem Mann am anderen Ende des Strips. Sie hustete, aber bei der lauten Musik und den flackernden Lichtern glaubte sie nicht, dass sie jemals bemerkt werden würde.

Muss ich denn alles machen? Angela stöhnte. "Entschuldigen Sie, Herr Barkeeper, könnte ich bitte ein großes V&T bekommen, wenn Sie einen Moment Zeit haben?"

Der Barkeeper schaute zu Ribby hinüber und lächelte. "Klar doch."

Er machte sich auf den Weg zum Tresen und schaute in Ribbys Richtung, während er den Drink mixte. "Du kommst mir nicht bekannt vor. Bist du von hier?"

"Ich bin dieses Wochenende zugezogen. Ich dachte, ich schaue mir mal an, was hier los ist", sagte Angela.

"Willkommen in der Nachbarschaft. Und das geht aufs Haus. Ich bin das Begrüßungskomitee", sagte der Barkeeper mit einem Augenzwinkern.

Angela schlug Ribbys Augenlider zu. Sie beugte sich vor, als ob sie ihm etwas ins Ohr flüstern wollte. Ihre Brüste fielen in dem Kleid nach vorne, so dass der Barkeeper einen vollen Blick auf Ribbys Dekolleté hatte. "Vielen Dank", sagte Angela. "Ich wollte schon immer mal das Empfangskomitee kennenlernen."

"Jetzt hast du es in natura gesehen. Mein Name ist Jake, wie heißt du?"

"Ich bin Angela, freut mich, dich kennenzulernen."

"Wenn du noch etwas brauchst, pfeif einfach. Du weißt doch, wie man pfeift, oder?"

Wie die große Schauspielerin Lauren Bacall einmal sagte: "Du musst nur deine Lippen zusammenstecken und pusten." Jake lachte, und Angela stieß einen leisen Pfiff aus.

Diese Bemerkung überraschte Ribby, denn sie hatte die Kunst des Pfeifens noch nie beherrscht. Ganz zu schweigen davon, dass sie noch nie einen Film von Lauren Bacall gesehen hatte.

Jake ging an der Bar entlang und bediente einen anderen Kunden, der den Austausch beobachtet hatte.

"Jake, alter Mann", sagte der Mann und trat näher heran. "Wie wäre es mit einem Bier hier drüben?"

"Nigel. Kumpel. Ich habe dich seit Wochen nicht mehr gesehen. Wie zum Teufel geht es dir? Ich dachte, du bist weggezogen?"

"Ich? Wegziehen? Wohin könntest du denn sonst ziehen, nachdem du die meiste Zeit deines Lebens in der Nähe des Strandes gelebt hast? Nirgendwo sonst ist es vergleichbar! Sie müssten mich in einer Holzkiste rausbringen", sagte Nigel und lachte, während Jake das Bier einschenkte.

"Was hast du denn so gemacht?"

"Arbeit, Arbeit, Arbeit, genug gesagt", sagte Nigel. Er winkte Jake näher heran und flüsterte: "Wer ist die Kleine? Gehst du mit ihr aus oder kann ich es auch mal versuchen?"

"Sie ist neu. Sie ist heute hergezogen. Ihr Name ist Angela. Tolle Brüste und einen guten Sinn für Humor hat sie auch."

Siehst du, er mag uns!

Er kennt uns nicht einmal.

Aber er will es.

"Entschuldige mich, Jake", sagte Angela. "Ich möchte einen großen Martini bestellen, geschüttelt, nicht gerührt. Mach einen doppelten daraus."

"Ein doppelter Martini, kommt sofort", sagte Jake.

"Du bist also ein James Bond-Fan?", fragte Jake. fragte Jake, als er den Martini vor ihr abstellte.

Angela spielte mit der Olive und wirbelte sie im Glas herum, dann kippte sie das ganze Glas um.

Ribby zitterte. Nach wie vor hatte sie keinen einzigen James Bond-Film gesehen und auch keinen der Romane von Ian Fleming gelesen. Sie fragte sich, wie Angela Dinge wissen konnte, die sie nicht kannte.

Angela hat geredet. "Sean Connerys Darstellung war mein Lieblings-Bond. Sie hätten die Filme einstellen sollen, nachdem er aufgehört hat." Sie schob ihr Glas über die Bar: "Für mich bitte noch einen doppelten Martini, Jake."

"Wow, das ist ganz schön starkes Zeug", sagte Jake und hielt inne. "Bist du sicher, dass du schon wieder einen doppelten Martini vertragen kannst?"

"Ich bin doch der Kunde und du bist das Empfangskomitee, also heiße mich willkommen. Ich verspreche, ich werde brav sein", sagte Angela.

Jake schaute die Bar hinunter zu Nigel, der alleine saß. Zehn Jungs kamen die Treppe herunter und starrten Ribby an. "Ich möchte dir einen Freund von mir vorstellen. Nigel, das ist Angela. Sie würde sich vielleicht über ein bisschen Gesellschaft freuen. Nigel kennt die Gegend gut und er ist ein guter Kerl. Ich kann für ihn bürgen."

"Schön, dich kennenzulernen", sagte Nigel und reichte ihr die Hand.

"Freut mich auch", sagte Angela, während sie sich bewegte, um den tauben Hintern zu vermeiden. Sie schwenkte die Olive in dem frischen Martini und stach sie an. Sie steckte sie sich in den Mund und schüttete sich den zweiten Drink in den Schlund.

"Ich habe gehört, du bist neu in der Gegend?" sagte Nigel, als er beobachtete, wie ein winziges Stück Martini aus Angelas Mundwinkel sickerte.

Ribby holte eine Serviette und tupfte die Flüssigkeit ab. Sie schmeckte immer noch furchtbar. So wie sie sich vorstellte, dass Nagellackentferner schmecken würde. Wie konnte Angela etwas genießen, das ihr selbst nicht schmeckte?

"Ja, wir haben eine Wohnung gemietet. Es ist wunderschön hier", sagte Angela.

"Wir?"

Ribby zuckte zusammen.

Angela lachte. "Wir im königlichen Sinne. Ich lebe allein."

"Willst du tanzen?" fragte Nigel.

Ribby hatte noch nie in ihrem Leben getanzt.

Angela versuchte, von dem Hocker herunterzukommen. Sie verlor das Gleichgewicht und stolperte.

Nigel hielt sie am Arm fest. "Wow, geht es dir gut?"

"Mir geht's gut", sagte Angela. "Das werde ich auch sein, wenn ich erst einmal im Zimmer des kleinen Mädchens bin. Hast du eine Ahnung, wo es ist?"

"Es ist gleich da drüben, am Ende der Bar."

"Okie dokie", sagte Angela. Sie packte Nigel am Kragen und sah ihm in die tiefblauen Augen. "Rühr dich nicht vom Fleck. Ich bin in ein paar Sekunden zurück und werde dein Angebot für einen Tanz annehmen.

Ribby holte tief Luft, als Nigel nickte und sich zurückzog.

Angela klopfte ihr Kleid ab.

In der Kabine angekommen, lehnte sich Ribby gegen die Metalltür, die sich auf ihrem Rücken kühl anfühlte. Sie riss einen Stapel Toilettenpapier ab und bedeckte den Sitz, bevor sie sich setzte.

Der Raum drehte sich.

Ich glaube, mir wird schlecht.

Nein, wir werden nicht krank, Rib. Wir werden noch ein oder zwei Sekunden hier sitzen. Dann gehen wir zum Waschbecken und spritzen uns etwas Wasser ins Gesicht. Dann wird uns wieder gut. Das verspreche ich dir.

Ein paar Augenblicke später schlenderte Angela zu Nigel. Er sah besorgt aus. Er sah zwar nicht gut aus, aber er war auch nicht hässlich. Er sah irgendwie normal aus. Er trug eine schwarze Jeans, ein hellblaues T-Shirt und schwarze Stiefel. Sie mochte seinen kleinen Bart.

"Komm schon", sagte Angela, nahm Nigels Hand in ihre und führte ihn auf die Tanzfläche.

Es war ein langsames Lied.

Ribby wusste nicht einmal, wie er gehalten werden sollte. Ihre Handflächen tropften vor Schweiß.

Nigel hielt sie auf Armeslänge fest.

"Näher", flüsterte Angela und zog ihn an sich, indem sie sein Gesäß umarmte.

Als Chris de Burgh "Lady in Red" sang, legte Angela ihren Kopf auf Nigels Schulter und entspannte sich. Auch Ribby entspannte sich. Sie konnte spüren, wie sein Herz gegen ihres schlug. Sie konnte seinen Atem an ihrem Hals spüren.

Angela wollte ihn mit nach Hause nehmen.

Ribby wollte das nicht.

✳✳✳

NACH DEM TANZ ERGRIFF Angela Nigels Hand und zog ihn zurück an die Bar. Sie setzten sich auf die Hocker und berührten sich mit den Knien. Nigel blinkte mit zwei Fingern in Richtung des Barkeepers und sagte: "Tequila".

Angela strich sich die Haare hinters Ohr und lehnte sich dicht an ihn heran: "Willst du mich betrunken machen?"

"Äh, nein. Das ist nicht mein Stil."

Angela berührte sein Knie, als die Getränke kamen.

Nigel kippte seinen Shot zurück. "Äh, also, was machst du? Ich meine, um Geld zu verdienen. Ich glaube, wir kommen hier ein bisschen zu schnell voran."

Finde ich auch!

Shhh Ribby. Geh wieder schlafen. Dann zu Nigel: "Ein bisschen von dem und ein bisschen von dem." Sie kippte den Tequila zurück und nahm die Limette zwischen die Zähne.

"Ah, eine Frau voller Geheimnisse, was?" Er lachte. "Nun, ich bin in der Öffentlichkeitsarbeit tätig."

"Wie aufregend! Hast du schon immer für dieselbe Firma gearbeitet?"

"Ja. Eines der zehn größten Unternehmen hat mich direkt nach der Uni eingestellt. Wenn du bei den Besten anfängst, kann es nur bergab gehen."

"Ich verstehe dich. Und was machst du gerne? Abgesehen von der Öffentlichkeitsarbeit und dem Abhängen in Bars."

"Ich hänge normalerweise nicht in Bars ab."

"Klar, klar", sagte Angela.

"Ehrlich gesagt", sagte Nigel und strich mit seiner Hand über ihr Knie.

Ribby fühlte sich unwohl. Er wurde ihr zu vertraut. Sie wollte gehen.

Angela gefiel das.

Nigel fuhr fort: "Ich kenne Jake. Wir kennen uns schon seit Jahren, deshalb komme ich ab und zu hierher ins Cat's Eye, um mal rauszukommen. Du kannst nicht die ganze Zeit in deiner Wohnung bleiben und Netflix gucken oder Xbox-Spiele spielen. Es ist besser, rauszukommen. Um Leute zu treffen, und in dieser Gegend ist so viel los!"

"Stimmt, aber im Moment würde ich für eine Tasse Kaffee morden. Hast du Lust, woanders hinzugehen, wo es nicht so laut ist, und einem Mädchen eine Tasse Kaffee zu spendieren? Ich würde dich ja zu mir einladen, aber es ist ein totales Chaos, seit ich erst heute eingezogen bin", sagte Ribby.

Ich habe dir gesagt, du sollst das mir überlassen. Raus damit.

"Es gibt ein kleines Café in der Nähe, und dann bringe ich dich nach Hause. Wenn das für dich in Ordnung ist, Angela?"

Eine Tasse Kaffee, das ist in Ordnung für mich.

Nimm eine Beruhigungspille.

Ribby und Nigel gingen Arm in Arm zum Night Owl Café, wo sie Cappuccino bestellten. Sie unterhielten sich zwanglos bis 1 Uhr nachts, als Ribby sagte, sie wolle nach Hause gehen.

"Du bist so ein Gentleman, dass du mich nach Hause begleitest. Ich bin froh, dass Jake uns vorgestellt hat."

Als sie in Ribbys Wohnung ankamen, fragte Nigel: "Kann ich deine Telefonnummer haben? Ich würde dich gerne wiedersehen."

"Ich habe noch kein Telefon", sagte Angela, während sie in ihrer Handtasche nach den Schlüsseln kramte. Als sie wieder aufblickte, stürzte sich Nigel auf einen Kuss. Als seine Lippen auf Angelas trafen, küsste sie ihn zurück. Ihre Hände fuhren über seine Schultern und seine Brust. Seine Hände erforschten sie im Gegenzug.

Als Ribbys Knie zu zittern begannen, übernahm sie die Führung. Zu atemlos, um zu sprechen, zog sie sich zurück. "Ich sollte besser reingehen." Sie berührte ihre Lippen. Sie kribbelten immer noch.

"Ich hoffe, ich war nicht zu dreist. Es schien dir zu gefallen."

"Ja", sagte Angela.

"Ich muss gehen", sagte Ribby. "Es war ein langer Tag, wegen des Umzugs und so." Sie öffnete die Tür und ging hinein.

Nigel folgte ihr zum offenen Aufzug. "Wann sehe ich dich wieder?"

Als der Aufzug sich zu schließen begann, übernahm Angela das Wort. "Nächsten Samstag, gleiche Uhrzeit, gleicher Sender."

Als sich die Türen schlossen, berührte Ribby erneut ihre Lippen. Es war ihr erster Kuss gewesen und er gefiel ihr sehr.

Angela wollte mehr. Sein Kuss machte sie heiß, fieberhaft.

Sie stieß die Türen zum Balkon auf. Nigel stand dort unten und schaute nach oben. Er winkte ihr zu.

"Gute Nacht, Nigel", sagte Ribby.

"Gute Nacht, Angela", sagte Nigel.

Wir hätten ihn einladen können, weißt du.

Ich habe ihn gerade erst kennengelernt und weiß gar nichts über ihn. Außerdem fühlen sich mein Kopf und mein Magen komisch an.

Er ist völlig harmlos.

Wenn das stimmt, wird er wiederkommen.

Ribby kehrte ins Haus zurück. Sie schloss und verriegelte die Balkontüren. Sie ging in ihr Bad und starrte sich eine ganze Weile im Spiegel an, in der Erwartung, Angela dort zu sehen. Sie konnte keine Spur von ihr finden.

Nach einer heißen Dusche fiel Ribby ins Bett. Sie hatte ihre Schlafzimmertür geschlossen, wie zu Hause. Dann wurde ihr klar, dass sie das nicht mehr zu tun brauchte. Sie stand auf, öffnete sie weit und ließ sich wieder ins Bett fallen. Sie hatte ihr Flanell-Nachthemd an, denn die Nachtluft hatte ihr ein Frösteln beschert. Als sie wieder auf das Kissen fiel, begann sich der Raum zu drehen. Die Decke war der Boden, und der Boden war die Decke. Als sie die Augen schloss, hob sich ihr Magen in Richtung Kehle. Sie hielt sich an den Kanten des Bettes fest, als ob sie auf einem Rettungsboot treiben würde, bis sie das Drehen nicht mehr aushielt. Sie rannte ins Bad und erbrach sich. Ribby freundete sich mit dem Stück Porzellan an und kniete vor ihm nieder, als wäre es ein Gott.

Als ihr Magen leer war, stolperte sie zurück ins Bett und versuchte zu schlafen. Das Zimmer drehte sich nicht mehr. Die Stimme in ihrem Kopf war ihr nicht geheuer. Angela schien Dinge zu wissen. Dinge erlebt zu haben. Anders als sie es selbst erlebt hatte. Wie war das möglich? Warum hatte sie all diese Martinis bestellt?

Der Gedanke, Martinis und Tequila zu trinken, ließ Ribbys Magen knurren. Diesmal war es der trockene Heben; sie hatte dem Porzellangott nichts mehr zu bieten.

Sie schlief zu den Füßen des Gottes und drückte ihre Stirn an das kühle Porzellan.

KAPITEL 7

R IBBY ÖFFNETE IHRE AUGEN. Sie befand sich im Badezimmer auf dem Boden. Sie richtete sich auf und benutzte die Toilettenschüssel als Anker. Unsicher klappte sie den Deckel herunter und setzte sich darauf. Sie drehte den Wasserhahn im Waschbecken neben sich auf, ließ das Wasser ein paar Sekunden lang laufen, füllte ein Glas und nahm einen Schluck. Ihre Hände zitterten, als das Wasser in ihren Magen tropfte.

Als Ribby aufstehen konnte, hielt sie sich am Waschbecken fest, betrachtete ihr Spiegelbild und schwor sich, nie wieder Alkohol zu trinken.

Was für ein Leichtgewicht.

Ribby duschte, zog sich an und ging spazieren, um ihren Kopf frei zu bekommen. Sie hielt in einem Café an und bestellte eine starke Tasse Kaffee. Als sie daran nippte, beschloss sie, dass sie nach Hause gehen wollte, und nahm den Bus.

Das heißt, zu Marthas Haus.

Ist das gestern wirklich passiert? Es war wie ein Traum.

Der Teil mit dem Erbrechen war eher ein Albtraum!

Der Kuss von Nigel war traumhaft.

Mein erster Kuss war besser als Pfannkuchen mit Butter und Sirup.

Pst, du machst mich hungrig.

Ribby stieg aus dem Bus und machte sich auf den Weg nach Hause. Als sie um die Ecke bog, saß Martha um vier Uhr nachmittags in ihrem Nachthemd und trank einen Schluck aus einer Bierflasche.

"Wie geht es denn meiner Tochter?" fragte Martha.

"Wir hatten eine tolle Zeit, Ma. Angela ist ein echter Spaßvogel. Sie hat mich eingeladen, nächstes Wochenende wieder zu kommen."

"Gut. Alle sagen, du bist viel zu ernst. Du brauchst einen Freund in deinem Alter, mit dem du Spaß haben kannst."

"Wer sind die anderen, Ma?"

Martha stand auf. Sie stolperte ein wenig, als Ribby sich zurückzog. Der Geruch von Bier in Kombination mit dem ungewaschenen Körper veranlasste sie zu flachen Atemzügen.

"Das ist doch egal. Ich glaube, du brauchst auch die Gesellschaft eines Mannes."

"Ich habe gestern Abend einen getroffen, er heißt Nigel. Er hat mich zu Angelas Wohnung begleitet und..."

"Du bist einen Abend von zu Hause weg und lässt dich von einem Mann nach Hause begleiten! Das klingt, als wärst du mehr mein Mädchen, als ich dachte!"

"Es ist nichts passiert."

"Diesmal nicht, Tochter, aber es ist mein Blut, das durch deine Adern fließt, und die Zeit wird beweisen, dass das, was ich sage, wahr ist. Wenn du einen Mann in die Finger bekommst, wenn er dich an vielen Stellen berührt, dann wirst du lebendig. Er wird dich dorthin bringen, wo du nie gedacht hättest, dass dein Körper hingehen könnte. Jeder Mann kann das für dich tun, Tochter, ob du ihn liebst oder nicht. Jeder Mann kann das. Jeder Mann, der es weiß, kann es dir beibringen."

"Ich will das nicht hören", sagte Ribby und eilte die Treppe hinauf in ihr Zimmer. Sie knallte die Tür zu und schloss sie ab. Sie ließ das Bad einlaufen, fügte reichlich Schaum hinzu und wählte ein Buch von ihrem Beistelltisch. Sie badete stundenlang und versuchte, nicht daran zu denken, was Nigel ihr vielleicht beibringen könnte.

KAPITEL 8

MONTAGMORGEN, ZURÜCK AN DER Arbeit. Die übliche Schlange von Kunden. Ribby bedient sie, der Chefbibliothekar nimmt keine Notiz davon. Später war Ribby im zweiten Stock und räumte Bücher in die Regale zurück. Sie schaute aus dem Fenster, um zu sehen, ob etwas Interessantes passierte, aber da war nichts. Bis etwas passierte. Eine Stretchlimousine auf der anderen Straßenseite. Ein Chauffeur mit einer Mütze stieg aus und öffnete die Tür. Ribby beobachtete, wie ein Paar langer Beine in auffallend hohen Absätzen an einer blonden Frau ausstieg. Der Chauffeur schloss die Tür und die Frau ging in die entgegengesetzte Richtung der Bibliothek davon.

Ich würde gerne anders aussehen.

Ja, ich auch. Was hast du dir vorgestellt?

Unsere Haare könnten wir ändern. Sie färben. Blondinen haben mehr Spaß.

Vielleicht stattdessen eine Perücke? Weniger dauerhaft.

Klingt nach einem Plan. Ich kann's kaum erwarten!

Als die Bücher wieder an ihrem Platz waren, kehrte Ribby an ihren Schreibtisch zurück. Sie suchte nach einem Perückenladen in der Nähe. Wigs-R-Us war einige Blocks entfernt. Als sie auf die Uhr schaute, war es schon fast Zeit für die Mittagspause. Den Hin- und Rückweg würde sie locker schaffen. Vor dem Laden sah sie sich die Perücken im Schaufenster an.

Die da mag ich. Und die da.

Wirklich? Willst du sie so kurz tragen?

Ja, auf jeden Fall kürzer.

Die Glocke läutete, als sie den Laden betrat. Es war auffallend ruhig, leiser als in der Bibliothek.

"Hallo?" sagte Ribby.

Eine Frau tauchte hinter der Theke auf und streckte ihr die Hand entgegen: "Willkommen in meinem Laden. Womit kann ich dir heute helfen?" Selbst im Stehen war sie viel kleiner als Ribby.

Ribby öffnete den Mund, um etwas zu sagen, aber bevor sie etwas sagen konnte, ergriff die Frau wieder das Wort.

"Wenn du dich hier hinsetzen möchtest, kann ich dir die Perücken bringen. Zeig einfach auf die Perücken, die du anprobieren möchtest. Ich passe dir die Perücke an und schon kannst du dein neues Ich im Spiegel betrachten."

Die Frau legte ihre Hand auf Ribbys Rücken und führte sie zu einem Stuhl. Ribby setzte sich, während die Frau den Stuhl immer tiefer kurbelte. Ribby kippte weiter nach unten, um sich anzupassen.

"Was machst du?", fragte die Frau, während sie mit den Fingern durch Ribbys Haare fuhr. "Ich meine, wie verdienst du deinen Lebensunterhalt? Du brauchst wirklich eine Perücke, die zu deinem Lebensstil passt. Oh, deine Haare sind übrigens wunderschön."

"Äh, danke. Ich arbeite in der Bibliothek. Ich hätte gerne eine blonde Perücke. Kurz, wie die im Schaufenster. Hier."

"Oh je, das ist eine interessante Wahl. Das ist unsere beliebteste blonde Perücke. Du kennst ja das Sprichwort: Blonde haben mehr Spaß."

Die Frau hatte hinter dem Tresen eine Kiste mit Perücken, die genau wie die im Schaufenster aussahen. Sie brachte sie herüber und begann, Ribbys echtes Haar hochzubinden.

"Ich habe es mir anders überlegt", sagte Angela. Sie zeigte nach oben: "Ich möchte diese Perücke anprobieren."

Was? Was machst du denn da?

Das andere ist normal. Ich will etwas Besonderes.

Na gut.

Die Perücke hatte einen Pony, der über die Stirn gefegt und hinten umgeschlagen war. Sie war schulterlang und fühlte sich ziemlich steif an.

Definitiv nicht.

Einverstanden.

Was ist mit dieser Perücke?

Sie war auffallend kurz und hatte einen Scheitel auf der linken Seite, der aber versetzt war. Der Pony war gefedert, die Frisur durchgehend gestuft und das Haar endete knapp unter den Ohrläppchen. In dem Moment, in dem die Frau es anlegte, gefiel es sowohl Ribby als auch Angela. Es war ein totaler Kontrast zu Ribbys Alltagslook.

Ich kann es nicht glauben, ich sehe wunderschön aus.

Natürlich tust du das, Angela.

"Perfekt! Packen Sie es ein!" sagte Ribby. "Ich muss zurück an die Arbeit."

Jetzt brauchen wir nur noch ein paar neue Klamotten!

Ribby verbrachte den Nachmittag mit der Arbeit am Computer. Sie schickte E-Mails an Ersttäter, die ihre Bücher zu spät zurückgebracht hatten. Wiederholungstäter mussten angerufen werden.

Nach der Arbeit gingen sie ins Einkaufszentrum und kauften ein paar Sachen. Es war schon spät, also musste Ribby einen Uber nehmen, um noch rechtzeitig ins Krankenhaus zu kommen.

Sie stürzte sich in die Unterhaltung der Kinder. Mikeys Abwesenheit lag immer noch in der Luft, aber die Kinder schafften es trotzdem, zu lächeln und sogar ein bisschen zu lachen.

Auf dem Heimweg im Bus erfasste der Wind Ribbys Jacke und schob sie vor sich her.

Warum fahren wir nicht in unser richtiges Zuhause?

Es ist doch erst Montag und wir wollen nicht, dass Mama Verdacht schöpft.

Okay, ich mache bei dieser Scharade mit.

Pssst.

Ribby drehte den Griff und öffnete die Haustür zu Marthas Haus.

Eine Männerstimme brach in Gelächter aus.

Ribby lauschte ein paar Augenblicke und hörte, wie das Besteck gegen die Teller klickte. Ihr Magen knurrte. Sie hatte den ganzen Tag noch nichts gegessen.

In der Küche tauchte John MacGraw sein Brot in seine halbleere Schüssel. Martha löffelte den Eintopf in Strolchi's Schüssel und er leckte ihn auf.

Als sie die Küche betrat, sah Ribby zu Martha hinüber, die lächelte. Wenn John in der Nähe war, wirkte Martha manchmal wie ein anderer Mensch. Von allen Vätern, die ihre Mutter nach Hause brachte, war John der anständigste. Er brachte das Beste in ihrer Mutter zum Vorschein, die anscheinend wollte, dass er dachte, sie stünden sich nahe.

"Hallo, Ma. Hallo auch zu dir, John."

"Setz dich zu uns", gurrte Martha und klopfte auf die Sitzfläche des Stuhls, der ihr am nächsten war. Bevor Ribby sich setzen konnte, sprang Martha auf. "Warte! Ich muss dir erst etwas zeigen. Es ist ein Geschenk von John."

"Das kann bis nach dem Essen warten", sagte John und forderte beide mit fester Stimme auf, sich zu setzen.

"Es riecht wirklich gut", sagte Ribby, als Martha ihre Hand nahm und sie aus der Küche zog.

"Ta-dah!" sagte Martha. Es war ein neues tragbares Telefon mit einer sehr langen Verlängerung.

"Wow, das ist fantastisch."

"Ja, das ist es. Jetzt lass uns zurück in die Küche gehen. Wir wollen John nicht warten lassen."

"Deine Mutter ist eine tolle Köchin", sagte John, als sie sich setzten.

"Danke für das Telefon."

"Kein Problem, es wurde auch Zeit, dass du eins hast. Das macht es mir leichter, dich zu erreichen", sagte John.

Martha schüttete noch etwas Eintopf in Johns Schüssel. "Ich weiß nicht, ob ich es dir schon mal gesagt habe, John. Ribby verbringt ihre Montagabende damit, kranke Kinder im Krankenhaus zu unterhalten." Sie schöpfte etwas in Ribbys Schüssel. "Wie ging es Mikey heute?" Ohne auf eine Antwort zu warten, sagte sie: "Mikey ist Ribbys Liebling, er..."

Ribby brach in Tränen aus. Sie hatte noch nie um Mikey geweint. Jetzt konnte sie nicht mehr aufhören. Die Tränen liefen ihr die Wangen hinunter und in die Schüssel mit dem Eintopf.

"Reiß dich zusammen, Mädchen", sagte Martha mit erhobener Stimme. Sie schaute John an, um zu sehen, ob er es bemerkt hatte. Als sie sicher war, dass er es nicht bemerkt hatte, tätschelte sie Ribbys Hand und gurrte. "Was ist denn los? Wir haben Besuch und du heulst hier wie ein Baby. Nimm dich zusammen." Sie drückte einen Nagel in Ribbys Handrücken und flüsterte: "Du bringst John in Verlegenheit."

"Aua", sagte Ribby, zog ihre Hand weg und schluchzte weiter.

"Mach dir keine Sorgen um mich", sagte John. "Eine gute Träne hat noch niemandem geschadet. Das ist dein Zuhause, Ribby, und du kannst weinen, wenn du willst."

Ribby begann zu lachen. Nicht zu kichern, sondern zu lachen. In ihrem Kopf spielte eine Melodie: Es ist mein Zuhause und ich kann weinen, wenn ich will, weinen, wenn ich will, weinen, wenn ich will. "Mikey ist tot."

KAPITEL 9

"**A**NGELA HAT MICH FÜR das ganze Wochenende eingeladen", sagte Ribby am nächsten Morgen beim Frühstück.

"Das ist ein gutes Timing, Ribby, ein gutes Timing. John und ich werden das Wochenende zusammen verbringen. Wir haben Pläne."

Ribby seufzte erleichtert auf.

"Ich wünsche dir eine schöne Zeit und..." Sie griff nach Ribbys Handgelenk. "Ich möchte dir sagen, wie leid es John und mir gestern Abend getan hat, als wir von dem kleinen Mikey hörten. Ich will nicht, dass du wieder trübsinnig wirst, aber ich bin stolz auf dich. Ich hoffe, du wirst dieses Wochenende viel Spaß haben. Du hast es dir verdient."

Ribby, die von den freundlichen Worten ihrer Mutter überrascht war, warf ihre Arme um ihren Hals.

"Na dann", sagte sie und klopfte ihrer Tochter auf den Rücken.

Sie trennten sich und Ribby machte sich auf den Weg zur Bushaltestelle. Ihr Tag wurde immer weniger wie der Murmeltiertag.

So ein Quatsch. Wie konntest du sie umarmen, nach allem, was sie zu dir gesagt und dir angetan hat? Wie konntest du nur? Ich bekam eine Gänsehaut.
Sie war aufrichtig.
Du bist sooooo naiv!

✳✳✳

M IT DER NEUEN PERÜCKE *und der dunklen Sonnenbrille war Angela fest entschlossen, auf Shoppingtour zu gehen.*

Aber wir können es uns nicht leisten.

Dafür gibt es ja den Kredit.

Ich muss ihn trotzdem zurückzahlen.

Entspann dich, es wird schon gehen.

Angela probierte die untypischsten Outfits an und schöpfte ihre Kreditkarte bis zum Anschlag aus.

Ganz ehrlich, gib nichts mehr aus.

Okay, okay, aber sehen wir nicht toll aus?!

Ribby gab zu, dass sie sich selbst nicht mehr erkennen konnte.

Du bist da. Du bist das Fenster und ich bin der Rahmen.

Köpfe drehten sich um, als sie die Promenade entlanglief. Es gab Buhrufe und Pfiffe.

Sie ging in einen anderen Nachtclub, der näher an der Uferpromenade lag. Der Türsteher kontrollierte Ribbys Ausweis und schaute sich das Bild genau an.

"Bist du sicher, dass du das bist?", erkundigte er sich.

"Natürlich bin ich das", antwortete Ribby. "Es ist eine Perücke."

"Entschuldige, ich wollte dich nicht beleidigen. Hier ist ein Coupon für ein Freigetränk."

"Danke."

Mir gefiel nicht, wie der Typ uns ansah.

Ja, es war, als hätte er einen Röntgenblick und könnte durch das Kleid hindurch sehen.

Was für ein Widerling.

Holen wir uns einfach das Freigetränk und gehen dann rüber ins Cat's Eye.

✳✳✳

EINIGE ZEIT SPÄTER KAM sie im Cat's Eye an und
entdeckte Nigel, der alleine saß.

Ich glaube nicht, dass er uns wiedererkennt.

Warum sollte er auch? Wir tragen dunkle Brillen
und eine blonde Perücke.

Angela bestellte einen Martini.

Allein der Gedanke an Alkohol verursachte in
Ribbys Magen ein mulmiges Gefühl.

Nigel warf einen Blick zu Angela hinüber. Sie
bestätigte ihn mit einem Zwinkern und schüttete
den Martini zurück. Sie bestellte noch einen.

"Willst du tanzen?", fragte er.

Nigel legte seine Arme um Angelas Taille und
drückte sie fest an sich. Er blickte in Angelas dunkle
Sonnenbrille.

Angela ließ ihre Hand auf Nigels rechte Pobacke
gleiten. Sie schaukelte ihn gegen sie hin und her.
Die beiden bewegten sich im Dunkeln zu den
pulsierenden Disco-Sounds. Noch bevor das Lied
zu Ende war, küssten sie sich. Sie vergaßen, dass
sie sich an einem öffentlichen Ort befanden. Nigel
nahm ihre Hand und führte sie aus dem Club.

Es gab keine Worte, denn die Leidenschaft zwischen ihnen war zu groß. Sie gingen ein paar Schritte, dann drückte Angela ihn gegen die Steinmauer und küsste ihn noch einmal.

Sie gingen weiter, vorbei an der 7-11. Sie klammerten sich aneinander und küssten sich. Angelas Lippenstift klebte an seinem Kragen und auf der Seite seines Gesichts. Beide sahen aus, als hätten sie einen Kampf hinter sich.

Als sie in Ribbys Wohnung ankamen, erkannte Nigel, wer Angela war. Sie nahm seine Hand und führte ihn die Treppe hinauf.

"Äh, warte mal", sagte Nigel. "Ist das eine Art Spiel?"

"Natürlich nicht", sagte Angela, öffnete die Knöpfe an seinem Hemd und küsste seine Brust. "Komm schon."

"Ich weiß nicht, was mit dir los ist", sagte Nigel. "I..."

"Ach, halt die Klappe! Und es heißt, Frauen reden zu viel!", sagte sie, während sie sich gegenseitig die Kleider vom Leib rissen und aufs Bett fielen.

Danach hob Nigel seine Kleidung auf und schlüpfte hinaus, bevor Angela aufwachte.

Ribby konnte sich nicht daran erinnern, den Nachtclub verlassen zu haben.

Angela erinnerte sich an jedes einzelne Detail.

KAPITEL 10

RIBBY BALUSTRADE HATTE KEINE *glückliche Kindheit. Sie war ein einsames Einzelkind, das von einem Zwei-Eltern-Haushalt profitiert hätte. Da sie ihren Vater nicht kannte, musste sie ihn sich vorstellen. Sie sah ihn als eine Mischung aus Atticus Finch aus "Wer die Nachtigall stört" und Gregory Peck aus dem echten Leben.*

Als Ribby sie nach ihrem Vater fragte, wechselte Martha das Thema.

Ribby ging zurück zur Lektüre von "Wer die Nachtigall stört". "Du verstehst einen Menschen erst dann richtig, wenn du die Dinge aus seiner Sicht betrachtest ... bis du in seine Haut schlüpfst und in ihr herumläufst."

Nachdem sie viele Fragen über ihren Vater gestellt und keine Antworten erhalten hatte, heckte Ribby einen Plan aus. Sie würde auf den Dachboden klettern, den ihre Mutter "No-Go-Zone" nannte, und dort wie Nancy Drew nachforschen. Leider entdeckte sie dort nur Krabbeltiere von Wand zu Wand, vor allem Spinnen. Außerdem stank es nach alten, staubigen und muffigen Kisten, die nichts mit ihrem Vater zu tun hatten.

Als sie wieder nach unten schlich, hörte sie die Schuhe ihrer Mutter auf der Veranda klappern. Als sie merkte, dass sie vergessen hatte, die Dachbodentür zu schließen, geriet Ribby in Panik. Sie schob die Leiter zurück in ihre ursprüngliche Position und wollte sie später reparieren. Sie hoffte, ihre Mutter würde es nicht bemerken.

Als sie sich zum Abendessen setzten, betete Ribby immer wieder, dass ihre Mutter es nicht bemerken würde. Sie sagte Gott, dass sie für den Rest ihres Lebens nie wieder etwas Schlechtes sagen oder tun würde. Sie schwor sich, ihr Lieblingsspielzeug, eine blonde Puppe mit hellen Reflexen namens Anna, aufzugeben.

Martha hängte ihren Mantel auf und ging direkt in die Küche. Sie setzte sich hin. Ribby brachte den Kessel zum Kochen und servierte ihrer Mutter eine Tasse Kaffee. Martha nippte daran und achtete darauf, ihren Lippenstift nicht zu verschmieren.

Ribby beobachtete diese Nuance. Die Erhaltung des Lippenstiftes bedeutete, dass Martha wieder ausgehen würde. Sie dankte Gott, dass er sie erhört hatte und ihr Puls verlangsamte sich.

"Und, was hast du heute so gemacht?" fragte Martha. "Hast du deine Hausaufgaben gemacht?"

"Fast, Mama, fast", antwortete Ribby und beugte sich vor, um die Tasse Kaffee ihrer Mutter aufzufüllen.

"Übrigens, was hast du in der No-Go-Zone gemacht, mein Mädchen?" fragte Martha und hielt Ribbys zitternde Hand fest, während sie einschenkte.

Ribby schaute ihrer Mutter nicht in die Augen. Ein paar Sekunden später spritzte der Urin an ihren Beinen herunter, auf ihre Schuhe und auf den Boden, und sie begann zu weinen.

"Verdammt noch mal, Ribby. Sieh mal, was du gemacht hast! Du hast meinen Boden vollgepinkelt. Nimm den Mopp und wisch es auf. Kümmere dich nicht darum, dich zurechtzumachen, sondern mach es sauber! Was soll eine Mutter mit einer Tochter machen, die Lügen erzählt? Was soll eine Mutter mit einer Tochter machen, die ihren schönen sauberen Boden vollpinkelt?"

Ribby wischte hektisch. Das Hin- und Herschwappen gab ihr Zeit zum Nachdenken. Das kalte Gefühl des Urins auf ihrer Haut ließ sie frösteln. Als der Boden wieder fleckenlos war, stellte Ribby den Mopp an seinen Platz zurück und machte sich daran, nach oben zu gehen und sich umzuziehen.

"Nicht so schnell, mein Mädchen", sagte Martha, packte ihre Tochter an den Haaren und zog sie zur Leiter. "Wir können das doch nicht die ganze Nacht offen lassen, oder? Du weißt schon, gruselige Krabbeltiere. Jetzt gehst du da rauf", sagte Martha, während sie ihre Tochter nach oben schob.

Ribby fuchtelte mit den Armen. Sie hatte Angst, nach oben zu gehen. Angst davor, herunterzufallen.

Als sie oben ankam, lachte Martha. "Da es dir da oben so gut gefällt, solltest du die Nacht dort verbringen. Geh du rein, mein Mädchen." Martha kletterte hinter ihr auf die Leiter. "Denk mal darüber nach, was eine No-Go-Zone bedeutet", rief Martha, als sie die Falltür schloss. Die Leiter schwankte unter Marthas Gewicht. Als ihre hohen Absätze den Boden berührten, klickten sie und blieben stehen. Ribby weinte bereits. "Ich schließe das Schloss ab und mache das Licht aus. Hörst du mir zu?"

Ribby schluchzte noch lauter.

"Falls du dich wunderst: Da oben gibt es nicht nur Spinnen. Da gibt es auch kleine pelzige Ratten!"

Ribby schrie und hämmerte gegen die Tür und flehte ihre Mutter an, sie rauszulassen. Sie flehte. Sie schwor, dass sie ihr nie wieder ungehorsam sein würde. Es kam keine Antwort.

Draußen knallte eine Autotür zu. Martha und einer ihrer Verehrer rasten davon.

Etwas Pelziges streifte ihr Bein und sie rannte, stolperte und stieß sich den Kopf. Sie rief wieder nach ihrer Mutter. Doch sie antwortete nicht.

Als Martha zurückkam, sagte sie: "Geh nie wieder da hoch. Ich meine, niemals."

"Ja, Mama", sagte Ribby, und sie tat es nie wieder.

Die Erinnerung daran, dass sie auf dem Dachboden gefangen war. Die Demütigung, sich in die Hose gemacht zu haben. All die Schuldgefühle und die Scham kamen mit voller Wucht zurück. Dieselbe traumatische Erinnerung. Sie zwang Ribby, sie wieder und wieder zu erleben.

Deine Mutter ist eine totale und komplette Kuh.

Sie hat es gut gemeint. Das war eine Lektion, die ich gelernt habe.

Mein Fuß meint es gut und ich würde ihn ihr direkt in den Hintern stecken, wenn sie so etwas noch einmal versucht.

Ich bin froh, dass du jetzt in meiner Ecke stehst.

Es hat Ribby nicht mehr überrascht oder schockiert, was Angela wusste.

Und vergiss das bloß nicht!

KAPITEL 11

ANGELA WAR VON RIBBYS Loyalität zu Martha völlig verblüfft. In Ribbys Gedanken zu leben und aus erster Hand von Marthas Grausamkeit zu erfahren, war unerträglich.

Angela nutzte ihre Stärke des inneren Dialogs, um Ribby zu helfen, sich der Vergangenheit zu stellen. Sie ermutigte Ribby, ihre Fäuste zu ballen. Dadurch konzentrierte sie ihre Energie auf den Moment. Die Aktion funktionierte anfangs sogar, wenn Ribby einen schlechten Traum oder einen Flashback hatte.

Später versuchte Angela, die schlechten Erinnerungen zu sammeln und sie zurückzudrängen. Weg. So weit in Ribbys Kopf, dass sie nicht mehr erreichbar waren. In der Theorie war das eine gute Idee, in der Realität konnte Angela sie nicht verdrängen.

Der einzige Ausweg schien das Offensichtliche zu sein. Ribby ein für alle Mal aus der Situation zu bringen. Irgendwohin, weit weg, wo Martha sie nicht mehr ausnutzen oder ihr schaden konnte. Angela dachte, dass es ein klarer Bruch sein musste. Sie wartete auf den Moment, in dem der richtige Zeitpunkt gekommen war.

Das Gute kommt zu denen, die warten.

Nach einer weiteren Woche im Haus von Martha war Angela froh, dass sie sich auf den Weg zur Party machen konnte. Sie trug die blonde Perücke, eine dunkle Sonnenbrille und ein rotes, ärmelloses Kleid. In ihrem neuen Outfit fühlte sie sich stark und unbesiegbar. Sie war auch fest entschlossen, sich durch nichts von ihrem Spaß abhalten zu lassen.

Auf dem Weg zum Nachtclub pfiff ihr eine Gruppe von Teenagern hinterher und rief ihr zu. Es waren zwar nur Heranwachsende, aber Jungs, die es besser wissen sollten.

Angela zog den, der ihr am nächsten war, am Hemd zu sich. "Wenn ihr mir noch einmal zu nahe kommt, reiße ich euch die Eier ab und füttere euch damit zum Frühstück. Kapiert?"

Die Jungs huschten davon.

Angela lachte, strich ihr Kleid glatt und vergewisserte sich, dass sie sich keinen Nagel abgebrochen hatte. Sie zündete sich eine Zigarette an und ging weiter den Strand entlang und in die Kneipe.

Fierce.

Wow, was ist los? Das war mehr als nur ein bisschen O.T.T.

Jungs werden zu Männern. Sie sollten Respekt lernen.

Sie sind gerannt, als wärst du Bellatrix Lestrange!

Nicht mit dieser Perücke!

Im Nachtclub angekommen, schlich sich Ribby an die Bar und bestellte einen Drink. Sie nippte widerwillig daran. Angela übernahm und schüttete den Martini zurück. Sie bestellte noch einen und erregte damit die Aufmerksamkeit eines durchtrainierten Türstehers im Eingangsbereich.

Lass uns noch ein oder zwei Minuten auf Nigel warten.

Er wird sich sowieso nicht an uns erinnern.

Oh, an mich wird er sich schon noch erinnern.

Zwei Martinis später.

Lass uns gehen; hier ist nichts los.

Geduld, mein lieber Freund, Geduld.

Der Türsteher trennte sich von den Jugendlichen, die die Treppe herunterkamen, und ging zu Ribby hinüber.

"Wie geht es dir?", fragte er und versuchte zu sehr, sexy zu wirken.

"Sehr gut, danke", sagte Ribby.

Halt die Klappe Rib—lass mich das machen. "Eigentlich ist das hier heute Abend ein Ort der Langeweile."

"Ja, hier ist es ein bisschen wie in der Sesamstraße, nicht wahr?", sagte der Türsteher und stellte sich als "Ed; Ed der Türsteher" vor.

"Ich bin Angela."

"Schön, dich kennenzulernen, Angela", sagte Ed, während er versuchte, ihr vorne am Kleid hinunter zu schauen. "Wenn du dich amüsieren willst, kannst du bis 14 Uhr hier bleiben. Dann habe ich Feierabend. Können wir dann noch irgendwo hingehen?"

"Äh, danke für das Angebot", sagte Ribby, "aber wir müssen....".

"Ich kann gegen 14:30 Uhr zurück sein", sagte Angela. "Wo sollen wir uns treffen?"

Ed war sehr genau, was den abgelegenen Ort am Strand betraf.

Angela hoffte, dass er so gut war, wie er aussah.

✱✱✱

ICH KANN NICHT GLAUBEN, dass du dich mit diesem Trottel verabredet hast. Wir werden auf keinen Fall hingehen.

Rippe, mach dir keine Gedanken darüber. Entspann dich. Mach ein Nickerchen. Ich erzähle dir später alles. Ab mit dir, Kleiner, Nachthemdnacht.

Um 2:30 Uhr wartete Angela am Strand. Sie hatte sich ein schwarzes Kleid angezogen.

Ed, der Türsteher, tauchte auf und sie rief ihm zu. Er stolperte auf sie zu.

"Du bist stinksauer."

"Ein bisschen, aber nicht genug." Er stieß sie zu Boden, zerrte an ihrem Kleid und fiel auf sie drauf.

"Ganz ruhig, Junge, ganz ruhig", sagte Angela und versuchte, sich zu beherrschen.

"Komm schon, Baby. Ich habe dir doch versprochen, dass ich dir eine schöne Zeit bereiten werde." Er presste seinen Mund auf den ihren.

"Aua", sagte Angela, "nicht so grob, Baby. Ich mag es nicht so hart."

Aber das schien Ed nicht zu interessieren. Seine Hände rissen und zerrten.

"Hat dir deine Mama keine Manieren beigebracht?" sagte Angela, als sie ihn mit gespreizten Fingern zurückstieß. "Frauen wie ich wollen, dass ein Mann freundlich und sanft ist." Sie schlug ihm auf die Brust.

Er nahm ihre Handgelenke in seine massiven Hände und spreizte sie. "Manche Frauen wollen das, andere nicht." Er lachte. "Ich habe dich vom ersten Moment an durchschaut, als ich dich sah. Du saßt an der Bar und hattest dein Kleid hochgeschlagen. Du hast jeden Kerl angestarrt, der zur Tür hereinkam. Du wolltest es unbedingt haben. Gierig danach."

"Warte mal", sagte Angela und versuchte, sich zu befreien. "Ich will dich ja, aber nicht hier. Ich möchte, dass es für mein erstes Mal ein bisschen romantischer ist."

Ed erstarrte.

Sie fuhr fort. "Hast du jemals den Film Von hier bis in die Ewigkeit mit Burt Lancaster und Deborah Kerr gesehen? Du weißt schon, der, in dem sie es tun, während die Brandung hereinkommt?"

Er lehnte sich näher heran. "Klar, das ist ein Klassiker." Er beugte sich herunter und küsste ihren Hals. "Weniger reden, was, Babe?"

"Komm näher ans Wasser, wie im Film, weißt du, was ich meine?" flüsterte Angela. "Bring mich dorthin, ich will dich dort haben."

Ed blieb stehen. Sie stieß sich ab und stand auf.

Sie griff in ihre Handtasche, ließ sie dann fallen und lief zum Wasser. Sie warf einen Blick über ihre Schulter. Er beobachtete sie.

Am Wasser angekommen, hob sie den Saum ihres Kleides an.

Ed riss sich das Hemd vom Leib, rannte in ihre Richtung und ließ dabei seine Jeans fallen.

Als er sich auf sie stürzte, bohrte sich der Schlüssel, den sie in der Hand hielt, direkt in seine Augenhöhle. Er schrie auf und wimmerte, als sein Unterleib mit ihrem Knie zusammenstieß. Sie erschrak über das schrille Geräusch, als sie den Schlüssel aus seinem Auge zog. Als das Blut über sein Gesicht floss, schluchzte er und wälzte sich in seiner Leistengegend. Sie stach den Schlüssel in die Seite seines Halses und traf eine Arterie. Das Blut spritzte wie Wasser aus einem Feuerwehrschlauch.

Sie ging ein paar Schritte von der Leiche weg und tauchte ihre Zehen ins Wasser. Ab und zu warf sie einen Blick auf ihn zurück. Bis er sich nicht mehr bewegte. Sie ging zurück und lauschte, um zu sehen, ob er tot war: Er war es. Endlich. Sie rollte ihn, wie einen Sack Kartoffeln, immer tiefer ins Wasser. Mit jedem Stoß schien der Leichnam leichter und leichter zu werden.

Archimedes hatte Recht.

Als er so weit draußen war, wie es ihr möglich war, schwamm sie zurück zum Ufer, sammelte ihre Sachen ein und zog sich um.

Seine Sachen ließ sie dort liegen, wo er sie fallen gelassen hatte.

Als die Sonne des neuen Tages den Himmel feuerrot färbte, kehrte Angela ins Wasser zurück.

Sie suchte das Ufer ab und sah keine Spur von ihm. Sie tauchte den Schlüssel ins Wasser, um das Blut abzuspülen, und machte sich dann auf den Heimweg. Nach einer langen Dusche schlief sie wie ein Baby.

KAPITEL 12

R IBBY ÖFFNETE IHRE AUGEN. Die hereinströmende Sonne ließ sie erschaudern. Ein vertrautes Gefühl von Déjà-vu ließ sie sich aufsetzen. Sie streckte sich, gähnte und fragte sich, warum sie sich so schlecht fühlte. Sie konnte sich an nichts erinnern, nachdem sie in der Bar gesessen hatte.

Sie kletterte aus dem Bett und ließ den Kaffee aufbrühen, während sie duschte und sich anzog. Sie entdeckte ihr Kleid auf dem Boden, zerknittert. Sie hob es auf und Sand fiel auf den Boden. Sie zuckte mit den Schultern und warf es in den Wäschekorb.

Während sie Zucker in ihren Kaffee rührte, dachte sie über das Kleid und den Sand nach. Sie versuchte, sich an den Abend zuvor zu erinnern, aber es fiel ihr nichts ein.

Sie schaute vor ihrer Tür nach der Zeitung. Sie warf einen Blick auf die Schlagzeile, während sie ihren Kaffee aufhob. Sie klemmte sich die Zeitung unter den Arm, zog die Glastüren zurück und wurde von chaotischen Geräuschen überfallen. Polizeiautos. Krankenwagen. Feuerwehrautos. Die Presse. Eine Menge von Schaulustigen. Chaos und nicht weit von ihrem Haus entfernt. Die Polizei hatte den größten

Teil des Gebiets mit Sandbarrieren abgesperrt. In der Nähe der Wasserkante war ein weiterer Bereich mit Fahnen abgesperrt worden.

Angela hatte eine ziemlich gute Vorstellung davon, was es mit dem ganzen Trubel auf sich hatte.

Ich muss sehen, was los ist.

Vielleicht ist es ein geschlossenes Set für eine Reality-Sendung. Oder ein Film.

Oh, das wäre aufregend. Ich werde es mir ansehen.

Ribby zog sich an und ging zum Strand. Sie schlängelte sich durch die Menge und fragte eine ältere Dame, was passiert sei.

"Tot", sagte die Frau. "Tot aufgefunden. Schnappschildkröten müssen ihn erwischt haben. Was für ein Anblick!" Sie wischte sich mit einem Taschentuch über die Stirn.

Duuun dun duuun dun dun dun dun dun dun dun BOM BOM...

Jaw's Thema? Muss das sein? Sie sagte, es sei eine Schnappschildkröte.

"Ach du meine Güte, armer Mann."

Ich habe es auf meine Art gemacht.

Du, pssst. Bitte!

Der Polizist hatte ein Megaphon. Er forderte alle auf, sich zu entfernen, es sei denn, sie hätten Beweise vorzulegen.

Duuun dun duuun dun dun dun dun dun dun dun, BOM BOM...

Schnappschildkröte.

✳✳✳

RIBBY, VERÄNGSTIGT DURCH DAS Chaos in ihrem neuen Zuhause, kehrte in ihr altes Zuhause zurück.

Warum gehst du dorthin zurück? Bleib hier und schau, was los ist.

Nein, ich will weg von dem Lärm.

Was ist, wenn Martha und einer ihrer Verehrer noch lauter mit dem Bouncy-Bouncy sind?

Igitt. Ich werde diese Brücke überqueren, wenn es soweit ist.

Sie öffnete die Jalousien im Wohnzimmer. Draußen rührte sich nichts, nicht einmal ein Windhauch. Die Uhr hinter ihr tickte im Gleichschritt mit ihrem Herzschlag. Es war still, fast zu still. Sie schloss die Jalousien.

Sie griff nach der Fernbedienung und schaltete den Fernseher ein. Sie klickte herum, fand aber nichts, was ihr Interesse weckte. Sie blätterte in einer Zeitschrift und wählte dann ein Buch aus dem Regal. Keines von beiden weckte ihr Interesse. Sie ging in die Küche und machte sich eine Tasse Tee.

Auf dem Rückweg läutete es an der Haustür. Sie öffnete die Tür und sah sich ihrer Nachbarin gegenüber. Mrs. Engle war mit zwei Auflaufformen bewaffnet.

"Hallo, Ribby", sagte Mrs. Engle und drängte sich herein. "Deine Ma hat mir gesagt, dass du dafür Platz im Kühlschrank hast." Mrs. Engle stellte die Kasserolle auf den Tisch, öffnete den Kühlschrank und lehnte sich hinein, um einen Platz zu erspähen.

"Ich war das ganze Wochenende weg. Ich hatte nicht einmal die Gelegenheit, in den Kühlschrank zu schauen."

"Da ist jede Menge Platz. Ich muss..." Frau Engle sprach nicht zu Ende. Sie räumte alles um und legte dann ihre Waren hinein. "Ich komme in ein paar Tagen wieder, um sie zu holen, Rib. Mein Urgroßonkel Phil ist gestorben. Sie kommen alle zu mir. Sie essen sehr viel. Deine Ma hat gesagt, dass alles, was ich reinpacken kann, für sie in Ordnung ist."

"Es tut mir leid, das mit deinem Onkel zu hören. Aber du bist natürlich immer willkommen." Ribby ging auf die Haustür zu und hoffte, dass ihre Nachbarin ihr folgen würde.

"Du bist ein Schatz, Rib", zögerte Mrs. Engle und blieb stocksteif stehen. "Unterhältst du immer noch die lieben Kleinen im Krankenhaus?"

"Natürlich tue ich das. Unbedingt jeden Montag."

Sie gingen zur Eingangstür.

"Übrigens, deine Mutter hat gesagt, dass sie bis Dienstag oder Mittwoch weg ist. Sie und Tom, oder Jerry, ich weiß nicht genau, wer von beiden, sind für ein paar Tage an die Küste gefahren. Er hat Asthma, wusstest du das nicht? Sein Arzt hat vorgeschlagen, aus der Stadt zu fahren. Deine Mutter ist mitgefahren, um ihm Gesellschaft zu leisten, und sie hat Strolchi mitgenommen.

Ribby verschränkte ihre Arme. "Mom macht einen längeren Urlaub. Ich wünschte nur, ich hätte das gewusst, dann hätte ich noch ein bisschen länger bei meiner Freundin Angela bleiben können."

Mrs. Engles Augenbrauen gingen hoch. "Nun, sie hatte die Telefonnummer deiner Freundin nicht."

"Danke, dass du mir das sagst." Ribby öffnete die Tür und folgte Mrs. Engle hinaus auf die Veranda.

In der Dunkelheit surrten die Mücken und zirpten die Grillen. Ihre verschränkten Arme boten wenig Schutz gegen die kühle Nachtluft.

"Gute Nacht, Ribby, und nochmals danke."

"Gute Nacht, Mrs. Engle." Ribby schloss die Haustür und verriegelte sie.

Sie ist ein verrückter alter Stiefel.

Sie war schon unsere Nachbarin, als ich noch ein kleines Mädchen war.

Oh, was für Geschichten sie erzählen kann.

Sie ist keine Klatschtante, wie einige der anderen Nachbarn.

Das Leben in den Vorstädten.

Ja, die meiste Zeit ist es sehr langweilig.

Es ist viel zu ruhig hier und ich habe Durst. Ich meine auf einen Drink. Einen richtigen Drink.

Mama hat bestimmt noch Jack Daniels, aber sie wird ihn vermissen, wenn wir einen Tropfen trinken.

Komm schon, lebe gefährlich.

Ribby willigte ein, goss ein Glas ein und kippte es zurück. Auf dem Weg nach unten brannte es. Es war ein gutes Brennen.

Mehr bitte.

Wir sollten es ersetzen, bevor Mom es merkt.

Denk mal darüber nach... wer hat es bezahlt? Wir.

Ja, aber die ganze Flasche. Mein Magen schmerzt und mein Kopf dreht sich.

Zeit, ins Bett zu gehen. Schlaf dich aus.

Auf dem Weg nach oben hielt sich Ribby am Geländer fest, um sich zu stützen. In ihrem Zimmer warf sie ihre Kleidung ab und fiel ins Bett. Als sie sich aufsetzte, fiel ihr ein, dass sie die Tür nicht abgeschlossen hatte. Sie schwankte zu ihr hinüber, schloss sie ab und fiel zurück ins Bett.

Vorsicht ist besser als Nachsicht.

Schon bald schlief Ribby fest ein. Sie träumte, dass sie Deborah Kerr war, die mit Burt Lancaster in From Here to Eternity Liebe machte.

Die Wellen schlugen über ihre Körper und trugen sie hinaus aufs Meer. Sie waren in einer tiefen Umarmung miteinander verbunden. Dann blickte Lancaster zu ihr auf, aber er war nicht mehr Burt Lancaster. Er war ein Fremder. Aus seinem Auge ragte ein Schlüssel heraus. An ihren Händen klebte Blut.

Ribby wachte schreiend auf. Sie sprang aus dem Bett und rannte ins Bad, um das Blut von ihren Händen zu waschen. Als sie den Wasserhahn aufdrehte, blickte sie auf ihre Finger. Das Blut war nicht mehr da. Angela träumte weiter.

KAPITEL 13

NIMM DIR EINEN TAG *frei*.

Willst du, dass ich mich krank melde? Ich melde mich nicht krank.

Lass wenigstens den Auftritt im Krankenhaus sausen. Ich kann da heute nicht hingehen.

Ich werde es mir überlegen.

Als der Tag voranschritt, hatte Ribby ein ungutes Gefühl.

Zum ersten Mal überhaupt rief sie im Krankenhaus an und sagte ihren Auftritt ab. "Ich werde es nachholen und eine Woche später zwei Auftritte machen", sagte sie, um sich selbst zu beruhigen.

Danke, Rippe.

Ich mache es nicht, weil du mich darum gebeten hast, ich habe abgesagt, weil ich nach Hause gehen muss.

Und warum? Du meinst zu Martha? Sie ist gar nicht da.

Ich weiß nicht, warum. Ich weiß nur, dass ich gehen muss.

Wie auch immer!

Nach der Arbeit nahm sie den Bus und kam bald bei ihrem Haus an. Dort saß eine Frau auf der Veranda. Eine Fremde. Als sie näher kam, hörte sie Schluchzen und die Frau schaute auf. Es war die Schwester ihrer Mutter, Tante Tizzy, die sie seit Jahren nicht mehr gesehen hatte. Ribby wusste nicht, was zwischen ihnen vorgefallen war, aber sie wusste, dass Tante Tizzy geschworen hatte, nie wieder einen Fuß auf die Türschwelle ihrer Schwester zu setzen. Und doch war sie da.

Was macht sie hier?

Keine Ahnung. Ich bin sicher, sie wird es uns zu gegebener Zeit erzählen.

Das wird interessant sein. Nein.

Ribby erinnerte sich an ihr letztes Treffen. Es war an ihrem siebten Geburtstag. Tante Tizzy hatte ihr einen besonderen Barbiepuppenkuchen gebacken. Sie hatte ein rosafarbenes Kleid aus Zuckerguss mit Schleifen aus Maraschino-Kirschen und Kokosnuss drumherum. Barbies Körper befand sich in der Mitte des Kuchens. Nachdem alle ihr Stück gegessen hatten, durfte Ribby als Geburtstagskind Barbie herausziehen. Sie durfte sie behalten. Tante Tizzy hatte mehrere Outfits für Barbie gekauft. Nur hatte Tante Tizzy vergessen, Barbie einzupacken, bevor sie sie in die Torte steckte. Wochenlang fielen Zuckerguss, Kokosnuss und Kuchen aus den Anhängseln der Puppe.

"Komm rein, Tante Tizzy", sagte Ribby, nachdem sie sich aus dem schraubstockartigen Griff ihrer Tante befreit hatte. "Was ist passiert? Geht es Mama gut?"

"Das hat nichts mit Martha zu tun", sagte sie, gefolgt von einem weiteren Heulkrampf.

Das brauchen wir nicht. Sag ihr, sie soll in ein Hotel gehen.

Das kann ich nicht tun, sie gehört zur Familie.

Sie ist eine Drama Queen.

Drinnen angekommen, bot Ribby Tizzy eine Tasse Tee an. Sie lehnte ab.

"Lass uns ein bisschen fernsehen, um dich abzulenken. Bist du hungrig? Ich könnte dir etwas bestellen oder etwas kochen?"

"Wenn es dir nichts ausmacht, würde ich gerne für dich kochen", schlug Tante Tizzy vor. "Das würde mich mehr ablenken als fernzusehen." Sie ging in die Küche. "Eine Schürze?"

Ribby öffnete die Schublade und zog eine von Marthas Schürzen heraus.

Tante Tizzy band sie sich um. "Was isst du gerne?"

"Überrasche mich", sagte Ribby. "Wenn du nichts findest, rufe einfach."

"Mach ich."

Auch wenn der Fernseher lief, konnte Ribby ihre Tante in der Küche herumwuseln und brummen hören.

Einige Zeit später hörte sie, wie Teller und Besteck auf den Tisch gestellt wurden und ging hinein, um zu fragen, ob sie helfen könne.

"Nein, setz dich nur hin", sagte Tante Tizzy. "Spaghetti Bolognaise und Knoblauchbrot mit Käse kommen gleich. Was möchtest du trinken? Hast du auch Wein?"

"Nur Wasser. Ich schaue mal nach Wein."

"Nein, das ist in Ordnung. Ich brauche nichts. Ich dachte nur, du möchtest vielleicht etwas."

Sie unterhielten sich und genossen ein herrliches Abendessen, dann räumten sie auf.

"Ich bin erschöpft", sagte Tante Tizzy. "Die Couch ist in Ordnung. Ich will keine Umstände machen."

"Das ist kein Problem, du kannst im Zimmer meiner Mutter schlafen. "

"Bist du sicher, dass sie nichts dagegen hat?"

"*Nein, ich denke, sie wird sich freuen, dass du vorbeigekommen bist.*"

Sie würde überrascht sein, sie zu sehen.

Stunden später wälzte sich Ribby im Bett hin und her. Durch den Flur hörte man das sporadische Schluchzen ihrer Tante.

Auf der Einkaufsliste stand ein Paar Kopfhörer mit Geräuschunterdrückung.

Gute Idee!

Dafür bin ich ja da.

KAPITEL 14

I N DEM TRAUM SCHWEBTE Ribby hoch oben auf einer Wolke. Alles war schwarz und weiß, bis auf ihr rotes Kleid. Es war wie ein Hochzeitskleid mit einer langen Schleppe, die über die Wolkenränder floss.

Sie schwebte in ihre Wohnung und sah sich selbst dabei zu, wie sie mit jemandem Liebe machte, nicht nur einmal, sondern zweimal. Als sie eingeschlafen war, zog sich der Mann an und verließ das Gebäude.

Draußen auf der Straße war sie jetzt Angela. Sie lief blockweise und dann ins Meer. Tiefer und tiefer ging sie, während das Wasser bis über ihren Kopf stieg.

Ribby wollte nach ihr greifen, um sie zu retten, aber sie konnte es nicht. Sie rief Angela von ihrer Wolke aus zu, warf die Schleppe ihres Kleides hinunter und flehte Angela an, sie zu ergreifen. Aber Angela schien sie nicht zu hören.

Angela war völlig untergetaucht. Nur Blasen stiegen an die Oberfläche.

Ribby stürzte sich von ihrer Wolke ins Wasser.

Als sie Angela fand, schwebte sie mit dem Gesicht nach unten.

Ribby wurde zu Angela, Angela wurde zu Ribby und gemeinsam durchbrachen sie die Wasseroberfläche.

KAPITEL 15

Als Ribby erwachte, flüsterten Stimmen aus dem Radio die Treppe hinauf. Sie fragte sich, ob ihre Mutter zurückgekehrt war.

Sie zog sich an und ging die Treppe hinunter, wo Tante Tizzy wie der Tod aufgewärmt am Küchentisch saß.

Die Kaffeemaschine blubberte vor sich hin. Tante Tizzy hatte den Tisch bereits mit Müslischalen, Toast und Marmelade gedeckt.

"Guten Morgen", sagte Ribby. "Hast du gut geschlafen?"

Tante Tizzy nickte, ohne ein Wort zu sagen.

Ribby hätte sie gerne nach dem Grund ihres Besuchs gefragt, beschloss aber, es nicht zu tun. Sie wollte nicht, dass ihre Tante wieder anfängt zu jammern. Sie würde ihr erzählen, warum sie gekommen war, wenn sie bereit war.

Ich wünschte, sie würde damit weitermachen. Sie ist nicht umsonst den ganzen Weg hierher gekommen.

Schhhh. Sei nicht unhöflich.

Nach ein paar Momenten des Schweigens ging Ribby auf die Veranda, um die Zeitung zu holen. Die Schlagzeile lautete: "Autopsie abgeschlossen -

ermordet". Sie überflog die Geschichte über Jason Edward Thompson, den Mann, der in der Nähe ihrer Wohnung tot aufgefunden wurde. Sie konzentrierte sich auf das Bild und erkannte ihn: Es war Ed der Türsteher. Er war ein großer Kerl und sie fragte sich, wie so etwas in der Gegend, in der sie lebte, passieren konnte. Es war traurig, dass er so jung starb, und obwohl sie ihn nicht kannte, tat ihr seine Familie leid.

Ribby legte die Zeitung auf den Küchentisch und schenkte sich eine Tasse Kaffee ein. Sie wandte sich an ihre Tante. "Wenn du bereit bist zu reden, bin ich für dich da."

"Ich konnte nirgendwo anders hin", sagte Tante Tizzy. "Mein Mann hat mich wegen einer anderen Frau verlassen. Meine Tochter hasst mich. Sie sagt, ihr Vater hätte sich nicht nach einer anderen Frau umgesehen, wenn ich ihm eine bessere Ehefrau gewesen wäre. Jenny ist fünfundzwanzig, war noch nie von zu Hause weg und lebt jetzt allein, vielleicht sogar auf der Straße. Ich musste kommen und sehen, ob ich sie finden und nach Hause bringen kann. Ihre Freundin sagte, sie sei sich ziemlich sicher, dass Jenny in diese Richtung unterwegs sei. Ich hatte gehofft, sie würde sich bei dir melden. Hast du etwas von ihr gehört?"

Oh Mann.

"Es tut mir leid, aber ich war das ganze Wochenende weg und meine Mutter ist auch weg. Hat sie unsere Adresse?"

"Vielleicht hat sie sie von meinem Telefon genommen. Sie hat nicht viel Geld, nicht einmal eine Kreditkarte. Mein Mann gibt mir die Schuld. Er macht sich genauso viele Sorgen wie ich, aber er hat sein

Stück auf der Seite, um ihn zu trösten." Ihre Stimme zitterte.

Das klingt wie eine Folge von The Young and the Restless.

Benimm dich.

"Du musst so besorgt sein. Es tut mir leid, aber ich muss mich anziehen und zur Arbeit gehen. Wenn du willst, können wir uns zum Mittagessen treffen und weiter reden?" Ribby eilte die Treppe hinauf, während sie fortfuhr. "Ich arbeite in der Bibliothek. Sie könnte vorbeikommen, um das kostenlose WLAN zu nutzen. Das tun viele Leute. Du könntest dich auch in die Stadt wagen und nach ihr suchen."

"Ich würde lieber hier bleiben, aber sie hat meine Handynummer."

"Hast du die Polizei kontaktiert?"

"Ich habe sie angerufen. Sie haben meine Nummer und die von Gordon. Was kann ich sonst noch tun?"

"Hast du ein aktuelles Foto von Jenny?" Sie zog ihr Kleid über den Kopf und fügte dann hinzu: "Ich mache ein paar Flyer, die wir in der Stadt aufhängen können."

"Gute Idee. Ich bin so froh, dass ich hergekommen bin", sagte Tante Tizzy.

Ribby fuhr sich mit einer Bürste durch die Haare. Sie eilte zurück in die Küche. Tante Tizzy kramte in ihrer Handtasche, holte ein Foto ihrer Tochter heraus und reichte es ihr. Sie sagte ihrer Tante, sie solle sich wie zu Hause fühlen, und ging hinaus, wobei sie kurz innehielt, um einen Blick zurück auf das Haus zu werfen.

Ihre Tante winkte ihr hinter den offenen Jalousien zu wie einem verlorenen Kind.

KAPITEL 16

RIBBY IST NICHT ZUR Arbeit gegangen, weil Angela sich krank gemeldet hat.

Angela ging in die Wohnung und zog sich ihre Badehose an. Während die Sonne direkt auf ihren Balkon schien, fing sie ein paar Strahlen ein. Als die Sonne weg war, warf sie sich ein Sommerkleid über den Badeanzug, packte eine Tasche und machte sich auf den Weg zum Strand. Angela mochte das geschäftige Treiben, das Brummen und die Geräusche der Stadt. Tante Tizzys ständiges Jammern und Winseln machte sie wahnsinnig.

Als sie am Schulgelände vorbeikam, entdeckte sie ein kleines Mädchen, das weinte. Das Kind schaute auf und dann wieder hinunter, als wolle es keine Aufmerksamkeit auf sich ziehen.

"Was ist denn los?" fragte Angela.

"Nichts", antwortete das Kind.

Die Schulglocke ertönte, und das kleine Mädchen wischte sich die Tränen weg und rückte ihr Kleid zurecht.

Angela schaute zu und hoffte, dass sie mit ihrem Aufhören irgendwie geholfen hatte.

Das Kind drehte sich zu ihr um und streckte ihr die Zunge heraus.

Freche kleine Madam.

Angela kaufte ein Exemplar von "Vom Winde verweht", um es am Strand zu lesen.

"Es bringt mich zum Weinen", sagte die Dame hinter der Kasse.

"Rhett Butler könnte jederzeit Cracker in meinem Bett essen", antwortete Angela.

Der Sand war glühend heiß, als er durch die Seiten ihrer Sandalen quetschte. Sie liebte den Strand, aber den Sand überall hin zu bekommen, gefiel ihr nicht so sehr.

Sie breitete ihre Decke aus, legte sich auf den Bauch und schlug ihr Buch auf. Sie beobachtete, wie Pärchen Hand in Hand vorbeigingen und sich ineinander verliebten. Die Möwen flogen um ihren Kopf herum, als ob ihre blonde Perücke eine Zielscheibe wäre.

Angela schlief ein und lauschte den Geräuschen der Möwen und der Wellen, die ans Ufer schlugen. Als sie aufwachte, war es fast fünf Uhr nachmittags und sie packte ihre Sachen zusammen und steckte sie in ihre Tasche. Die Sonne wärmte sie nicht. Ihr Rock drehte sich im Wind um ihre Beine.

Es war nicht ihr üblicher Abend, an dem sie im Krankenhaus auftrat. Dies war ein Make-up-Auftritt.

Ribby erstellte einen Flyer und druckte einige Exemplare aus, um sie unterwegs und am schwarzen Brett des Krankenhauses auszuhängen.

Warum müssen wir immer wieder für diese Gören auftreten?

#1. Das sind keine Gören. Sie sind kleine Engel, die ein schlechtes Blatt bekommen haben. #2. Ich würde alles tun, um sie zum Lächeln zu bringen, um sie lachen zu sehen. Um die Belastung für ihre Familien zu mindern. #3. Wenn du es nicht magst, kannst du es wegwerfen.

Das hat man mir gesagt.

Ganz genau.
Für den Moment.

$$***$$

Nᴀᴄʜ ᴅᴇʀ Vᴏʀsᴛᴇʟʟᴜɴɢ ɪᴍ Krankenhaus ging Ribby nach Hause. Vor ihrem Haus stand der weiße Lieferwagen von Attics-R-Us. Sie warf einen Blick zum Fenster, bemerkte, dass die Jalousien offen waren und rannte die Treppe hoch. Ein markerschütternder Schrei ertönte.

Ribbys Herz schlug so heftig, dass sie dachte, es würde ihr aus der Brust brechen. Sie rannte den Flur entlang und in die Küche, wo sie Tante Tizzy auf dem Boden vorfand, die ihre Fäuste gegen die massige Gestalt des Mannes von Attics-R-Us schlug.

Ribby zögerte nicht, als sie in die Besteckschublade griff und ein großes Messer herausholte. Sie stürzte sich auf ihn und rammte ihm das Messer in den Rücken.

Er fiel nach vorne und gab ein grässliches gurgelndes Geräusch von sich. Ribby zog das Messer heraus und Blut floss.

Tante Tizzy klemmte unter dem Bauch des stämmigen Mannes und gab ihm einen Stoß.

Ribby half ihr aufzustehen und die beiden traten zurück, als die Blutlache größer wurde.

Tante Tizzy schrie.

Ribby schrie.

Wie zwei kopflose Hühner rannten sie durch die Küche und schrien und kreischten.

STOPP.

Ribby gehorchte und stand still.

Tante Tizzy rannte weiter umher.

STOPP. Du machst mich ganz schwindelig, Tante Tizzy.

Sie blieb stehen. Sie sah sich die Leiche und die Blutlache an. Sie hob ihr Kleid an. Noch mehr Blut. Sie versuchte, es wegzuwischen.

"Ich muss..." Tante Tizzy ging zum Waschbecken und erbrach sich hinein.

Ribby lauschte den Geräuschen des Erbrechens und dem Ticken der Uhr. Sie trommelte mit den Fingern auf den Küchentisch.

Ruhig. Ich bin jetzt ruhig.

Mein Gott, Ribby.

Ich musste Tante Tizzy retten. Ich musste es tun. Vielleicht ist er nicht tot. Vielleicht sollte ich einen Krankenwagen rufen?

Keinen Krankenwagen. Fühle den Puls.

Ribby hob sein Handgelenk auf.

Brauchst du dafür nicht eine Uhr?

Angela hat übernommen.

Sie ist mausetot.

Ich habe jemanden getötet, ich habe jemanden getötet!

Ja, das hast du. Du hast mich überrascht. Jetzt brauchen wir einen Plan.

Ich muss erst mit meiner Tante sprechen.

Nein, wir brauchen einen Plan. Tante Tizzy kann warten.

Tante Tizzy wollte sich hinsetzen, aber stattdessen schrie sie und rannte die Treppe hinauf.

Wir müssen ihn umdrehen.

Was ist mit dem Messer?

Hol die Gummihandschuhe unter dem Waschbecken hervor. Dann suche etwas, in das du es stecken kannst, wie eine Zeitung, eine Decke oder ein Handtuch. Etwas, das nicht übersehen werden kann.

Ribby fand die Handschuhe und zog sie an. Sie holte eine Zeitung aus der Recycling-Tonne, in die sie das Messer einwickelte, sowie eine Decke und ein Handtuch aus dem Wäscheschrank.

Als sie wieder bei der Leiche war, bückte sie sich und gab ihr einen Schubs. Er prallte sofort wieder zurück. Sie unternahm einen weiteren Versuch, diesmal schob sie die Leiche mit der Bewegung und hielt sie mit ihrem Bein fest. Sie erbrach sich, schaffte es aber, den Inhalt ihres Magens unten zu halten. Sie drehte ihn den Rest des Weges. Sein Penis plumpste und sein Kopf schlug mit einem dumpfen Knall auf das Tischbein. Sie warf die Decke über ihn und war überzeugt, dass er jetzt tot war.

Von oben rief Tante Tizzy: "Wer zum Teufel war dieser Mistkerl überhaupt?"

✳✳✳

TANTE TIZZY KEHRTE IN die Küche zurück. "Wir sollten die Polizei rufen", sagte sie.

Ganz bestimmt nicht.

Sie hat recht, wir müssen die Polizei rufen.

Willst du ins Gefängnis gehen, weil du diesen Vergewaltiger umgebracht hast?

Ich werde es dir erklären. Ich habe Tante Tizzy gerettet.

Aber wie willst du erklären, warum er überhaupt hier war?

"Äh, Tante Tizzy. Wie ist er reingekommen? Warum hast du ihn reingelassen?" erkundigte sich Ribby.

"Er hat an die Tür geklopft und ist einfach reingekommen, als hätte man ihn erwartet. Ich dachte, er sei ein Freund von Martha und bot ihm eine Tasse Kaffee an. In dem Moment, als ich ihm den Rücken zudrehte, drückte er mich auf den Boden und... und..." Sie hielt sich die Hände vors Gesicht und schluchzte.

Ribby tröstete sie mit: "Es wird alles gut. Das verspreche ich dir. Wir kriegen das schon hin."

Wir müssen die Leiche loswerden.

Sie loswerden! Aber wie? Und warum?

Weil du ihn umgebracht hast und weil sein Van immer noch vor dem Haus geparkt ist.

Der Van. Ich habe den Van vergessen.

Wir müssen ihn hier wegbringen.

Er ist viel zu schwer, um ihn zu heben. Wir haben eine Schubkarre.

Gute Idee. Wir legen ihn in die Schubkarre.

"Tante Tizzy", Ribby tätschelt ihre Hand. "Warum machst du uns nicht eine schöne Tasse Tee? Ich gehe kurz nach draußen... du kannst uns doch eine Tasse Tee machen, ja?"

"Du willst mich damit allein lassen?"

"Ich bin nur ein paar Minuten weg. Mach dir einen Tee, um dich abzulenken. Er kann dir nicht mehr wehtun."

Draußen angekommen, schloss Ribby den Schuppen auf und zog die Schubkarre heraus. Sie schob sie mit quietschenden Rädern über den Rasen. Sie versuchte, die Schubkarre die Treppe hinauf zu heben, aber selbst leer war es zu schwer. Sie drehte sich und die Karre um. Sie ging rückwärts und zog die Schubkarre, bis sie die Stufen zur Veranda hinaufstieß. Erschöpft öffnete sie die Haustür und schob die Schubkarre weiter durch den Flur und in die Küche.

Bitte sie, dir zu helfen. Ich meine, ihn hinein zu bekommen.

Das mache ich. Wir müssen seine Leiche loswerden, bevor die Sonne aufgeht. "Und was ist mit seinem Van?"

"Welcher Van?" fragte Tante Tizzy.

Ups. Das habe ich doch tatsächlich gesagt, oder?

Yepper.

"Er hat seinen Van draußen gelassen", sagte Ribby. Sie schloss die Eingangstür hinter sich.

"Lass uns die Leiche und den Van gleichzeitig loswerden", schlug Tante Tizzy vor.

Jetzt kommt sie richtig in Fahrt.

Oh, Bruder.

Gerade als sie die Leiche auf die Schubkarre schieben wollten, klopfte es an der Haustür.

"Wer kann das sein?" flüsterte Tante Tizzy.

Ribby ging auf Zehenspitzen zur Tür und spähte durch das Schlüsselloch. Es war Mrs. Engle, bewaffnet mit großen Tabletts voller Essen in jeder Hand. Sie muss mit ihrem Ellbogen geklopft haben. Ribby schaute an sich herunter; ihre Kleidung war voller Blutflecken.

"Huhu, Ribby. Ich bin's, Mrs. Engle. Ich muss nur noch ein paar Sachen in deinen Kühlschrank packen. Ich hoffe, das macht dir nichts aus."

Ribby nahm ihren Mantel vom Haken und zog ihn an, dann öffnete sie die Tür. Sie bot an, die Tabletts in den Kühlschrank zu stellen. Sie versuchte, die Haustür mit ihrem Fuß zu schließen.

"Vielen Dank, meine Liebe", sagte Mrs. Engel. "Ach, und übrigens, ich fahre für ein paar Tage weg und komme dann zur Beerdigung zurück. Wenn du nicht da bist, schließe ich mit dem Zweitschlüssel auf." Sie beugte sich vor, bevor sie flüsterte. "Alle kommen nach der Beerdigung hierher zum Essen. Ich habe nie verstanden, warum Angehörige bei Beerdigungen so hungrig sind. Ich schätze, es ist eine natürliche Reaktion, wenn man mit dem Tod eines geliebten Menschen konfrontiert wird. Bei mir hat es immer den gegenteiligen Effekt."

"Ich hoffe, alles läuft gut für dich und deine Familie", sagte Ribby und versuchte, die Tür wieder zu schließen.

"Danke, Liebes." Frau Engel machte sich auf den Weg die Treppe hinunter und hinaus auf den Rasen.

Ribby atmete erleichtert auf, sah aber weiter zu,

Mrs. Engel drehte sich um: "Habt ihr übrigens etwas von Martha gehört?"

"Nein, nein, haben wir nicht", gab Ribby zu.

"Oh, ich dachte..." sagte Frau Engel und schaute auf den weißen Lieferwagen.

"Ich stelle die hier besser für Sie in den Kühlschrank, Frau Engel", sagte Ribby. "Sie riechen so gut und ich bin so hungrig, dass ich sie jetzt selbst essen könnte!"

"Du kannst die Reste nach dem Treffen gerne bei mir essen. Es wäre eine Sünde, wenn mir das Essen ausgeht." Sie drehte sich um und machte sich auf den Heimweg.

"Uff!" sagte Ribby. Sie stieß die Haustür zu und ging in die Küche. Tante Tizzy kauerte in der Ecke und rang die Hände wie Lady Macbeth.

Ribby räumte die Kasserollen weg, riss sich den Mantel vom Leib und warf ihn in den Flur, dann kümmerte sie sich um ihre Tante.

"Was sollen wir tun, Ribby?" sagte Tante Tizzy. "Wir müssen ihn von hier wegbringen. Was sollen wir tun? Was? Was? Was?"

Ribby gab Tizzy eine Ohrfeige. Nach dem ersten Schock kamen sie mit einer Umarmung zusammen.

"Ich habe einen Plan, Tante Tizzy. Mach dir keine Sorgen. Aber zuerst muss ich noch ein paar Sachen aus dem Schuppen draußen holen. Ich bin gleich wieder da, versprochen."

Als Mrs. Engle und ihre Schwester außer Sichtweite waren, ging Ribby nach draußen und ließ Tante Tizzy zusammengesunken auf dem Sofa zurück.

Tante Tizzy schaute auf ihrem Handy nach Neuigkeiten. Es blinkte mit einer SMS von ihrem Mann. Jenny war bei ihm. Sie war sicher und wohlauf.

Tizzy schloss die Augen und ließ die Erleichterung darüber, dass ihre Tochter in Sicherheit war, über sie hereinbrechen. Es war ein anstrengender Tag gewesen.

Die überwältigenden Gefühle der letzten Tage schwollen in ihr an wie eine riesige Welle. Jede Emotion kam an die Oberfläche. Der Schmerz, die Erleichterung, der Schmerz, das Bedauern.

Tizzy versuchte, aufzustehen, aber ihre Knie gaben unter ihr nach. Sie zitterte und bebte, während sie versuchte, sich vor der Wahrheit zu verstecken und sie zu verarbeiten.

KAPITEL 17

S IE WAR IN DIE Küche zurückgekehrt. Ribby hatte einige Werkzeuge dabei: eine Schaufel, eine Axt, eine Plane, einen Overall, Gartenhandschuhe und eine Schere. Sie beurteilte die Situation.

Wozu ist das ganze Zeug gut?

Ich habe nur ein paar Dinge mitgenommen, von denen ich dachte, dass sie helfen könnten.

Das hast du sicher.

Ribby stemmte ihre Hände in die Hüften. "Jetzt packen wir ihn in die Schubkarre."

"Bist du sicher, dass er reinpasst?" erkundigte sich Tante Tizzy.

Ja, er wird reinpassen.

Das muss er auch, wir haben keinen Plan B.

"Wir nehmen die Decke und ziehen ihn darauf", bot Ribby an. "Wir müssen ihn nicht anheben, um genau zu sein. Wir rollen ihn auf die Decke und können sie nach Bedarf anpassen. Wir müssen ihn nur in die Schubkarre legen und von da an ist es ganz einfach."

"Ribby, du machst mir Angst! Es ist, als hättest du das schon mal gemacht", sagte Tante Tizzy. "Äh, das hast du nicht, oder?"

"Gott nein, Tante Tizzy, aber ich habe Bücher gelesen und Filme gesehen. Und jetzt lass uns loslegen. Schnapp dir das andere Ende der Decke und wenn ich bis drei gezählt habe, schieben wir ihn beide um. Okay?"

Sobald sie etwas Schwung hatten, war es ein Leichtes, ihn auf die Decke zu rollen. Jetzt kam der schwierige Teil.

"Und nochmal. Nach drei."

"Okay Rib, was immer du sagst."

"1, 2, 3—heave ho!" sagte Ribby. Der Kopf des toten Mannes gab ein hohles Geräusch von sich, als er mit dem Metallbehälter zusammenstieß.

"Noch einmal!" befahl Ribby. "1, 2, 3—Ja!" sagte Ribby, als sie die Leiche zu drei Vierteln auf die Schubkarre legten.

"Jetzt stelle ich ihn aufrecht hin", sagte Ribby, "und du steckst die Beine und ... seine Teile hinein."

"DAS werde ich auf keinen Fall irgendwo einpacken!" sagte Tante Tizzy. "Das kann bis ins Reich der Mitte baumeln!"

Ribby lachte über sich selbst hinaus und bald bekam auch Tante Tizzy einen Lachanfall.

Die beiden Frauen waren hysterisch.

Amateure.

Angela hob das eingewickelte Messer auf und nahm es mit nach oben. Sie wischte das Blut und die Fingerabdrücke ab und wickelte es wieder ein. Sie versteckte das Messer ganz hinten in Marthas Sockenschublade.

Angela kehrte nach unten zurück und wischte die blutige Sauerei in der Küche auf.

Als sie fertig war, waren sowohl Ribby als auch Tiz ausreichend beruhigt.

Mach weiter, Rib.

"Komm schon, Tante Tiz. Lass uns das machen."
"Ich bin bei dir."
Halleluja! Wir heben ab.

✳✳✳

OKAY, JETZT MÜSSEN WIR seine Autoschlüssel finden. Greife in seine Taschen, Tizzy."

"Das werde ich nicht!"

"Geh aus dem Weg", sagte Angela. Sie fand die Schlüssel in seiner Manteltasche.

"Wir rollen ihn zurück zum Wagen und dann..."

"Du meinst, wir bringen ihn damit nach draußen?" fragte Tante Tizzy.

"Yepper. Wir haben keine Wahl, Tiz. Wir müssen es tun, solange es draußen dunkel ist. Wir müssen ihn in seinen Van bringen."

"Wie sollen wir ihn da rein heben, Rib? Das ist unmöglich."

"Wir müssen es tun. Wir haben keine andere Wahl", sagte Ribby.

Ribby warf die Plane über die Leiche.

Siehst du, ich habe dir gesagt, dass sie sich als nützlich erweisen würde.

Klugscheißer.

Ribby und Tante Tizzy mussten sich zusammentun, um die Leiche zum Lieferwagen zu bringen. Ribby entriegelte die Fahrertür und öffnete den hinteren Teil des Wagens. Sie drückte einen blauen Knopf in der Ladefläche und der hydraulische Lift fuhr ächzend nach unten. Gemeinsam schafften es die beiden Frauen, die Schubkarre auf die Hebebühne zu navigieren, und schon bald lag die Leiche im hinteren Teil des Transporters.

Ribby ging zurück ins Haus, zog ihre blutigen Klamotten aus und versteckte sie in einer Plastiktüte im hinteren Teil ihres Schranks.

Was ist mit dem Messer?

Das ist in Ordnung, ich habe es geschafft.

Als sie wieder draußen war, sagte Ribby: "Du musst fahren, Tante Tizzy, denn ich weiß nicht wie."

"Aber ich habe zu viel Angst, in so einer großen Stadt zu fahren! Ich kann nicht! Ich will nicht!"

"Hör mal, wir haben keine Zeit für diesen Blödsinn", warf Angela ein. "Du hast Angst vor dem Autofahren, wenn wir hier einen großen, fetten, toten Kerl loswerden müssen! Von den neugierigen Nachbarn ganz zu schweigen! Wir müssen seinen Van und seine Leiche loswerden, solange es dunkel ist."

"Es sei denn, du willst, dass ich die Polizei anrufe und ihnen sage, dass wir ihn ermordet haben, Tante Tizzy?"

Tante Tizzy fiel die Kinnlade herunter.

Technisch gesehen hast du ihn ermordet, Rib. Ich meine ja nur.

Ich weiß.

Tante Tizzy, mach zu, sonst fliegt noch eine Motte rein.

"Wir werden nach The Bluffs fahren, wo wir die Leiche und den Van entsorgen können, Tante Tizzy, aber du musst dich zusammenreißen. Du musst uns dorthin bringen! Was sagst du dazu?"

Tante Tizzy nickte.

"Okay, dann lass uns gehen!" Ribby drückte ihrer Tante die Schlüssel des toten Mannes in die zitternde Hand.

KAPITEL 18

TROTZ ALLEM WAR TANTE Tizzy eine gute Fahrerin, wenn auch eine nervöse.

Unterwegs hielten sie an einer Tankstelle in der Nähe von The Bluffs, wo Ribby ein Taxi bestellte, das sie in einer Stunde abholen sollte.

Als sie in die abgelegene Gegend fuhren, sagte Ribby: "Mach das Fernlicht an, Tante Tizzy." Sie bewegten sich langsam vorwärts, während der Mond am Horizont sie näher heranlockte.

"Stopp!" sagte Ribby. Als das Fahrzeug zum Stehen kam, stiegen sie und Tante Tizzy aus.

"Juhu!" rief Tante Tizzy aus. "Das ist aber ein langer Weg nach unten!"

"Geh nicht zu nah ran", sagte Ribby, "der Steilhang bröckelt."

Sie traten ein paar Schritte zurück, als sich die Wolken auflösten und das Sternenlicht funkelte. Fröstelnd standen sie Seite an Seite, während der Wind um sie herum peitschte. Tante Tizzy umarmte sich selbst.

"Es ist wirklich wunderschön", sagte Tante Tizzy.

"Ich muss dich mal tagsüber hierher bringen, damit du die ganze Schönheit sehen kannst."

"Das würde ich sehr gerne tun, Ribby. Übrigens, ich habe vergessen, dir zu sagen, dass Jenny bei ihrem Vater ist. Sie hat mir vor einer Weile eine SMS geschickt."

"Das sind ja tolle Neuigkeiten."

OMG! Was ist das, The Young and the Restless? Mach weiter mit Rib!

Okay, okay. "Tante Tizzy, du musst nur den Gang einlegen und sobald sich das Fahrzeug in Bewegung setzt, springst du raus. Er wird über die Klippe fahren und die Schnapper werden ihn zum Frühstück haben. Bye bye, fetter Bastard. Bye bye, fetter Bastard Van. Bye bye, Probleme. Ende der Geschichte! Dann können wir zurück in unser Leben gehen. Es wird unser kleines Geheimnis sein."

"Gott wird es wissen", sagte Tante Tizzy.

Und ich.

"Gott wird es verstehen, denn es war Notwehr. Er hat dich vergewaltigt, Tante Tizzy!"

Sie bekommt kalte Füße, Ribby. Tu es jetzt.

"Gott weiß es immer", sagte Tante Tizzy, als sie sich umdrehte und wegging. Sie warf einen Blick über die Schulter, öffnete dann die Tür des Lieferwagens und kletterte hinein. Sie zog die Tür zu und ließ den Motor an. Sie ließ ihn einmal, zweimal, dreimal aufheulen. Dann fuhr sie auf den Klippenrand zu.

"Springe, Tante Tizzy!"

Es war zu spät. Der Van fuhr weiter. Vorbei.

Ribby rannte auf die Kante zu und erreichte sie gerade noch rechtzeitig, um zu sehen, wie der Van auf dem Wasser aufschlug.

Sie versuchte zu schreien, aber es kam nichts heraus.

Nichts. Bis das Erbrechen begann. Sie fiel auf die Knie.

Dumme Frau.

Das hätte sie nicht tun müssen. Sie hätte nicht sterben müssen.

Es war ihre Entscheidung. Ihre Wahl.

Ich erinnere mich immer wieder an den Barbiepuppen-Kuchen, den sie für meinen Geburtstag gebacken hat.

Niemand kann mir diese Erinnerung nehmen. Und jetzt lass uns von hier verschwinden.

Es war nicht nach Plan gelaufen. Aber das tut es nie, nicht einmal in den Filmen. Du denkst, dass Cary Grant wegen des Mädchens bleibt, aber das tut er nicht. Du denkst, Humphrey Bogart wird Ingrid Bergman davon abhalten, in das Flugzeug zu steigen, aber er tut es nicht. Selbst wenn du willst, dass es so ist, passiert es nicht so, wie du es willst.

KAPITEL 19

RIBBY HÄNGTE IHREN MANTEL in den Eingangsbereich und rief: "Ich bin zu Hause, Mama." Sie machte sich auf den Weg in die Küche, wo Martha über den Tisch gebeugt saß und die Mordwaffe in der Hand hielt.

"Hast du Schweine geschlachtet, Rib?", fragte sie und hielt das Messer hoch. Martha stand auf.

"Ich habe den fetten Bastard getötet", sagte Angela. "Ich habe ihn erstochen, tot."

Martha öffnete ihren Mund, aber es kamen keine Worte oder Laute heraus, also fuhr Angela fort. "Er war ein ekelhaftes Tier, nur ein Schwein, dem der Schwanz aus der Hose hing."

"Ich musste zu Ma", warf Ribby ein. "Er hat Tante Tizzy vergewaltigt!"

Sie lernt es nie. Ich hatte das im Griff.

Martha legte ihre linke Hand auf ihre Hüfte. Die rechte Hand, die das Messer hielt, blieb auf Armeslänge. "Wovon zum Teufel redest du? Fetter Bastard? Tante Tizzy?"

"Der Typ in dem weißen Lieferwagen von Attics-R-Us. Er ist der fette Bastard", sagte Angela.

"Und was deine Schwester Tizzy angeht, sie war wehrlos wie ein Kätzchen, als er sie vergewaltigte."

"Ich habe sie vor ihm gerettet", sagte Ribby.

Martha drehte sich um, als wolle sie das Messer weglegen. Dann überlegte sie es sich offenbar anders und trat zurück. "Und wo sind sie jetzt? Wenn du ihn getötet hast, wo ist seine Leiche?"

Ribby starrte auf das Messer. "Wir haben ihn in seinen Van gepackt und ihn über eine Klippe gefahren."

"Das war ein perfekter Plan", sagte Angela. "Bis deine verrückte Schwester sich weigerte, aus dem Van auszusteigen und ebenfalls über die Klippe fuhr." Angela ging um Martha herum und ließ sich verärgert auf einen Stuhl plumpsen.

Ribby wollte etwas sagen, überlegte es sich aber anders, als der Teekessel pfiff. Martha legte das Messer auf dem Küchentisch ab. Sie holte Milch aus dem Kühlschrank und zwei Tassen aus dem Schrank. Die Löffel lagen schon auf dem Tisch, aufgereiht wie Spielzeugsoldaten. Während sie einschenkte, sagte sie: "Mal sehen, ob ich das richtig verstehe, Rib. Meine Schwester war hier. Carl Wheeler dachte, ich sei offen für Geschäfte und hat es mit Tiz versucht. Du hast ihn erstochen und dann entsorgt. Und das soll ich dir glauben? Er war ein außergewöhnlich großer Mann."

"Verdammt richtig, das war er", sagte Angela. "Rib—Ich meine, wir—haben ihn in die Schubkarre gelegt. So haben wir ihn rausgeholt."

"Oh, ich verstehe", sagte Martha kichernd. "Und dann wolltet ihr die Leiche loswerden, aber Tiz hat euch einen Strich durch die Rechnung gemacht, als sie auch rüberging? Und was hat Tiz überhaupt hier gemacht? Ich habe seit Jahren kein Wort mehr von ihr gehört."

"Ihr Mann hat sie wegen einer anderen, jüngeren Frau verlassen", sagte Angela. "Dann ist ihre Tochter weggelaufen. Sie war ein Wrack."

Martha setzte sich und nahm ein paar Schlucke von ihrem Tee. "Wir müssen etwas mit dem Messer machen. Es kann nicht hier in meinem Haus bleiben." Martha hob das Messer auf und sah Ribby an, die mit ihrer rechten Hand Tee trank. Ihre linke Hand lag mit der Handfläche nach unten auf dem Tisch. Martha hob das Messer und ließ es herab, wobei sie Ribbys Hand von ihrem Freund, dem Handgelenk, abtrennte.

Die Teetasse schlug auf den Tisch und prallte ab. Ribby schrie auf. Martha griff nach ihrer rechten Hand und drückte sie mit der Handfläche nach unten auf den Tisch. "Du sagst mir, was hier los ist und wer zum Teufel du bist", forderte sie. "Denn ich weiß, dass du nicht meine Tochter bist." Martha hob das Messer nach oben, sodass die Spitze fast Ribbys Nase berührte. "Mach, dass du von meiner Tochter wegkommst, was auch immer du bist. Sonst reiße ich sie Glied für Glied in Stücke."

"Mama, nicht. Bitte nicht. Bitte nicht!"

"Ich bin Ribby. Nur Ribby", gurrte Angela mit Ribbys schwächster Stimme.

Einen Moment lang dachte sie, Martha würde ihr glauben. Mit einem weiteren CHOP wurde die zweite Hand abgetrennt und Ribby in eine zweizinkige Fontäne verwandelt.

"Sterben. Wir alle sterben", sang Angela, während Ribby weinte und vor Schmerzen schrie. Angela konnte weder Schmerzen noch wirkliche Freude empfinden. Alles, was sie tat, alles, was sie versuchte, war immer Ribby, der davon profitierte. Diesmal jedoch nicht. "Die arme Ribby", sagte Angela. "Wie soll sie sich jetzt um die kranken Kinder im Krankenhaus kümmern?"

Ribby wachte mit einem Schrei in ihrer Wohnung auf. Sie überprüfte ihre rechte Hand. Dann ihre linke. Beide waren noch da. Zu verängstigt, um aus dem Bett aufzustehen, hielt sie sich an den Händen und beobachtete, wie das Sonnenlicht Muster an die Decke zeichnete.

$$* * *$$

ALS SIE VOLLSTäNDIG WACH war, duschte Ribby und zog sich an. Sie beschloss, einen Spaziergang zu machen und den Kopf frei zu bekommen. Sie war dankbar, dass es Sonntag war. Sie konnte heute nicht zur Arbeit oder zu den Kindern gehen.

Draußen angekommen, verdrängte sie den schlechten Traum. Sie mied den Strand und das Rauschen der Wellen, denn es weckte Erinnerungen an Tante Tizzy.

Bevor sie zurückging, hielt sie an einem Café an und bestellte einen Cappuccino. Er schmeckte so gut, dass sie sofort noch einen wollte. Während sie darauf wartete, erneut zu bestellen, kam Nigel vorbei. Sie hatte ihn schon seit Wochen nicht mehr gesehen. Sie war sich nicht einmal sicher, ob er sich an sie erinnern würde.

"Yo! Nigel", rief Angela und klopfte an das Fenster.

Er lächelte und betrat das Café. Er küsste Ribby auf die Wange. Sie fand das zu vertraut.

"Wie geht's dir denn so?" fragte Nigel.

"Ich habe viel gearbeitet", sagte Angela. "Und ich brauche ein bisschen Erholung. Wollen wir heute Abend etwas unternehmen?"

Nigel schaute auf seine Füße. "Ich habe jetzt eine Freundin, also wenn ich ausgehe, kommt sie mit."

"Armer Nigel", stichelte Angela, "noch nicht einmal verheiratet und schon ausgepeitscht!"

Nigel warf seinen Kopf zurück und lachte. Er griff nach Angelas Hand und tätschelte sie brüderlich.

"Also, wie heißt sie denn?" fragte Angela. "Oder ist das ein Geheimnis?"

"Nein, Gott, nein", sagte Nigel und trat zurück, damit eine Person, die sich in die Schlange eingereiht hatte, bestellen konnte. "Sie heißt Anne-Marie."

Angela überlegte es sich anders und ging auf die Tür zu. "Irgendwann musst du uns mal vorstellen."

Nigel rückte in der Schlange vor.

Angela ärgerte sich auf dem Heimweg.

KAPITEL 20

Nach dem Krankenhaus am nächsten Abend nahm Ribby den Bus nach Hause. Es war schon fast dunkel, als sie ankam. Die Haustür stand weit offen. Von drinnen ertönte Musik, die laut genug war, um mit dem Straßenverkehr mitzuhalten. Vorsichtig ging sie die Treppe hinauf, als Strolchi auf sie zustürmte. Er sprang hoch und stieß sie um. Martha kam hinzu und lachte, als der Hund Ribbys Gesicht abschleckte.

"Lass mich in Ruhe, Strolchi", sagte Martha, während sie seinen Hintern mit dem Fuß wegstieß. Sie streckte ihre Hand aus, um Ribby zu helfen. Als sie wieder auf den Beinen war, bürstete Ribby sich ab.

"Du bist ja fast nur noch Haut und Knochen", sagte Martha. "Hast du denn nichts gegessen?"

Ribby schnappte sich ihre Mutter und warf ihr die Arme um den Hals. Martha erwiderte die Umarmung, ließ sie dann los und fragte: "Tasse Tee?"

"Du siehst toll aus, Mama!" sagte Ribby, als sie gemeinsam in die Küche schlenderten. "Du hast eine tolle Bräune."

Martha lachte. "Wir hatten eine wunderbare Zeit. Wenn ich das Geld hätte, würde ich sofort da oben wohnen. Tom war ein wunderbarer Gastgeber." Sie ging in der Küche umher, brachte den Wasserkocher zum Kochen und bereitete die Tassen vor. "Was hast du denn so gemacht? Und wessen Sachen sind das in meinem Zimmer?"

"Die von Tante Tizzy."

Martha ließ fast eine Tasse fallen. "Meine Schwester ist hier? Ich nehme an, dass sie sich hier herumtreibt. Wo ist sie denn? Beim Einkaufen?"

"Äh, nein, eigentlich nicht", sagte Ribby. "Sie ist hierher gekommen, um Jenny zu suchen." Ribby hatte ein seltsames Gefühl von Déjà-vu. Sie zitterte und steckte beide Hände in ihre Taschen.

"Es ist schon komisch, dass sie den ganzen Weg hierher kommt. Wir haben sicher eine Menge nachzuholen."

"Ich weiß nicht, ob sie zurückkommt", stammelte Ribby. "Ich glaube, sie musste vielleicht nach Hause gehen. Ich meine ganz plötzlich."

Martha rührte etwas Zucker ein. "Ohne ihr Gepäck?" Sie nahm einen Schluck. "Hast du sie heute schon gesehen?"

"Nein, ich war drüben bei meiner Freundin Angela." Sie trank den Tee nicht und versuchte es auch nicht. Ihre Hände steckten immer noch fest in ihren Taschen.

Martha leerte ihre Tasse Tee. Sie schob ihren Stuhl zurück und gähnte mit einem so breiten Mund, dass ein Bus hindurchfahren könnte. "Ich gehe jetzt ins Bett."

"Dann gute Nacht, Mama", sagte Ribby. Sie räumte ihre Tasse ab und ging in der Küche umher, bis sie Martha vom oberen Ende der Treppe rufen hörte.

"Übrigens, Rib, das habe ich gefunden", sagte sie und hielt ein Messer hoch. "Es lag eingewickelt in meiner Sockenschublade."

"Vielleicht hat Tante Tizzy jemanden damit ermordet", sagte Angela, als sie die Treppe hinaufging.

Martha reichte ihr das Messer und lachte schallend. "Du hast eine blühende Fantasie. Wir werden es morgen früh gründlich waschen. Nacht, Nacht."

Angela nahm das Messer von Martha in einem neuen Handtuch entgegen.

Warum hast du ein neues Handtuch benutzt?

Das muss ich wissen, und du musst es herausfinden.

Ribby versteckte das Messer hinten in ihrem Schrank bei ihren blutigen Klamotten.

Okay, dann schlaf jetzt.

Wenn du aufhörst, mit mir zu reden, werde ich es tun.

Nacht, Ribby.

Nacht, Angela.

KAPITEL 21

RIBBY FIEL IN EINEN tiefen Schlaf. Sie träumte, sie sei hoch oben in den Wolken, wo sie saß und andere Wolken an ihr vorbeiziehen sah. Manchmal saßen Menschen auf den Wolken. Ab und zu erkannte sie jemanden. Eine berühmte Person, die sich umzusehen schien, um zu sehen, ob sie jemand erkannte.

Es war sehr seltsam, Cary Grant zu sehen, wie er lächelte und ihr zuwinkte, während seine Wolke an ihr vorbeiflog.

Ribby rief: "Mr. Grant, oh Mr. Grant, Sie sind mein absoluter Lieblingsschauspieler!"

"Du bist sehr süß", sagte Cary, während seine Wolke weiterzog.

Ribbys Augen folgten ihm, bis sie ihn nicht mehr sehen konnte, da die meisten Wolken weggerollt waren. Verschwunden.

Mit Ausnahme einer riesigen schwarzen Wolke, die auf sie zustürmte.

Sie war sich nicht sicher, was sie tun sollte, wie sie sich weiterbewegen konnte. Sie fuchtelte mit den Armen, aber das funktionierte nicht. Sie holte tief Luft und atmete in die Wolke aus, aber auch das funktionierte nicht. Diesmal hatte sie das Gefühl, auf einer Wolke zu sein, nicht im Griff. Bisher hatte sie sich immer bewegt, wenn sie es wollte, aber dieses Mal rührte sie sich nicht.

Die große schwarze Wolke schwebte näher. Ribby setzte sich und umarmte ihre Knie. Es würde regnen, und deshalb hatten die anderen Wolkenreiter Schutz gesucht. Sie fühlte sich sehr allein. Wenn sie nur auf Cary Grants Wolke gesprungen wäre, dann wäre sie wenigstens nicht ganz allein.

BUMM! Sie fiel seitwärts in die Arme der flauschigen Wolke. Der Donner hallte durch den leeren Himmel.

KRACHEN.

Blitze zuckten von der eindringenden schwarzen Wolke in Ribbys Wolke hinein. Sie schrie auf. Es war sehr knapp. Die Haare auf ihren Armen richteten sich vor statischer Elektrizität auf. Ihre Haut erhitzte sich, wurde heißer und heißer.

"Hör auf!"

"ICH WERDE NICHT!", schrie eine wütende Frauenstimme.

Ein Blitz schlug erneut in Ribbys Wolke ein und teilte sie diesmal in zwei Hälften. Sie rollte sich auf die Seite und nahm die Fötusstellung ein. Als sie aufblickte, sah sie eine Frau, die Tante Tizzy verblüffend ähnlich sah. Sie trug ein weites, schwarzes Gewand, nicht gerade ein Kleid oder einen Mantel, das um sie herum nach oben peitschte.

"Du hast mir Unrecht getan, und du wirst dafür bezahlen. Du kannst dich nicht ewig verstecken. Nutze jetzt deine Chance und spring!"

"Aber, Tante Tizzy", stöhnte Ribby, "ich habe dir das Leben gerettet!"

"Du hast mir das Leben genommen und mich in die Hölle geschickt! Du dummes, dummes Mädchen! Jetzt gib deins auf und SPRINGE!"

"Aber ich will nicht sterben."

"Das wollte ich auch nicht! Jetzt werde ich vom Himmel gemieden. Von Gott. Dazu bestimmt, bis in alle Ewigkeit hier herumzuschweben."

Ein weiterer Blitz zerriss Ribbys Wolke in vier Teile.

Die Wolke löste sich in einen Nebel auf und dann in gar nichts mehr. Ribby hielt sich die Nase zu, als ob sie in einen Fluss springen würde, anstatt in den Tod zu stürzen. Sie rief "Shiiiiiiiiiittt!", wie Redford und Newman in Butch Cassidy und Sundance Kid, als sie von der Klippe sprangen.

In die offenen Arme des Nichts stürzend, fiel Ribby aus dem Bett und landete mit einem dumpfen Aufprall auf dem Boden.

KAPITEL 22

MARTHA WAR UNTEN UND klopfte auf die Töpfe und Pfannen. Ribby lauschte und hörte zwei Stimmen. Ihre Mutter hatte Besuch.

Es war Freitagmorgen und Ribby hatte um einen späten Arbeitsbeginn gebeten. Sie wollte noch etwas über die Reise ihrer Mutter erfahren, bevor sie am Wochenende zu sich nach Hause fuhr.

"Morgen, Ma", sagte Ribby und bog um die Ecke. Sie entdeckte John MacGraw, der die Zeitung las.

Martha stand hinter ihm und las über seine Schulter.

"Morgen, John", sagte Ribby, während sie sich eine Tasse Tee einschenkte und sich dann neben den Kühlschrank stellte.

"Ich kann es nirgends finden. Hast du sie genommen, Ribby? Meine Flasche Jack Daniels? Sie war hier, und sie war voll."

"Tante Tizzy hat ihn getrunken", sagte Angela. "Sie war in einem Zustand und hat ihn runtergeschluckt, um ihre Nerven zu beruhigen. Ich bin sicher, sie wollte es ersetzen. Ich werde dir später eine neue holen."

"Ich brauchte es, um unsere Eier zu machen, Rippe."

"Ja, es gibt nichts Besseres, als ein bisschen Jack Daniels in die Eier zu schütten. Das perfekte Mittel gegen einen Kater", sagte John.

"Tja, heute Morgen müssen wir wohl ohne auskommen", sagte Martha.

"Dann keine Eier für mich, Schatz", sagte John. "Nur noch eine Tasse Kaffee."

Martha brachte die Kanne an den Tisch. "Setz dich, Tochter. Wir haben etwas Wichtiges mit dir zu besprechen."

Worum geht es hier eigentlich?

Ribby musterte Martha und John, die einen Blick austauschten. Sie setzte sich ihrer Mutter gegenüber und wartete auf die Erklärung der beiden.

Oh nein, sie werden NICHT heiraten. Oder doch? Gros.

"Du hast morgen Abend einen besonderen Besucher, der dich kennenlernen möchte. Sein Name ist Mr. Edward Anglophone", sagte Martha.

"Ich habe? Aber ... wer ist er?"

"Lass mich das zu Ende erklären. Ich weiß, dass du bald zur Arbeit gehen musst. Es wird nicht lange dauern."

Ribby nickte und Martha fuhr fort.

"Als wir am Wasser waren, haben wir in einem hübschen kleinen B&B übernachtet und Edward kennengelernt. Seine Freunde nennen ihn Teddy. Er besitzt dort seine eigene Bibliothek. Wir lernten ihn kennen und verstanden uns gut. Er lud uns auf einen Drink ein. Er erwähnte seine Bibliothek und dass er einen neuen Chefbibliothekar braucht."

"Er wusste von dir, Ribby", gab John zu.

"Von mir?"

"Er kennt Leute in Bibliotheken auf der ganzen Welt", fügte Martha hinzu. "Und Bibliothekarinnen und Bibliothekare."

"Er hat den Finger am Puls der Zeit, denn er will selbst einen neuen einstellen", sagte John.

"Ja", fügte Martha hinzu. "Seine Bibliothek ist geschlossen. Deshalb will er dich kennenlernen."

"Um seine Bibliothek zu übernehmen?"

"Möglicherweise", sagte John.

"Chefbibliothekar? Ich?" Ribby rief aus. "Ich bin nicht qualifiziert, Chefbibliothekar zu sein. Dafür braucht man einen Abschluss!"

Wir könnten durchaus Chefbibliothekar werden.

"Ich weiß nur, dass jemand, der eine eigene Bibliothek besitzt, jeden als Chefbibliothekar einstellen kann, den er will. Sie ist klein, nicht so wie die Toronto Library, aber es ist die Chance deines Lebens. Also, er wird um 8 Uhr hier sein. Du musst dir etwas Neues zum Anziehen kaufen. Mach dich schick, um einen guten Eindruck zu machen." Martha nippte an ihrem Kaffee. "Und außerdem ist er stinkreich."

Will sie uns jetzt verarschen?

Sicherlich nicht.

Hört sich aber so an.

"Ja, er hat einen Haufen Geld. Und keine Familie. Auch keine Verwandten", sagte John.

"Ich will ihn nicht kennenlernen. Mein Job ist in Ordnung. Außerdem will ich nicht weit wegziehen. Mir gefällt es hier."

Wir wollen nicht aufgemotzt werden! Du, dumme alte Fledermaus!

"Tut mir leid, Mama, aber diese Gelegenheit ist nichts für mich."

"Tochter, du wirst ihn treffen und damit basta!"

"Triff ihn einfach", sagte John. "Was hast du zu verlieren?"

Ribby schob den Stuhl zurück. Angela wandte sich der Treppe zu.

"Wenn die Hölle zufriert", sagte Angela.

Marthas Stuhl schrammte über den Boden.

Ribby rannte die Treppe hinauf und schloss die Tür ab.

Angela riss Ribbys Schrank auf und nahm das eingepackte Messer an sich. Sie wartete ab.

Wenn diese Schlampe versucht, in dieses Zimmer zu kommen, wird sie es bereuen.

Schritte. Stomp Stomp. Stomp Stomp. Zwei Sätze. Laufen. Lachen.

Ribby hielt den Atem an.

Minuten später war ganz klar, was sie vorhatten. Martha schrie: "Ja!", als das Kopfteil gegen die Wand schlug.

Absolut ekelhaft.

Lasst uns hier verschwinden!

KAPITEL 23

IN DER BIBLIOTHEK HERRSCHTE Chaos, als Ribby ankam.

Mrs. P. Wilkinson, die Leiterin der Bibliothek, hatte seit Monaten eine Signierstunde geplant. Es war ihr Baby, denn sie war mit der Kinderbuch-Bestsellerautorin P.K. Schmidlap befreundet.

Als Ribby sich auf den Eingang zubewegte, riefen zwei Kinder: "Hey, wo wollen Sie denn hin, Lady? Wir sind schon seit Stunden hier. Sie können sich nicht einmischen!"

"Ich arbeite hier", sagte sie und zeigte ihren Bibliotheksmitarbeiterausweis.

Drinnen angekommen, ging sie zu Frau Wilkinson.

"Da draußen herrscht Chaos", rief Ribby. "Wo ist Mrs. Wilkinson?"

"Ihr Mann hat angerufen. Sie liegt mit einem geplatzten Blinddarm im Krankenhaus. Da wir ihr Passwort nicht kennen, können wir den Stundenplan nicht von ihrem Computer abrufen. Wir haben ein paar hundert Kinder erwartet, nicht tausende!" Monica sagte mit zittriger Stimme: "Ich weiß nicht, was ich tun soll. P.K. ist nur noch sechzig Minuten hier, weil er andere Verpflichtungen hat." Sie brach in Tränen aus.

"Oh je, du hättest mich anrufen sollen. Keine Sorge, ich werde mit PK sprechen und sehen, ob wir eine Lösung finden können."

"Du kommst nicht an seinem Aufpasser vorbei, oder besser gesagt, an seiner Frau", sagte Monica. "Die da drüben ist groß, blond und selbstverliebt."

Mrs. Schmidlap trug einen teuren Designeranzug und zehn Zentimeter hohe Absätze. Sie schaute mehrmals auf ihre Uhr, als Ribby auf sie zukam.

"Entschuldigen Sie, Mrs. Schmidlap?"

"Jaaaaaaaaaa."

"Könnte ich kurz mit Ihnen sprechen? Wir haben ein Problem."

"WIR haben nicht das Problem! IHR habt das Problem!" rief Frau Schmidlap, woraufhin ihr Mann seinen Stift fallen ließ und die Kinder aufsprangen.

Um Ribby herum baute sich Spannung auf.

"Es ist alles in Ordnung, meine Lieblinge", sagte Frau Schmidlap, nahm Ribbys linken Arm und zog sie zur Seite. "Ihr Leute seid nicht organisiert. Mein Mann unterschreibt noch eine Stunde und dann, zack, sind wir weg. Die Kinder sollen nicht enttäuscht sein, aber er kann nicht bleiben. Er hat andere Verpflichtungen. Wir haben andere Verpflichtungen", flüsterte sie mit wütender Stimme.

Ribby musste eine Lösung finden. Es waren mindestens 1.000 Kinder draußen und weitere 50-100 drinnen. Sie musste P.K. davon überzeugen, die Bücher für die Kinder zu signieren, die am längsten gewartet hatten. Er konnte es schaffen, wenn er sich beeilte.

"Was ist mit dem Kompromiss?" fragte Mrs. Schmidlap.

"Ja, gute Idee."

"Wir müssen pünktlich um 12 Uhr los, ohne Wenn und Aber. Wir, P.K., können nicht für alle unterschreiben, nicht heute. Was ist, wenn zeeze Kinder heute ein Exemplar des Buches kaufen oder es, sagen wir, heute bestellen? PK wird alle Bestellungen unterschreiben und sie werden bis Ende der Woche hierher geliefert, geht das?"

"Wir können es nur versuchen. Danke für die Anregung. Ich werde sehen, was ich tun kann."

Ribby kehrte nach draußen zurück. Sie zog die Tür hinter sich zu.

"Hey, was machen Sie da, Lady? Wir haben P.K. noch nicht gesehen! P.K.! P.K.! P.K.!", riefen sie und drängten nach vorne.

"Hört alle auf zu reden! Seid bitte still und ich erkläre es euch!"

Die Kinder wurden leiser.

"Okay, das ist schon besser!" sagte Ribby. Sie bemerkte, dass die Polizei vorsichtshalber gekommen war. "P.K. muss um Punkt zwölf Uhr mittags von hier weg, um eine Verpflichtung zu erfüllen."

Die Menge buhte und johlte. Die Polizei rückte an.

"P.K. wird alle eure Bücher unterschreiben. Wir haben deine Anweisungen hier. Wenn sich etwas an unseren Angaben ändert, gib uns bitte bis heute 17 Uhr schriftlich Bescheid. Ihr könnt sie dann nächste Woche hier abholen", schlug Ribby vor.

"In einer Woche!? Alle werden ihre Exemplare bereits fertig gelesen haben. Sie werden uns das Ende verraten. Sie werden es uns ruinieren."

"Du kannst dein Buch heute mitnehmen und es unsigniert lesen oder es hier lassen, damit P.K. es signieren kann, es liegt ganz bei dir."

Es gab etwas Murren und Ribby wusste, dass es so oder so ausgehen könnte.

Mrs. Schmidlap kam nach draußen, um zu helfen und flüsterte ihr einen Vorschlag ins Ohr.

Ribby übermittelte ihre Botschaft an die Kinder. "Wenn du dein Buch heute zum Signieren abgibst, bekommst du ein exklusives Geschenk von P.K. - ein Lesezeichen in limitierter Auflage!"

Die Kinder jubelten. Ribby und Mrs. Schmidlap umarmten sich. Die Polizisten zogen ihre Hüte. Pünktlich um zwölf Uhr mittags fuhr P.K. in einer Limousine weg.

Als alles vorbei war, entspannte Ribby ihre Schultern, während die Anspannung von ihr abfiel. Der Rest des Tages verlief Gott sei Dank ereignislos.

Auf dem Weg zu ihrer Wohnung dachte Ribby über den schwer fassbaren Mr. Anglophone nach.

Vielleicht sollte ich ihn einfach mal besuchen?

Chefbibliothekar zu sein, wäre cool und nach dem heutigen Tag hast du es verdient.

Ja, heute die Verantwortung zu übernehmen, hat mir das Gefühl gegeben, dass ich es schaffen kann. Ich meine, Chefbibliothekar zu sein, wann werde ich jemals wieder eine Chance bekommen?

Er muss wirklich reich sein, wenn er seine eigene Bibliothek hat.

Ja. Aber warum ich? Er könnte jeden fragen.

Ich hätte nie gedacht, dass ich das mal sagen würde, aber Martha muss für sein Interesse verantwortlich sein.

Ganz zu schweigen davon, dass sie mich für die Rolle in Betracht gezogen hat.

Also, abgemacht. Wir werden uns mit ihm treffen.

Ja, abgemacht.

KAPITEL 24

ES WAR 20:34 UHR am nächsten Abend, als Ribby nach Hause kam. Sie trug ihr schwarzes Kleid und Schuhe mit hohen Absätzen.

Eine Limousine parkte am Bordstein.

Der Fahrer neigte seinen Hut. "Schöner Abend", sagte er.

"Ja, es ist wirklich schön", antwortete Ribby.

"Du auch", sagte der Fahrer mit einem Zwinkern.

Damit überraschte er Ribby.

Angela zwinkerte zurück.

Ribby rauschte hinein, setzte aber bald ein Lächeln auf, als sie das Wohnzimmer betrat. "Guten Abend", sagte sie.

Anglophone stand auf und streckte die Hand aus, um sie zu küssen. Er war etwa 1,90 m groß und ungefähr achtzig Jahre alt. Er stand mit einem Stock und trug einen teuren, blau gestreiften Maßanzug mit einer roten Krawatte.

"Möchte jemand einen Drink?" fragte Martha.

"Ich würde gerne", sagte Mr. Anglophone, "mit Ribby eine Spritztour in meinem Auto machen. Das heißt, wenn es ihr recht ist?" Er warf einen Blick in ihre Richtung und schaute dann auf seine Uhr. "Wir haben für 9 Uhr einen Tisch im Revolving Restaurant reserviert."

"Ich entschuldige mich für die Verspätung."

Oh mein Gott! Er wird es wahrscheinlich nicht einmal bis zum Abendessen schaffen! Er ist absolut und vollständig geriatrisch!

"Oh ja, ich weiß, dass Schönheit Zeit braucht", sagte Anglophone, als er aufstand und Ribby den Arm entgegenstreckte.

Ribby nahm ihn.

Ribby und Anglophone machten sich auf den Weg zur Tür.

"Mach dir keine Sorgen, wenn du sie früher nach Hause bringst, Teddy. Wir wissen, dass du dich um sie kümmern wirst."

Oh mein Gott! Damit gehen wir definitiv NICHT nach Hause.

Ribby warf ihrer Mutter einen Blick über die Schulter zu, als sie sich dem Auto näherten. Als sie eingestiegen waren, sagte Anglophone: "Fahrer, Sie können zu unserem Ziel fahren. Ich nehme an, du hast auf der Karte nachgesehen, wo das ist?"

"Ja, Mr. Anglophone, Sir, das GPS ist bereit."

"Gut, gut. Dann lernst du ja", sagte Mr. Anglophone. "Jetzt mach die Trennwand zu, damit die Dame und ich etwas Privatsphäre haben."

Dreckige alte Sau.

Die Augen des Limousinenfahrers berührten die von Ribby im Rückspiegel, als er einen Knopf drückte. Eine gläserne Trennwand erhob sich zwischen ihnen. Rote Samtvorhänge schwebten darüber und verwandelten die Rückbank in einen privaten Raum.

Mr. Anglophone drückte einen Knopf, um eine Bar mit gekühltem Champagner zu öffnen.

"Ribby, mein Lieber, ich habe mich schon darauf gefreut, dich kennenzulernen."

Ribby, der nicht wusste, was er sagen sollte, sagte: "Danke, Mr. Anglophone."

"Du kannst mich Teddy nennen, denn mein Name ist Edward. Aber sag mir, woher hast du deinen Namen, Ribby? Ist er eine Abkürzung für etwas? Es ist ein ziemlich einzigartiger, aber schöner Name."

Ribby lachte. "Seltsam. Das hat mich noch nie jemand gefragt."

"Wenn es ein Geheimnis ist, das du nicht teilen willst, verstehe ich das vollkommen, mein Lieber."

Er ist ein alter Haudegen. Ein Charmeur. Das muss ich ihm lassen!

"Als ich ein kleines Mädchen war, konnte ich meinen Vornamen nicht aussprechen. Er wird wie Rebecca geschrieben, aber Reee-becca ausgesprochen. Du weißt schon, mit diesem furchtbar übertriebenen langen 'e'. Ich habe ihn immer als Rib-ecca ausgesprochen", lachte sie. "Ma wollte ihn nicht zu Becky verkürzen. Sie fand, dass es zu gewöhnlich klang, also fing sie an, mich Ribby zu nennen. Das blieb so und seitdem ist das mein Name."

"Gut, dann nenne ich dich Rebecca, wenn du das möchtest, aber ich möchte dir lieber einen besonderen Namen geben."

"Der Name, den ich liebe, ist Angela. Würdest du mich gerne Angela nennen?"

OMG! Warum tust du mir das an?

"Angela", sagte Teddy, als es ihm von der Zunge rollte. "Na gut, dann eben Angela." Teddy strich mit seiner Hand über Ribbys Knie.

Ribby entschied, dass das Bürsten ein Versehen gewesen war.

Angela war sich da nicht so sicher.

***

A M RESTAURANT ÖFFNETE DER Fahrer erst Teddy und dann Ribby die Tür.

"Wir werden mindestens zwei Stunden brauchen", sagte Teddy. "Ich schicke dir eine SMS, wenn wir losfahren können."

"Ja, Sir."

"Er ist die meiste Zeit ein verdammter Idiot", sagte Anglophone über seinen Fahrer, "aber sehr loyal."

KAPITEL 25

VOR DEM RESTAURANT BILDETE sich eine Schlange, aber die Anwesenheit von Anglophone machte den Weg frei.

Wie ein Gentleman bot er Ribby seinen Arm an und begleitete sie durch das geschäftige Restaurant.

Es war wie eine außerkörperliche Erfahrung für sie. Die Gäste drehten sich um, grüßten sie und hoben sogar Gläser, um auf sie anzustoßen. Sie fühlte sich wie eine Berühmtheit.

Das Paar ging weiter zu einem Privatzimmer. Die Decke war hoch, und über ihrem Tisch hing ein funkelnder Kronleuchter. Der Tisch selbst war mit schönen Tellern, Besteck und funkelnden Kristallflöten gedeckt. Eine Flasche Champagner stand in einem Ständer.

Als sie Platz genommen hatten, bestellte Anglophone für sie beide.

Ribby fühlte sich wie Bella im großen Ballsaal in Die Schöne und das Biest.

Er ist zwar alt, aber er ist kein Biest.

Pssst.

Anglophone sprach viel über seine Geschäfte und sein Geld.

Ribby fragte, ob er jemals verheiratet gewesen sei.

"Ich habe zweimal fast geheiratet. Die Frauen waren nicht das, was sie zu sein schienen. Goldgräber, du weißt schon." Er hielt inne und rückte näher an Ribby heran. "Ich habe sie beide umbringen lassen."

"Du hast was?" sagte Ribby und verschüttete fast ihr Glas Champagner.

"Ein kleiner Scherz, um zu sehen, ob du zugehört hast", sagte Teddy. Er lachte und klopfte ihr auf den Handrücken. "Auf einen alten Kauz wie mich haben heutzutage nicht mehr viele Lust!"

Ribby trank noch einen Schluck Champagner. Sie fühlte sich bereits schwindelig.

"Also gut. Lass uns meinen faulen, nichtsnutzigen Fahrer suchen."

"Ich werde sehr müde", sagte Ribby. "Könntest du mich nach Hause bringen?"

"Natürlich macht es mir etwas aus, Ribby, ich meine, liebe Angela. Die Nacht ist noch jung, und wir haben noch nicht über die Rolle in meiner Bibliothek gesprochen."

"Ich habe den Abend genossen, aber ich glaube nicht, dass ich für diese Aufgabe qualifiziert bin. Ich fühle mich geschmeichelt, aber..."

"Blödsinn! Das hast du nicht zu entscheiden! Ich habe ein gutes Gefühl bei dir und das reicht mir."

Als sie wieder in der Limousine saßen, bat Ribby Teddy um eine Erklärung für seine letzte Aussage.

"Ich habe Geld. Geld macht es einfach, überall Augen zu haben. Ich weiß über dich Bescheid. Zum Beispiel, dass du deiner Mutter mit ihrer Hypothek hilfst und dass du auch eine Wohnung am Wasser vermietest."

Ribby schnappte nach Luft.

Er fuhr fort: "Wie du selbstlos die armen kranken Kinder unterhältst und wie du im Alleingang eine Massenpanik bei P.K.'s Buchsignierung verhindert hast. Seine Frau, Mrs. Schmidlap, mag nicht viele Menschen, aber dich hat sie gemocht. Wenn du mit ihr zusammenarbeiten kannst, kannst du alles erreichen. Der Job gehört dir, wenn du ihn willst."

In Ribbys Kopf drehte sich alles, als Teddy den Knopf für die Gegensprechanlage drückte und dem Fahrer sagte, er solle zu ihr nach Hause fahren.

Er ist uns entweder selbst gefolgt oder er hat jemanden dafür angeheuert.

"Ich muss noch darüber nachdenken."

"Dann soll es so sein. Du hast sieben Tage Zeit, dich zu entscheiden. Hier ist meine Visitenkarte, du kannst mich jederzeit erreichen, Tag und Nacht." Nach einer Pause sagte er: "Warte einen Moment! Warum kommst du nicht hoch und siehst dir die Bibliothek selbst an? Was du heute kannst besorgen, das verschiebe nicht auf morgen. Wir könnten sofort zusammen zurückfahren!"

"Äh, ich weiß nicht."

Er hat dir den Job als Chefbibliothekar angeboten. Du kannst ihn haben. Ich weiß, dass er im Moment unheimlich wirkt, aber er sagt es uns ganz offen. Er verheimlicht nichts und lügt nicht. Das ist doch schon mal was. Er ist unser Ticket nach draußen. Wir können ihn beobachten und sehen, wie er wirklich ist, ohne eine Verpflichtung einzugehen. Komm schon Ribby, riskier was. Außerdem ist der Fahrer super süß. Schau dir die blonden Locken an, die unter seiner Mütze hervorlugen.

Ganz zu schweigen von seinen blauen Augen.

Ich weiß. Ich weiß, ich weiß. Außerdem könnte es lustig werden!

"Wir wären am frühen Morgen da. Ihr könnt in demselben B&B wohnen, in dem Martha und John Urlaub gemacht haben. Es wird alles für eure Ankunft vorbereitet sein. Das wird dir helfen, dich zu entscheiden."

"Aber ich habe keine anderen Klamotten außer denen, die ich gerade trage."

"Ach, mach dir darüber keine Sorgen."

Ribby öffnete ihren Mund.

Er ahnte schon ihren nächsten Einwand. "Ich rufe deine Mutter an und erkläre es ihr."

Ribby war sich über nichts mehr sicher. Sie ging in ihren Gedanken hin und her. Soll ich, oder soll ich nicht?

"Es wäre mir ein Vergnügen", sagte Angela und nahm Teddys Hand in ihre.

Du hast zu lange gebraucht, um dich zu entscheiden.

Ribby, der durch den Blick des Fahrers in den Rückspiegel abgelenkt worden war, zuckte zusammen.

Teddy befahl dem Fahrer, sie nach Hause zu bringen.

Ribby tat auf dem Rückweg so, als würde er schlafen.

Angela hoffte, dass Teddy ein Nickerchen machen würde, damit sie sich zu dem Chauffeur setzen konnte.

Teddy holte seinen Laptop heraus und begann zu tippen.

Das übereifrige Klicken geht mir auf den Geist.

Ich bin sicher, wir sind bald da.

Sekunden später: Sind wir schon da?

KAPITEL 26

IN DEN FRÜHEN MORGENSTUNDEN kamen sie in Port Dover an.

Der Fahrer öffnete Teddy die Tür. "Bring Miss Angela zu Mrs. Pomfrere's. Komm erst zurück, wenn sie dir vorgestellt wurde."

"Ja, Mr. Anglophone."

"Bitten Sie Mrs. Pomfrere, dafür zu sorgen, dass Miss Angela in vier Stunden aufsteht und zum Frühstück bereit ist. Sag ihr, dass du Miss Ribby pünktlich abholen wirst."

"Ja, Sir", antwortete der Fahrer, stieg wieder in den Wagen und fuhr davon.

Ribby, die eingenickt war, öffnete nun ihre Augen. Sie schaute aus dem Fenster und versuchte zu sehen, wie das Haus von Anglophone aussah, aber es war zu dunkel.

Wenige Augenblicke später erreichten sie das B&B. Mrs. Pomfrere eilte hinaus, um sie zu begrüßen. Der Fahrer stellte sie ihr vor, erzählte ihr diskret vom Frühstück auf dem Anwesen der Anglophone und fuhr wieder ab.

"Ich freue mich sehr, Sie kennenzulernen, Miss Angela. Mr. Anglophone hat mir so viel von Ihnen erzählt."

Ribby konnte nicht umhin, Mrs. Pomfrere's Kleidung zu bemerken. Obwohl es noch sehr früh am Morgen war, trug sie ein Abendkleid. "Vielen Dank, Mrs. Pomfrere. Wenn du es eilig hast, dann lass dich von mir nicht aufhalten. Zeigen Sie mir den Weg zu meinem Zimmer und ich bin sicher, dass ich es schaffen werde.

"Schaffen? Schaffen? Ich bin doch nur so angezogen, um dich zu begrüßen. Bitte folge mir und wir bringen dich in dein Zimmer!" Sie gingen hinein, wo sie wie ein Wirbelwind den Flur entlang und die Treppe hinauf zu Ribbys Zimmer flitzte.

"Du bist noch viel süßer, als ich es mir vorgestellt habe. Teddy ist sicher ganz vernarrt in dich, und ich kann sehen, warum. Deine Beine sind ja wirklich endlos lang, nicht wahr?" sagte Mrs. Pomfrere in einem allzu vertrauten Ton.

"Äh, na ja", stammelte Ribby.

"Das ist dein Zimmer", öffnete Mrs. Pomfrere eine Tür.

Rosen aller Arten und Farben füllten den Raum. Es roch himmlisch. Die Schranktür stand weit offen und war voll mit Designerkleidern.

"Ich hoffe, die Größen stimmen. Teddy schätzte. Du wirst alles finden, was du brauchst. Solltest du noch etwas brauchen, stehe ich dir vierundzwanzig Stunden am Tag zur Verfügung."

"Du meinst, das ist alles für mich?"

"Oh ja, ja, die Kleidung und so viel mehr. Du bist ein glückliches Mädchen, das bist du. Mr. Anglophone an deiner Seite zu haben. Er kann alles machen. Er ist wie Magie."

"Äh, ja, das bin ich", sagte Ribby, gefolgt von einem schwachen "Danke", als Mrs. Pomfrere die Tür hinter sich schloss.

Wow! Er ist ein toller Typ.

Er hat das für mich getan.

Deshalb hat er wohl auch die ganze Fahrt über auf seinem Laptop herumgeklickt.

Ribby lachte plötzlich. Sie fühlte sich wie ein Kind in einem Süßwarenladen. Jetzt, wo sie wieder zu Atem gekommen war, rannte sie von einer Seite des Zimmers zur anderen und fand in jeder Ecke Schmuck und Geschenke. Im Badezimmer stand ein Spa-Bad, das mit Schaum gefüllt war und auf sie wartete.

Sie stützte sich mit dem Ellbogen auf die Luftblasen und tauchte dann unter die Wasseroberfläche. Ein erfreutes Stöhnen entrang sich ihrer Kehle. Die Temperatur war perfekt. Sie zog sich aus und ließ sich ins Wasser fallen. Die Blasen kribbelten auf ihrer Haut. Sie lehnte sich zurück, atmete tief ein und schloss die Augen. Sie öffnete sie wieder, um sicherzugehen, dass sie nicht träumte. Sie fühlte sich wie Dornröschen, die aufgewacht war, um festzustellen, dass sie im Paradies war!

Ich könnte mich daran gewöhnen.

Ich auch!

Entspannt und in einem bequemen Nachthemd kuschelte sie sich unter die Decke und schlief ein.

✳✳✳

"**S**IND SIE WACH, MISS Angela?" fragte Mrs. Pomfrere durch die geschlossene Tür. Ohne Ribby Zeit zum Antworten zu geben, klopfte die Person erneut.

Eine andere Stimme, flüsternd. Die von Teddy.

Ribby ging in Deckung und erwartete, dass sie gleich hereinplatzen würden.

"Dann hol den Schlüssel und weck sie auf!" forderte Teddy. "Wir müssen noch woanders hin und etwas sehen."

Lasst mich rein! Lasst mich rein! Dreckiger alter Sack.

"Du hättest sie wecken sollen, als die Maskenbildnerin kam", rief Teddy.

Maskenbildner. Interessant...

"Ich habe es versucht, Mr. Anglophone, aber sie hat so fest geschlafen, dass ich sie nicht stören wollte."

"Ich bin in fünf Minuten draußen, Teddy."

"Ich warte bei mir zu Hause auf dich. Mein Fahrer wird dich zu mir bringen, wenn du bereit bist. Bitte lass mich nicht warten."

Cool. Freie Zeit mit dem Fahrer.

Wir haben fünf Minuten, um uns fertig zu machen.

Sie duschte schnell, durchsuchte die Kommode und entdeckte eine Reihe von seidenen Unterhosen.

Der alte Kauz hat einen bemerkenswerten Geschmack.

Und seine Augen sind auch ziemlich gut. Diese Größen sind genau richtig!

Er würde einen Herzinfarkt bekommen, wenn wir nur in den Seidenunterhosen rausgehen würden. Ich wette, dem Fahrer würden auch die Augen aus dem Kopf fallen.

Sei nicht so eklig. Ribby knöpfte ihre Seidenbluse zu und zog den Reißverschluss ihres Rocks hoch.

Dann klopfte es erneut heftig. "Entschuldigen Sie, ich bin hier, um Madame zu schminken."

Er denkt an alles.

Eine kleine Frau, etwa in Marthas Alter, vervollständigte Ribbys Make-up im Handumdrehen.

"Ich bin Angela!" sagte Ribby, als sie ihr Spiegelbild anlächelte.

"Natürlich bist du das", antwortete die Frau lässig.

Nein, das bist du definitiv nicht.

Eifersüchtig?

"Danke. Ich würde dir ein Trinkgeld geben, aber ich habe kein Geld dabei."

"Oh, du brauchst mir kein Trinkgeld zu geben; Mr. Anglophone hat das schon erledigt."

Ribbys Magen grummelte, als sie in ihre Schuhe mit den spitzen Absätzen stieg.

Auf dem Weg zur Limousine lief sie wie eine Betrunkene. Der Fahrer lächelte, als sie fast umkippte. Wenn er sie mochte, hat er es nicht gezeigt. Er öffnete ihr die Tür, ohne zu sprechen.

Die Fahrt zu ihrem Haus war angenehm genug. Mrs. Pomfere's B&B lag in der Mitte eines kleinen Dorfes. Als sich das Auto die Landstraße entlang schlängelte, konnte Ribby einen Blick auf den Eriesee erhaschen.

"Der Yachthafen und der Leuchtturm sind dort drüben", erklärte der Fahrer. "Im Winter ist das Eisbärenschwimmen sehr beliebt.

"Oh, ich erinnere mich, etwas darüber in den Nachrichten gesehen zu haben. Da sie den Sprung für wohltätige Zwecke machen, bewundere ich den Mut, den es dazu braucht." Sie zitterte.

"Mein Freund hat letztes Jahr mitgemacht und wäre fast erfroren", er machte eine Pause, "sein, äh, Tackle ab."

Ribby lachte.

Er denkt, du bist zu zimperlich, um in deiner Gegenwart Bälle zu sagen.

Nun, ich bin der Gast seines Chefs.

"Wir sind bald da", sagte der Chauffeur.

Sie fuhren durch ein paar Weiler, die klein genug waren, um sie zu bemerken, aber im Handumdrehen verschwunden waren.

"Wir sind da", sagte der Fahrer.

Ribby setzte sich aufrecht hin. Jetzt, wo sie im Haupthaus ankam, wollte sie alles in sich aufnehmen.

Angela summte die Titelmusik der Fernsehserie Dallas.

Die Auffahrt zum Haus von Anglophone war überlang. Die Bäume, die den Boulevard säumten, bogen sich nach dem Willen des Windes. Sie fröstelte.

Sie reckte den Hals und versuchte, einen Blick auf das Haus zu erhaschen. Als sie es sah, atmete sie ein und hielt es an. Es war kein schönes Haus.

Mit seinen schmalen Fenstern und dem dunklen Backsteingebäude wirkte es kalt und ungemütlich. Ein völliger Gegensatz zu dem anderen Haus, in dem sie übernachtet hatte.

Es ist geradezu Bronte-mäßig.

Sieh mal, Rosensträucher.

Hoffen wir, dass es drinnen schön ist.

Ich bin mir sicher, dass es das sein wird.

Der Fahrer hielt den Wagen an und öffnete die Tür. Ribby zitterte, als sie über den Asphalt stolperte.

Bevor sie an die Haustür klopfen konnte, öffnete ein Mann sie. Er war groß, dünn, drahtig und von Kopf bis Fuß in Schwarz gekleidet. Er hatte einen Gesichtsausdruck, wie man ihn hat, wenn man an einer Zitrone lutscht.

"Hallo", sagte Ribby.

Mit hoher Stimme sagte er: "Madame, Mr. Anglophone erwartet Ihre Anwesenheit. Du hast ihn schon zu lange warten lassen!"

"Es tut mir leid."

Du brauchst dich nicht zu entschuldigen, er ist die Hilfe. Schieb vorbei, als würde dir der Laden gehören. Du bist der Gast von Theodore Anglophone. Du verdienst es, hier zu sein.

Und genau das hat sie getan.

Der verblüffte Mann war nicht erfreut, aber er war ein Profi. Er kündigte Ribbys Ankunft an.

Teddy stand sofort auf und sagte mit einer schwungvollen Handbewegung: "Willkommen in meinem Haus."

Ribby untersuchte den Raum, in dem Teddy stand. Obwohl er kein großer Mann war, wirkte er in dieser

Umgebung groß. Sogar die Rüstung auf der anderen Seite des Raumes war kleiner als er selbst.

Ritter waren viel kleiner, als ich mir vorgestellt hatte.

Ribby lächelte. "Danke, Teddy. Was für ein tolles Zimmer!"

Volltreffer!

"Meine Liebe", sagte Teddy, "du siehst darin aus wie ein Bild. Ich muss dein Porträt sogar so malen lassen, wie du jetzt bist."

Teddy schien vergessen zu haben, dass er sauer auf uns war.

Ribby errötete. "Vielen Dank für alles."

"Es ist mir ein Vergnügen, liebe Angela. Jetzt komm her und setz dich mir gegenüber, damit ich dich im Morgenlicht von hinten beobachten kann." Teddy schnippte mit den Fingern und sein Diener zog den Stuhl für Ribby heraus. "Ich nehme an, im B&B war alles zu deiner Zufriedenheit?"

"Ja, es ist wunderbar, Mr., äh, Teddy."

"Ich war mir nicht sicher, was du zum Frühstück magst, also habe ich meinen Koch gebeten, von allem zwei zu machen." Wieder schnippte er mit den Fingern, und die Parade der Speisen begann.

"Oh je!", sagte sie. Der Geruch von Speck, Ahornsirup, Blaubeermuffins und Würstchen stieg ihr in die Nase.

Das ist ja ein wahres Sammelsurium! Genug Essen, um eine Armee zu ernähren!

Der Diener wies seine Untergebenen an, Mr. Anglophone zuerst zu bedienen.

Anglophone klatschte in die Hände.

Das Personal ging sofort hinüber, um Ribby zu bedienen.

Anglophone klatschte wieder in die Hände. "Tibbles, wir müssen Mimosen haben!"

Sofort schnitt ein Kellner zwei Orangen in zwei Hälften und presste den Saft aus. Ein anderer Kellner öffnete eine Flasche Champagner. Der erste Kellner mischte die beiden Getränke. Ribby beobachtete genau, wie der Kellner jede Substanz mit großer Präzision einschenkte.

Er reichte Teddy ein volles Glas zum Testen. Teddy nickte, dass es zufriedenstellend war. Er füllte ein zweites Glas und reichte es Ribby. Sie stießen auf einen angenehmen Aufenthalt an und ließen sich das Essen schmecken.

"Ich hoffe, es macht dir nichts aus, aber ich habe die Hypothek deiner Mutter abbezahlt."

Ribby staunte nicht schlecht.

Teddy winkte nach mehr Kaffee und schenkte ihn ein. Während er umrührte, fügte er hinzu: "Ich habe auch das Gebäude gekauft, in dem sich deine Wohnung befindet."

Ribby schnappte nach Luft. Sie wischte sich mit der Serviette über die Mundwinkel.

Das ist eine unerwartete Wendung der Ereignisse.

"Natürlich brauchst du keine Miete mehr zu zahlen. Spar das Geld, wenn du nicht hierher ziehst. Reise. Sieh dir die Welt an!"

Sag etwas, irgendetwas.

"Oh, und ich habe auch deine Kreditkarte abbezahlt." Er nippte an seiner Mimose.

"Äh, danke. Vielen Dank. Das ist sehr nett von dir."

Ribby fühlte sich nach Teddys Ankündigungen unwohl und das zeigte sich.

"Sag mir, Angela, was ist dein Herzenswunsch?"

"Mein Herzenswunsch?" sagte Ribby und wurde rot. "Ich weiß es nicht."

"Du musst doch wissen, was du willst. Ein kluges Mädchen wie du. Etwas, das immer zu weit weg ist von deinem Griff, und doch hat dein Herz es begehrt. Überlege es dir. Ich werde dich zu gegebener Zeit wieder fragen."

Ribby hörte zu, als Teddy von seinen Reisen um die Welt erzählte.

"Wir könnten hier noch länger sitzen und reden, aber ich möchte dir unbedingt die Bibliothek zeigen.

"Oh, ja. Ich kann es kaum erwarten, sie zu sehen", sagte Ribby. Die Mimose war ihr direkt in den Kopf gestiegen. "Aber ich würde gerne ein bisschen frische Luft schnappen. Ich bin es nicht gewohnt, so früh in der Champagne zu sein. Ist es zu weit zum Laufen?"

Teddy lachte. "Für einen jungen Hüpfer wie dich nicht, aber du trägst diese unpassenden Schuhe." Er schnippte mit den Fingern. Eine Frau trat ein. "Bitte bringen Sie meinem Gast ein Paar passende Schuhe." Die Frau verbeugte sich, verließ den Raum und kam kurz darauf mit einem Paar Laufschuhen zurück. "Zieh dir diese an. Ich werde deine Absätze im Auto mitnehmen." Dann wandte er sich an seinen Diener: "Tibbles, zeichne unserem Gast eine Karte."

"Denk auf dem Weg über deinen Herzenswunsch nach. Vergiss nicht, dass du ihn benennen sollst."

Die Luft war frisch und sauber. Sie machte ihren Kopf frei.

Er ist so freundlich, sanft und großzügig.

Vielleicht ist er nicht das, was oder wer er vorgibt zu sein. Lass uns auf der Hut sein, bis wir wissen, was er will. Vergiss nicht, nichts ist umsonst.

Ribby ging weiter, in Gedanken versunken, um eine Antwort auf seine Frage zu finden.

Lass ihn im Ungewissen. Wir dürfen unsere Karten noch nicht aufdecken.

Sie bog um die Ecke, sah die Limousine und dann die Bibliothek.

Stephen öffnete die Tür für Teddy, der mit Ribbys Schuhen in der Hand herauskam. Sie setzte sich in die Limousine und tauschte die Schuhe aus, während sie die flachen hinten im Auto ließ.

"Hier ist es, meine Liebe", sagte Teddy. Auf dem Schild über der Tür stand: E. P. Anglophone: Privatbibliothek. Unter dem Schild war ein Schild: Head Librarian: blank space.

Ich bin überrascht, dass unser Name nicht schon da oben steht. Er scheint sich seiner Sache ziemlich sicher zu sein.

Benimm dich.

"Komm mit", sagte er.

Die großen Holzbögen hießen sie im Inneren willkommen. Anglophone nahm ihre Hand.

Ribbys Herz setzte einen Schlag aus. Die Bibliothek war rund. Runde Regale. Bücher, Bücher und noch mehr Bücher, so weit das Auge reichte. Tausende und Tausende. Und Leitern, die dich bis zum obersten Regal brachten, standen bereit. Bis zur Höhe der Decke, die aus Buntglas besteht und etwa drei Meter hoch ist. Als sie aufblickte und sich umdrehte, wurde ihr schwindelig.

Teddy führte sie zu einem Stuhl, in den sie sich mit einem Seufzer fallen ließ.

"Zufrieden?"

"Oh, ja!" sagte Ribby und versuchte, ihre Gefühle zu zügeln. "Es ist wie in einem Traum."

Es ist schön, Ribby, aber irgendetwas scheint nicht zu stimmen.

"Sag mir jetzt. Was ist dein Herzenswunsch?"

"Das ist es!"

Was für ein kleiner Narr!

"Mach dir keine Sorgen", sagte Teddy. "Er kann und wird dir gehören. Wenn du..."

Hier hielt Teddy inne, als sein Fahrer seine Aufmerksamkeit erregte. "Äh, einen Moment bitte, Angela. Fühl dich wie zu Hause."

Ribby stand auf und wackelte. Sie kletterte auf eine Leiter, kam herunter und kletterte auf eine andere. Jeder Autor, der ihr einfiel, war hier. Als sie bemerkte, dass der Fahrer zurückgekehrt war und unter ihr stand, rückte sie ihren Rock zurecht.

"Oh, du hast mich erschreckt."

Nicht ich! Komm zu mir.

"Es tut mir sehr leid, aber Mr. Anglophone wurde weggerufen. Er hat mich gebeten, dich zurück zum Anwesen zu begleiten, wenn du bereit bist."

"Ich, ich war..." sagte Ribby und stieg ab, ohne richtig aufzupassen. Sie machte einen Fehltritt und stolperte.

Der Fahrer, dessen Namen sie nicht einmal kannte, fing sie auf.

Ribby wurde knallrot. Ihre Blicke trafen sich. Er setzte sie ab und ging weg.

"Danke."

Er hat nicht geantwortet.

Er denkt, dass ich das mit Absicht gemacht habe. Dass ich auf ihn stehe.

Angela kicherte.

Sie folgte ihm durch die Tür und auf den Parkplatz und entschied sich dann, nicht das Auto zu nehmen.

"Ich gehe lieber zu Fuß", sagte sie.

"Bist du sicher?" Er blickte auf ihre Schuhe hinunter.

Sie hob ihr Kinn und begann zu gehen, ohne zu antworten.

"Was immer Madam wünscht."

Du hättest ihn nach den Läufern fragen sollen.

Ich weiß! Ich weiß es!

Als Ribby mit schmerzenden und blasigen Füßen zum Haus zurückkehrte, entdeckte er den Fahrer vor dem Haus sitzen.

Er neigte seinen Hut in ihre Richtung, dann hielt er sich die Augen zu und schlief wieder ein.

Gott, er ist so süß.

Ha! Teddy würde ihn feuern, wenn ich erwähne, dass er mir meine anderen Schuhe nicht gegeben hat.

Wage es ja nicht!

Ribby zog schließlich ihre Schuhe aus und ging den Rest des Weges in ihren Strümpfen.

Der Blick, den Tibbles ihr zuwarf, als sie mit den Schuhen in der Hand das Haus betrat, lag irgendwo zwischen einem Grinsen und einem Schmunzeln.

Zum Teufel mit ihm!

"Verzeihen Sie, Miss", sagte Tibbles. "Mr. Anglophone ist aufgehalten worden. Er möchte, dass du zum B&B zurückkehrst. Ich werde dem Fahrer sagen, dass er dich mitnehmen soll."

Nun, ich kann nicht den ganzen Weg dorthin laufen.

Nein, schluck deinen Stolz herunter und steig ins Auto.

Auf dem ganzen Weg zu Mrs. Pomfrere herrschte eine unangenehme Stille, die keiner der Insassen brechen wollte.

Du benimmst dich wie eine verwöhnte Göre!

Das ist mir egal.

Das Auto raste davon und Ribby wankte ins Innere.

KAPITEL 27

RIBBY KNALLTE DIE TÜR hinter sich zu, als sie in ihre Suite zurückkehrte. Sie warf ihre Schuhe quer durch den Raum und warf sich dann auf das Bett, um ihr Schluchzen im Kissen zu unterdrücken.

Er ist ja so verträumt!

Er wusste, dass ich meine Schuhe brauche, und trotzdem hat er sie mir nicht gegeben.

Du hast nicht um sie gebeten.

Trotzdem arbeitet er für Teddy. Ich bin Teddys Gast. Er sollte versuchen, mich glücklich zu machen.

Du überreagierst. Wasche dein Gesicht, dann fühlst du dich besser und vergisst es.

Das Problem ist, dass ich das nicht kann. Ich komme mir wie ein Idiot vor. Ich falle ihm in die Arme wie Jane Eyre.

Wen interessiert das schon? Wenn er das dachte, war er wahrscheinlich geschmeichelt. Überleitung. Die Bibliothek.

Sie ist wunderschön, sie ist alles. Aber warum will Teddy, dass ich, eine unqualifizierte Person, seine Bibliothek leite?

Deshalb habe ich ja gesagt, dass du nicht alle Karten auf den Tisch legen sollst. Jetzt weiß er, dass der Platz dein Herzenswunsch ist. Er spielt den Feenpaten und hat uns bei den Titten.

Mein Herz sagt, dass er auf dem richtigen Weg ist. Dass er keine Hintergedanken hat. Aber mein Kopf, oh mein Kopf.

Ribby griff nach ihrer Handtasche und holte die Zigarettenschachtel heraus. Sie steckte sich eine zwischen die Lippen. Auch ohne sie anzuzünden, beruhigte der Geruch sie. Als sie die Zigarette an ihre Lippen hielt, schlief sie ein.

"Wir müssen reden", flüsterte Teddy durch die Tür.

Ribby setzte sich auf, die Zigarette hing noch an ihren Lippen. Sie steckte sie zurück in die Schachtel. Durch die geschlossene Tür sagte sie: "Tut mir leid, ich muss eingeschlafen sein."

"Mach dich fertig. Ich muss dich jetzt nach Hause bringen. Pack deine Sachen zusammen und wir treffen uns unten im Auto."

Sie hörte zu, wie er wegging, dann sackte sie auf den Boden und kämpfte gegen ein Schluchzen an.

Der Anglophone gibt und der Anglophone nimmt.

Aber warum? Was habe ich getan? Ist das wegen Stephen?

Mach dich nicht lächerlich.

Das macht nichts. Es ist alles zu deinem Besten. Zieh dir seine Sachen aus. Geh mit erhobenem Kopf hier raus.

Aber die Bibliothek. Mein sehnlichster Wunsch. Jetzt, wo ich es ihm gesagt habe, will er mich doch nicht mehr.

Ribby zog sich die Kleidung an, in der sie gekommen war.

Es ist sein Verlust, Rib. Denk dran, Kopf hoch. Außerdem gehört alles, was wir jetzt verdienen, uns. Keine Miete, keine Hypothek, keine Kreditkarte. Wir sind im Grunde schuldenfrei! Stell dir vor, wie viel Spaß wir haben können!

Auf dem Weg nach draußen gab sie Mrs. Pomfrere einen Kuss auf die Wange.

"Wir verabschieden uns nie von unseren Gästen. Wir hoffen, dass wir Sie wiedersehen."

"Danke."

Der Fahrer stand neben der Tür und wartete auf Ribby. Als sie im Auto saß, schnallte sie sich an. Sie drehte ihren Kopf und schaute aus dem Fenster, um alles zu sehen, was sie nie wieder sehen würde und um ihre Enttäuschung zu überspielen.

"Angela, das ist rein geschäftlich. Es hat nichts mit dir oder unserer Vereinbarung zu tun."

"Du meinst, du willst mich immer noch?" fragte Ribby mit zittriger Stimme, und ihr Herz drohte ihr aus der Brust zu springen.

"Natürlich will ich, dass du meine neue Bibliothekarin wirst", sagte er und strich mit seiner Hand über ihren Oberschenkel.

Der Perverse. Er spielt mit dir. Schlage seine Hand weg.

Ribby errötete. Es war ein Versehen. Es war nichts.

Die Frechheit des alten Perversen. Ich habe es dir gesagt. Gib ihm einen Zentimeter...

"Fahrer, bitte stellen Sie die Schranke auf. Die Dame und ich hätten gerne etwas Privatsphäre."

Ribby schaute auf und fing den Blick des Fahrers im Rückspiegel auf. Sie verschränkte die Arme vor sich.

Der Anglophone öffnete eine Flasche Wasser und reichte sie Ribby, die daraufhin ihre Arme lösen musste. Sie nahm sie und trank einen Schluck.

"Ribby, ich meine Angela, wenn die Bibliothek dein Herzenswunsch ist, dann gehört sie dir. Was ich habe, gehört dir."

Sie setzte sich aufrecht hin und hörte zu, aber Anglophone schwieg. Sie nahm noch ein paar Schlucke Wasser und wartete.

Wartet er darauf, dass ich etwas sage?

Er spielt ein Spiel. Halt den Mund. Wir legen unsere Karten auf den Tisch, lass ihn das auch tun. In der Zwischenzeit bleibst du ruhig. Genieße die Aussicht.

Es ist wirklich schön hier, aber mein Herz rast.

Beruhige dich. Nimm ein paar tiefe Atemzüge. Ein. Aus. Ein. Aus.

Ihre Atemübungen wurden unterbrochen.

"Was gibst du mir als Gegenleistung für deinen Herzenswunsch?"

Los geht's. Lass mich das machen.

"Ich habe dir nichts zu geben, Teddy. Nur mich selbst."

Ernsthaft, Rib, bitte halt die Klappe!

"Nur dich selbst? Du fühlst dich nicht würdig?"

Ribby versuchte zu sprechen, aber die Worte blieben ihr im Hals stecken.

Er will mehr, Rib; er will Sex.

Ribby wurde knallrot.

"Oh je, oh je", sagte Teddy und klopfte ihr auf den Handrücken. "Du siehst sehr besorgt aus, und ich wollte dich nicht beunruhigen. Ich bin ein alter Mann. Ich habe sehr lange ohne Liebe und ohne Berührung gelebt. Ich könnte nie erwarten, dass du jemanden wie mich liebst. Selbst wenn es dein Herzenswunsch wäre."

"Ich", sagte Ribby.

"Pssst, lass mich ausreden. Ich wünsche mir, dich in meinem Leben zu haben. Als Kameradschaft.

Freundschaft. Wenn du dich in mich verlieben würdest—wenn du mich lieben könntest, wäre das mein Herzenswunsch. Vielleicht erfüllst du ihn mir eines Tages."

Wow, das war ja mal ein Knaller. Umgekehrte Psychologie? Sei vorsichtig.

Im Auto herrschte nun Stille und die beiden Fahrgäste fühlten sich äußerst unwohl. Ribby nahm noch ein paar Schlucke Wasser und Anglophone überprüfte sein Telefon.

"Willst du mich heiraten?", platzte er heraus.

OMG, dieser zweite Curveball war so weit hergeholt, ich bin sprachlos, Rib.

Ich auch, ich meine, was soll ich denn sagen. Ich will die Bibliothek, aber ich liebe ihn nicht.

Wir sind jung und lebendig. Er ist schon so weit über den Berg, dass er schon fast auf der anderen Seite ist. Warte, jetzt...

Oh nein, du denkst doch nicht, was ich denke, dass du denkst?

Mittel zum Zweck. Er will, dass du sein Freund bist, dass du seine Bibliothek führst. Er fragt nicht nach Sex, sondern nach Gesellschaft und Liebe. Oder? Wenn du also seinen Herzenswunsch erfüllst und er deinen, wo ist dann das Problem?

Warum machst du dann einen Heiratsantrag? Selbst ich weiß, dass es keine legale Ehe wäre, wenn sie nicht vollzogen würde. Allein der Gedanke an mich und ihn...

Ich weiß, ich weiß.

✳✳✳

TEDDY BESCHÄFTIGTE SICH MIT seinem Telefon.

Ribby und Angela diskutierten über die anstehenden Probleme.

Er trommelt schon wieder mit den Fingern. Wie nervig! Jetzt klickt er mit seinem Stift - klack klack, klack klack, klack.

Er wartet auf eine Antwort.

Ich weiß nicht, wie ich das akzeptieren kann. Nenne mir einen Grund, warum ich ja sagen sollte. Wie kann ich ja sagen?

Ganz einfach. Ein Wort: Bibliothek. Zwei weitere Worte: Chefbibliothekar.

Aber was für eine Bibliothekschefin? Ich habe keine Mitarbeiter, keine Kollegen und im Moment auch keine Kunden.

Aber du wirst der Chef über die Bücher sein.

Du bist keine Hilfe.

Ich versuche es!

Ich weiß, aber für ihn ist unsere Beziehung nichts weiter als ein Geschäft. Wir würden Mann und Frau sein, aber nur dem Namen nach. Ich will einen Mann, den ich lieben kann und der mich im Gegenzug liebt. Das ist eine Abfindung.

Einigung? Das nennst du sesshaft werden? Du bist fünfunddreißig Jahre alt und sechsunddreißig steht vor der Tür. Du hast keine Perspektiven, keine Zukunft. Das hier wird dir eine Zukunft geben. Teddy kann dir die Welt öffnen, für uns. Die Liebe ist nicht alles, was sie zu sein scheint. Wenn du nicht zustimmst, wirst du es für den Rest deines Lebens bereuen.

Ribby warf einen Blick in Teddys Richtung.

Sag etwas. Irgendetwas.

"Ich brauche nur Zeit, Teddy, um darüber nachzudenken."

Teddy starrte in die Ferne.

Bald, aber nicht früh genug, hielt der Fahrer am Bordstein vor Marthas Haus an.

✳✳✳

IN DER DUNKELHEIT DES RÜCKSITZES ballte und löste Ribby ihre Fäuste. Die schnellen Bewegungen, das Öffnen und Schließen, brachten sie zu einer Entscheidung. "Teddy, ich bin mir sicher, dass wir eine passende Vereinbarung treffen können."

Teddy schlang seine Arme um sie und lächelte sie an. "Oh, danke, dass du mich zum glücklichsten alten Mann der Welt machst."

Gut gemacht, Rippe! Bravo! Arbeite mit ihm zusammen. Finde es heraus. Vergiss nicht, wir haben hier die Kontrolle.

Ribbys Stimme zitterte, aber sie lächelte leicht, als sie sich aus seiner Umarmung löste. "Du musst mir ein paar Tage Zeit geben, um die Dinge zu regeln."

"Ich kann auf dich warten, Angela, aber bitte lass mich nicht zu lange warten. Auf dich habe ich schon ein Leben lang gewartet", sagte Teddy und küsste ihre Hand.

Oh je, er ist verliebt!

Sie tauschten Küsse auf die Wange aus.

Der Fahrer öffnete Ribbys Tür und hielt sie fest, während sie auf den Bürgersteig trat.

"Ich rufe dich in vierundzwanzig Stunden an", sagte Teddy.

Ribby nickte. Hinter ihr auf der Veranda rief Martha: "Bist du das, Ribby? Oh, hallo Teddy." Sie winkte.

Teddy winkte zurück, als der Fahrer die Tür schloss und zum vorderen Teil des Wagens zurückkehrte. Sie fuhren los.

"Ja, Mama, ich bin's."

"Du bist früher zurück, als ich dachte. Komm rein und erzähl mir alles."

Ribby stolperte die Verandatreppe hinauf.

KAPITEL 28

R IBBY BEGRÜSSTE STROLCHI MIT einem Klaps auf den Kopf und das Trio ging in die Küche.

"Ribby, setz dich. Ich habe eine Million Fragen an dich. Wie ist es gelaufen?" plapperte Martha und ließ Ribby nicht zu Wort kommen. "Ja, ich mache dir eine Tasse Kaffee und dann... Du siehst erschöpft aus."

"Mama, ja, ich bin müde. Es war eine lange Fahrt. Mr. Anglophone, Teddy, ist interessant."

"Ich dachte, ihr zwei würdet euch gut verstehen. Hat er dir einen Antrag gemacht?"

Sie wusste, dass er die Frage stellen würde? Sie wusste es? Was zum...?

"Du wusstest, dass er es tun würde?"

Ist das Teil eines Masterplans? Oh, das ist wirklich beunruhigend.

"Er liebt die Bibliothek und er würde sie nicht einfach irgendjemandem überlassen."

Ha, ha, oh, sie meint die Bibliothek. Mein SCHLECHT.

"Natürlich nicht. Er ist sehr großzügig, mir diese Möglichkeit anzubieten."

"Mr. Anglophone hat sich vergewissert, dass du die Richtige bist, bevor er dich überhaupt kennengelernt hat."

Was soll das denn heißen? Sind wir wieder bei dem Masterplan-Konzept?

Ribby hielt ihre Wut zurück. "Du hast es gewusst?"

Mommy Dearest beugt sich wieder tiefer als tief.

"Nun Rib, reg dich doch nicht so auf. Er hat es gut gemeint. Er wollte sicher sein. Bei so viel Geld muss er unglaublich vorsichtig sein."

Ribby saß schweigend da und rührte in ihrer Tasse Kaffee.

Martha stand auf und räumte fleißig auf. Sie warf einen Blick auf Ribby. "Du bist erschöpft, soll ich dir ein Bad einlassen?"

Ein Bad für dich einlassen? Okay, nimm deine Maske ab. Wer ist diese Frau?

"Das wäre schön."

Später, in der Badewanne, schlief Ribby ein und träumte.

Sie schwebte splitternackt in einer rosa Blase in Anglophons Bibliothek.

Anglophone kam in Sicht. Er stolzierte mit rotem Gesicht und geballten Fäusten herum, während sein Chauffeur ihn beschattete.

Anglophone sagte: "Ich will, dass diese neuen Bücher sofort die alten ersetzen. Stell sie in Augenhöhe auf, damit mein Mädchen sie finden kann."

"Das steht nicht in meiner Stellenbeschreibung", antwortete der Fahrer und drehte sich um.

Der Engländer packte ihn am Arm, zog ihn zu Boden und gab ihm eine Ohrfeige auf die Wange. Obwohl die Ohrfeige hart war, war der Fahrer darauf vorbereitet und zuckte nicht einmal mit der Wimper.

"Dein Job ist das, was ich dir sage, Junge!"

"Herr Anglophone, ich werde natürlich alles tun, was du von mir verlangst, ihr zuliebe und nur ihr zuliebe. Du kannst mit mir machen, was du willst", sagte der Fahrer.

Anglophone ließ seinen Arm los. Der Fahrer richtete seinen Rücken auf.

Welchen Einfluss hat Anglophone auf ihn?

Dies ist ein Traum. Wir träumen. Wach auf, Ribby! Wach auf!

Pssst, das ist interessant. Versuche, die Bücher heranzuzoomen, die er uns zeigen will.

Ich versuche es ja, aber... verdammt.

"Ich bin großzügig zu dir, Stephen, und großzügig zu ihr. Ich verlange nicht viel von dir. Ich bin ein alter Mann. Ich bin dein Arbeitgeber. Sei in Zukunft nicht mehr so unverschämt."

"Ich entschuldige mich", sagte Stephen und verbeugte sich mit seinem Hut in der Hand bis auf den Boden. "Ich kann dir versichern, dass es nicht wieder vorkommen wird. Ich erwarte, dass ich fast den ganzen Tag damit beschäftigt sein werde."

"Sehr gut. Dann fang an, die Bücher neu zu ordnen. Informiere Tibbles, wenn du die Aufgabe erledigt hast."

"Was soll ich mit den alten Büchern machen?" fragte sich Stephen.

"Hinten stehen leere Kisten. Bewahre sie erst einmal auf", sagte Teddy. "Sie bedeuten nichts. Vielleicht verschenken wir sie in Zukunft. Fürs Erste stellst du sie aus dem Weg."

Teddy verließ den Raum.

Stephen arbeitete weiter. Er warf einen Blick über seine Schulter, wo Ribby nackt in ihrer imaginären Blase saß.

"Stephen", flüsterte sie.

Das ist ein merkwürdiger Traum.

Teddy ist wirklich hart zu ihm.

Ja, er erwartet Perfektion.

Was macht er dann mit mir?

"Wach auf, Ribby!"

Ribbys Seifenblase zerplatzte, als Martha ins Zimmer kam.

"Ich klopfe schon seit Ewigkeiten."

"Tut mir leid, Ma, ich bin eingeschlafen."

"Gut. Das bedeutet, dass du dich entspannst. Hier ist etwas zum Schlürfen."

Ribby versteckte sich größtenteils unter den Blasen.

"Es ist ja nicht so, dass ich das nicht schon alles gesehen hätte, Tochter." Martha lachte.

Ribby zitterte und griff nach dem Glas Champagner. Martha setzte sich auf den Rand der Wanne.

"Auf dich", sagte Martha, während sie mit den Gläsern anstießen.

Das ist echt seltsam. Diese Frau kann nicht deine Mutter sein. Sie schmiert dir Honig ums Maul, als wüsste sie, dass der alte Mann ihr einen Antrag gemacht hat und sie bei euch einziehen will.

Die Seifenlauge tropfte auf Ribbys Arm und auf den Stiel des Glases. "Mutter, wie hast du Mr. Anglophone kennengelernt?"

"Das habe ich dir doch schon erzählt, oder?"

"Das glaube ich nicht. Falls doch, kann ich mich nicht erinnern."

"Nun, wir waren beim Abendessen, und Anglophone kam herein", erinnert sich Martha. "Er war sehr ungestüm und anspruchsvoll gegenüber dem Personal und schien von einiger Bedeutung zu sein. Wir waren neugierig, wer so eine Szene machen könnte. Als ich ihn das erste Mal sah, kam er uns bekannt vor. Wir dachten, er sei eine politische Figur oder wir hätten ihn im Fernsehen gesehen. Er schien sehr aufgeregt zu sein und beschimpfte seinen Limousinenfahrer, der hinter ihm herfuhr. Alle starrten ihn an."

"Hat er es bemerkt?" fragte Ribby. "Ich meine, dass alle im Restaurant ihn angestarrt haben?"

"Zuerst hat er die anderen Gäste überhaupt nicht beachtet. Als er merkte, dass er eine Szene machte, entschuldigte er sich bei uns, nicht bei seinem Mitarbeiter. Dann hat er allen Champagner spendiert."

Er klingt wie ein Tyrann.

Stimmt. "Und das war's?" sagte Ribby.

"Nein, nein, mein Mädchen. Danach baten wir ihn, sich uns anzuschließen, und er akzeptierte. Er behandelte uns, und wir aßen und aßen. Es war ein wunderbarer Abend. Er lud uns ein, bei Mrs. Pomfrere als Gast zu bleiben. Deshalb haben wir unseren Urlaub verlängert, weil es uns nichts gekostet hat."

"Aber wie bin ich dann ins Gespräch gekommen?"

"Ich weiß nicht genau, worüber wir beim Abendessen gesprochen haben, aber ich habe ihm von dir erzählt. Von deiner Rolle in der Bibliothek und deiner ehrenamtlichen Arbeit mit den Kindern im Krankenhaus. Teddy war sehr fasziniert. Er wollte dich kennenlernen. Er erwähnte seine Bibliothek. Er sagte, sie sei geschlossen, bis er die richtige Person gefunden habe, die sie leiten könne. Er fragte nach dir."

Erzählen Sie uns mehr über Stalker Teddy.

"Er ist sehr schüchtern, weil er ja schon von mir wusste."

"Über jemanden Bescheid zu wissen, ist nicht dasselbe wie ihn kennenzulernen, Tochter."

"Ja, aber es klingt so, als hätte er sich schon entschieden."

"Da bin ich mir nicht so sicher."

"Er, Teddy, hat mich gebeten, seine Bibliothek Ma zu leiten, aber es gab andere Bedingungen. Komplikationen."

"Was für Komplikationen?"

"Zum Beispiel, dass ich meinen Job aufgeben muss. Irgendwo anders hinziehen. Ich muss die Kinder verlassen."

"Jemand anderes wird das übernehmen. Du musst einmal in deinem Leben egoistisch sein."

Ribby entspannte sich ein wenig und trank noch einen Schluck Champagner.

"Nach dem, was ich von Mr. Anglophone gesehen habe, war er sehr großzügig. Er ist kein Pfennigfuchser."

Ich frage mich, ob sie von der Hypothek weiß.

Es ist nicht meine Aufgabe, es ihr zu sagen.

"Stimmt." Ribby zitterte. "Ich muss mehr über diese Ma nachdenken und von hier verschwinden, bevor mein Körper sich in eine Pflaume verwandelt.

Martha stand auf und nahm Ribbys Champagnerglas. "Tochter, so eine Chance bekommst du wahrscheinlich nie wieder. Ich weiß, dass ich nicht immer die beste Mutter gewesen bin. Ich weiß, dass du die richtige Entscheidung treffen wirst."

"Danke", sagte Ribby. Als die Tür geschlossen war, stieg sie aus der Wanne, trocknete sich ab und zog ihr Nachthemd an.

Das war die absolute "Knebel mich mit einem Löffel"-Mutter-Tochter-Zeit.

Mom gab sich große Mühe, sie zu unterstützen.

Ja, das war sie wirklich. Ich konnte die Dollarzeichen in ihren Augen sehen. Aber lasst uns das Thema wechseln. Lass uns über den seltsamen Traum sprechen.

Ja, in meinem Traum war sein Name Stephen.

Ich dachte immer, er erinnert mich an Stephen Moyer aus True Blood.

Ich habe die Serie zwar nicht gesehen, aber ich weiß, wen du meinst.

Es war schon seltsam, dass die Engländer die Bücher durch neue ersetzt haben. Ich verstehe das nicht.

Raus mit dem Alten und rein mit dem Neuen. Das ist ein doppelter Zweck. Neue Bücher mit einem neuen Bibliothekar. Für mich macht das absolut Sinn.

Es fühlte sich eher wie eine Vorahnung an.

Ribby hat gelacht. Ich bin nicht schlau genug, um Vorahnungen zu haben.

Aber ich schon.

Du bist so witzig.

KAPITEL 29

NACH EINEM EILIGEN MORGEN, *da sie verschlafen hatte, kam Ribby bei der Arbeit an und machte sich auf den Weg ins Gebäude.*

Sofort fiel ihr ein Transparent auf, auf dem stand: "Herzlichen Glückwunsch, RIBBY!" erregte ihre Aufmerksamkeit.

Ro-ro. Es sieht so aus, als hätte jemand die Katze aus dem Sack gelassen.

Wer? Ma? Ich werde... Ich werde....

Eine Lawine von Rufen und Beifall.

Oh nein, ich muss hier raus!

Nein, das musst du nicht. Dafür ist es zu spät. Sie sehen dich. Lächle!

Ribby lächelte, als sich ihre Kolleginnen und Kollegen um sie scharten.

"Gut gemacht, Ribby!"

"Wir wussten, dass du es schaffst!"

"Wir sind sehr stolz auf dich! Chefbibliothekarin! Wow!"

An der Pinnwand stand folgende Notiz:

"Herzlichen Glückwunsch an unseren Ribby Balustrade!

Chefbibliothekar, E. P. Anglophone Privatbibliothek.

Gezeichnet, Mrs. P. Wilkinson, Chefbibliothekarin."

Ribby rieb sich ungläubig die Augen. Als sie sie wieder öffnete, murmelte sie etwas vor sich hin. Wie konnte er das nur ankündigen, ohne sie vorher zu fragen? Sie ballte die Fäuste, während ihr die Hitze in die Wangen stieg. Sie hatte keine Kontrolle mehr über ihr Leben, ihr Schicksal. Sie ging hinter den Tresen und legte ihren Kopf auf den Schreibtisch.

Reiß dich zusammen, Rippe. Du verdirbst ihnen die Freude. Sie sind so stolz auf dich und es ist dein letzter Tag hier. Nimm es mit Fassung. Halte deinen Kopf hoch.

Aber er hat es versprochen! Er sagte, ich könnte mir die Zeit nehmen. Jetzt ist dies mein letzter Tag. MEIN LETZTER TAG!

Was getan ist, ist getan. Du kannst später mit ihm darüber schimpfen. Aber jetzt genieße den Moment. Sei eine Inspiration.

Frau Wilkinson schlenderte zum Schreibtisch hinüber. "Erstens möchte ich mich bei dir bedanken, dass du mich vertreten hast, als ich im Krankenhaus war. Zweitens: Ich bin so stolz auf dich, Ribby! Als Mr. Anglophone mich anrief, ich meine Theodore Anglophone, war ich so stolz auf dich. Ich habe geweint. Das habe ich wirklich. Du warst immer wie eine Tochter für mich."

"Vielen Dank, Mrs. Wilkinson."

"Ich meine, so ein mächtiger Mann. Dass er dich in deinem Alter auswählt, um Chefbibliothekarin zu werden. Du wirst es noch weit bringen."

"Hast du schon mal von Mr. Anglophone gehört?"

"Ich kenne ihn nicht persönlich, aber ich weiß von ihm. Außerdem stand die Architektur seiner Bibliothek in mehreren Zeitschriften. Genauso wie sein Haus."

"Ja, die Bibliothek ist sehr schön, sein Haus auch, aber von den Zeitschriften wusste ich nichts."

"Wir veranstalten ein Mittagessen zu deinen Ehren. Dank Mr. Anglophone, der darauf bestanden hat, alle Kosten zu übernehmen."

"Ach, hat er das?" sagte Ribby.

Dieser schlaue alte Bettler.

"In der Zwischenzeit", fuhr sie fort, "genieße deinen letzten Tag."

"Danke, Mrs. Wilkinson."

Ribby warf einen Blick in die Richtung ihrer Kollegen, die zu ihren Aufgaben zurückgekehrt waren. Neugierig geworden, loggte sie sich in den Computer ein und googelte Theodore Anglophone.

Der meistgesuchte Artikel war ein Zeitungsartikel in der Lokalzeitung. Die Schlagzeile lautete: "Verdächtiger Todesfall in der örtlichen Bibliothek".

Was ist das?

Ribby las weiter.

Der Chefbibliothekar ist gestorben?

Deshalb hat er sie geschlossen. Klingt, als wäre die Frau verrückt gewesen.

Oh, Teddy hat ihre Leiche gefunden. Das muss schrecklich für ihn gewesen sein.

Nein, schau mal hier. Hier steht, dass er die Polizei gerufen hat, aber die Reporter waren zuerst da.

Reporter sind immer zuerst da. Oh, sie haben Fotos von der Frau. Sie sieht wahnsinnig aus. Wo sind ihre Klamotten? Und sie sieht aus, als würde sie die Reporter anspucken.

Viele würden gerne Reporter anspucken.

Stimmt, aber sieh dir ihre Augen an. Sie sieht verzweifelt aus. Verängstigt.

Hysterisch. Es heißt, Teddy habe die Bibliothek danach geschlossen und geschworen, sie nie wieder zu öffnen.

Bis jetzt. Ich muss hier raus und frische Luft schnappen, bevor das Mittagessen beginnt. Sie wandte sich an Mrs. Wilkinson und bat um Erlaubnis, gehen zu dürfen.

"Nun, ich kann dich ja wohl kaum feuern, oder?" brüllte Mrs. Wilkinson. "Immerhin ist das dein letzter Tag!"

"Ja, das stimmt", sagte Ribby. Weitere Gratulanten jubelten, als sie vorbeiging. Draußen angekommen, zog sie eine Zigarette aus ihrer Tasche und zündete sie an.

Vielleicht waren wir ein bisschen voreilig.

Ein bisschen!

✳✳✳

RIBBY KEHRTE PÜNKTLICH ZUM Mittagessen in die Bibliothek zurück. Die Auswahl am Buffet war mehr als genug für alle. Alle mampften, mischten sich und unterhielten sich.

Mrs. Wilkinson begann zu singen: "For she's a jolly good fellow". Ribbys Wangen wurden heiß. Frau Wilkinson hielt eine kurze Rede und überreichte Ribby dann ein Geschenk.

"Mach es auf! Mach es auf!", riefen ihre Kollegen.

Sie riss das Paket auf. Es war ein Mobiltelefon.

"Wir haben bereits alle unsere Kontaktdaten hinzugefügt, damit wir in Kontakt bleiben können", sagte Frau Wilkinson.

Als ob wir mit diesem Haufen in Kontakt bleiben wollten!

"Vielen Dank", sagte Ribby.

"Speech! Rede!", riefen sie.

Ribby war es nicht gewohnt, in der Öffentlichkeit zu sprechen und murmelte ein paar unzusammenhängende Sätze vor sich hin.

Ich werde langsam nervös.

Sie sagte, sie würde sie alle vermissen.

Du hast es geschafft, Rib. Und jetzt lasst uns von hier verschwinden.

Sie applaudierten. Mrs. Wilkinson zog die Aufmerksamkeit aller auf sich, indem sie sich räusperte. "Ich gebe Ribby für den Rest des Tages frei! Vielen Dank, Ribby, für deine jahrelangen hervorragenden Dienste in der Bibliothek von Toronto. Bitte melde dich wieder."

Die Mitarbeiter bildeten eine Prozession.

Es ist wie bei einer Hochzeit.

Oder eine Beerdigung.

Draußen wartete eine Limousine am Straßenrand.

Ribby ballte die Fäuste.

Whoa, tief durchatmen.

Der Fahrer stieg aus.

Stephen.

Er lüftete seinen Hut und öffnete dann die Hintertür. Drinnen wartete Teddy mit einem breiten Grinsen im Gesicht. Er klopfte auf den Sitz und forderte Ribby auf, einzusteigen.

Steig ein und kühl dich erst ab, bevor du etwas sagst.

Genau. Sie ballte ihre Fäuste. Sie setzte sich hin und schnallte sich an. Sie atmete tief ein. "Hallo, Teddy."

"Mach die Tür zu, Stephen!" Teddy bellte.

Stephen. Sein Name ist wirklich Stephen.

Ein bisschen wie in der Twilight Zone, oder?

"Vorwärts", befahl Anglophone. Die Schranke ging hoch und der Fahrer fuhr weiter.

"Ich hoffe, du hattest einen schönen Tag, Angela."

"Es war ziemlich seltsam", sagte Ribby. "Es war ja auch mein letzter Tag." Sie nahm einen tiefen Atemzug. "Ich wusste nicht, dass du Mrs. Wilkinson über unsere Vereinbarung informieren würdest. Ich wollte selbst kündigen. Es war eine wichtige Sache für mich." Ihre Wangen erröteten und ihre Stimme zitterte, als sie darum kämpfte, die Fassung zu bewahren.

"Warum solltest du tun, was ich für dich tun kann?" flüsterte Teddy. Er legte seine Hand auf ihr Bein.

Dieses Mal gab es keinen Zweifel an seinen Absichten. Er ließ sie dort liegen. Sie entfernte sie nicht.

"Ich weiß, dass die Leute in der Bibliothek nicht immer gut zu dir waren. Ich weiß, dass sie dich ausgenutzt haben und dich nicht zu schätzen wussten. Ich möchte, dass du sie verlässt. Ich möchte, dass sie wissen, dass du besser bist als sie. Du gewinnst und sie verlieren."

Was zum? Wir wussten, dass er uns beobachtet, aber das ist... extrem...

Stimmt. Was er wohl noch alles weiß?

Ribby holte tief Luft.

"Ich weiß viele, viele Dinge über dich. Über die Welt", gestand Teddy. "Wehleidige Narren gibt es wie Sand am Meer. Sie sind nicht dazu geeignet, dir die Stiefel zu lecken. Wenn dir jemand wehgetan hat, zeige ihn mir und ich kümmere mich um ihn."

Und ein Auftragskiller! Rib, das geht ja voll in eine verrückte Richtung.

Ribby hatte ihre Nägel in den Türgriff gebohrt. Sie ließ sie los. "Nein, nein, so jemanden gibt es nicht. Ich führe ein ganz einfaches Leben. Ich arbeite, ich gehe ins Krankenhaus, ich komme nach Hause und ich habe kein großes Sozialleben."

Bleib ruhig. Bleib ruhig.

"Das wirst du." Er hob seine Hand mit der offenen Handfläche, als wolle er ihr ein High Five geben. Sie folgte seiner Hand, als sie sich hob und als er sie wieder an seiner Seite ablegte. "Wenn wir zusammen sind, wird sich die Welt vor dir verneigen und jeder wird dich lieben und dir gefallen wollen.

Die Beschreibung einer Königin oder Prinzessin.

Er schaute in Ribbys Augen. Ihr Magen kribbelte. Sie küsste ihn.

Oh je, Rib...wtf?

"Es tut mir leid", sagte Ribby, angewidert von ihrem Verhalten. Es ist deine Schuld. Ich habe mich als Königin oder Prinzessin gesehen.

Ich auch, aber wir waren in einem Elfenbeinturm eingesperrt.

"Das war eine schöne Geste", sagte Teddy. "Und noch besser, weil du den Impuls hattest, es selbst zu tun und ihm gefolgt bist. Ja, ich sehe, dass wir zusammen glücklich sein werden. Komm jetzt mit mir zurück. Komm zu uns nach Hause. Lass uns heute unser gemeinsames Leben beginnen."

"Warte, Teddy, warte. Ich muss noch ein paar Dinge in Ordnung bringen."

"Lass uns heute Abend zusammen essen. Lass uns feiern!"

"Ich bin erschöpft, Teddy, und ich möchte noch etwas Zeit mit den Kindern im Krankenhaus verbringen. Ich muss mich verabschieden und noch ein paar Dinge erledigen."

Teddy schaute kurz weg, als sie innehielt.

Er weiß es.

Vielleicht, aber ich habe ihn geküsst.

Ja, das hast du. Aber warum?

Ich weiß es ehrlich gesagt nicht.

Seltsam.

"Ja, ich sehe, das ist etwas, was du tun musst. Aber ich fühle mich zu dir hingezogen. Ich will in deiner Nähe sein. Ich möchte, dass wir zusammen sind. Lass mich dich nach Hause bringen, Angela", flehte Teddy.

"Eigentlich weiß ich das Angebot zu schätzen, aber ich würde lieber den Bus nehmen."

Sie berührte seinen Handrücken.

"Wo sollen wir dich denn absetzen?"

"Hier, genau hier ist gut."

Stephen hielt den Wagen an. Bevor er aussteigen und die Tür öffnen konnte, öffnete Ribby sie und stieg aus.

"Bis wir uns wiedersehen", sagte Teddy und blies einen Kuss in ihre Richtung, ohne den Kontakt zu ihren Augen zu unterbrechen.

Ribby ertappte sich dabei, wie sie den Kuss auffing und ihre Finger an ihre eigenen Lippen legte.

Verdammt, Rib. Du gehst viel zu weit.

Es war, als ob ich besessen wäre oder so.

Das war eine oscarprämierte Leistung. Ich meine, ich habe einige Dinge gesagt und getan, aber du, Ribby, du bist die Beste.

Leck mich!

KAPITEL 30

R IBBY KAM ZU HAUSE an und hörte ihre Mutter schluchzen.

"Was ist denn los, Ma?"

"Es geht um deine Tante Tizzy. Sie ist tot."

"Das glaube ich nicht."

Gut gespielt, Ribby.

"Ja, ich konnte es selbst nicht glauben, aber sie haben ihre Leiche gefunden. Sie war mit einem meiner Männer im Van von Attics-R-Us."

"Oh."

"Er war ein seltsamer Mann", sagte Martha.

Das kannst du laut sagen.

"Das ist ja furchtbar. Die arme Tante Tizzy."

"Ich komme gerade von der Identifizierung ihrer Leiche zurück. Sie rufen gerade ihren Mann und ihre Tochter an. Sie sollten sie nicht sehen, nicht, wenn sie da rauskommen. Sie sollten sich an sie erinnern, wie sie war. Nicht so, wie ich sie gesehen habe. Ganz aufgedunsen und ...." Sie ging an die Bar und schenkte sich einen Whiskey pur ein. Sie kippte ihn hinunter.

"Wie, wie ist das passiert?"

Ribby, das ist eine weitere Oscar-gekrönte Leistung. Ruhig. Halte deine Stimme ruhig.

"Sie glauben, dass sie mit seinem Van von einer Klippe gefahren ist, nachdem sie ihn erstochen hatte, denn er hatte eine Stichwunde im Rücken. Die Gerichtsmediziner sagten mir, dass sie vergewaltigt wurde."

"Vergewaltigt? Oh, meine Güte, wie schrecklich."

"Warte einen Moment. Erinnerst du dich an das Messer, das ich neulich gefunden habe? Wo ist das Messer? Es könnte eine Mordwaffe sein. Was haben wir damit gemacht?", sagte sie und schüttelte Ribby. Dann hielt sie inne und wurde blasser als blass. "Und Mr. Anglophone ... oh, dieser Skandal könnte dir alles verderben!"

"Was hat er denn damit zu tun?"

"Ich meine, mit mir. Über meine Herrenbesucher. Wenn das herauskommt, ruiniert das deine Chancen."

Ribby gab Martha eine kräftige Ohrfeige.

Wieder. Und noch einmal.

"Du musst dich zusammenreißen, Ma. Das hat nichts mit dir zu tun, mit uns, und Mr. Anglophone wird sich einen Dreck darum scheren. Außerdem ist ihm ein Skandal nicht fremd."

"Du weißt es also?" fragte Martha.

"Ja, ich weiß von dem ehemaligen Bibliothekar, der in Anglophones Bibliothek gestorben ist. Das klingt alles sehr bizarr."

"Die Männer", sagte Martha. "Die Männer könnten es erzählen, und ihre Frauen könnten es erzählen, und jeder wird wissen, dass deine Mutter eine Hure ist."

"Oh, bitte Mutter, hör auf zu schwafeln. Du gehst mir auf den Geist."

"Versprich mir etwas, Ribby. Versprich mir, dass du Teddy anrufst und ihm sagst, dass du jetzt zu ihm willst. Verschwinde von hier und aus der Stadt. Bevor es einen Skandal gibt."

"Aber Ma, das anglophone Anwesen ist nicht weit von der Stadt entfernt. Teddy würde es herausfinden. Ich habe ihn gerade verlassen. Ich muss noch ein paar Dinge klären. Ich bin noch nicht bereit zu gehen."

"Neeeeeiiiiiin!" Martha schrie. "Du musst JETZT aus diesem Haus verschwinden!" Martha rannte die Treppe hinauf und fing an, Ribbys Sachen in einen Koffer zu packen.

Ribby folgte ihr.

Sie verliert den Verstand, Rib.

Das sehe ich. Sie bricht zusammen.

Martha packte weiter und faltete und rollte ihre gebrauchten Sachen. Sie murmelte vor sich hin: "Ich rette dich. Du bist alles, was zählt."

Ribby, der nicht wusste, was er sonst tun sollte, schrie: "STOPP!"

Martha stand still wie ein Reh im Scheinwerferlicht.

Ribby erklärte. "Mr. Anglophone hat mir einen Kleiderschrank mit tollen neuen Klamotten geschenkt." Sie schnappte sich die Tasche, die sie bei ihren Auftritten im Krankenhaus dabei hatte, und warf sie sich über die Schulter.

Das wirst du nicht brauchen!

Vielleicht brauche ich sie, vielleicht auch nicht, aber ich werde sie nicht hier lassen.

"Oh, ich verstehe", sagte Martha und packte aus. "Ruf ihn zurück. Er kann nicht weit weg sein. Tochter, wenn du mich jemals geliebt hast. Wenn du mir jemals verzeihen und das für dich selbst tun könntest, dann tu es bitte JETZT!"

Ich denke, das solltest du, Rib.

Einverstanden. Wenn ich weg bin, wird sie sich zusammenreißen.

In dem Zustand, in dem sie ist, weiß ich nicht.

Das muss sie aber.

Ribby rief Teddy an.

"Na klar, ich bin ja nicht weit weg. Ich komme und hole dich ab."

Martha und Ribby umarmten sich.

Als die Limousine davonfuhr, sah Martha ihrer Tochter nach, bis sie sie nicht mehr sehen konnte. Sie schloss die Haustür und sank auf die Knie. Dort blieb sie für ein oder zwei Sekunden mit dem Rücken gegen die Tür gelehnt.

Marthas Leben lief vor ihren Augen ab, alles Gute, was sie getan hatte, und alles Schlechte. Es gab mehr schlechte Dinge als gute. Nur Ribby gehörte zur letzteren Kategorie. Sie erinnerte sich an ihre Schwester, als sie sich vor Jahren noch nahe standen. Eine Schwester, mit der sie sich wegen nichts gestritten hatte. Eine Schwester, die sie nie wieder sehen würde.

Ihre Gedanken wanderten zurück zu dem Messer, das sie gefunden hatte. Wie verschlossen ihre Tochter damit umgegangen war und wie sie sogar einen Witz darüber gemacht hatte, dass Tizzy jemanden damit umbringen würde. Seltsam. Ganz zu schweigen davon, wie vage sich ihre Tochter über die Rückkehr ihrer Schwester geäußert hatte. Das war alles ziemlich seltsam. Irgendetwas stimmte nicht. Sie fragte sich, wo das Messer jetzt war. Ihre Tochter hatte etwas damit zu tun, daran gab es keinen Zweifel.

Sie stellte sich vor, was passiert sein könnte. Carl Wheeler könnte aufgetaucht sein. Hatte Tizzy die Jalousien geöffnet? Wenn sie aus Versehen geöffnet wurden, wäre Carl wie ein geladener Gast hereingekommen. Und dann zuckte sie zusammen. Sie setzte sich hin und dachte darüber nach, was hätte passieren können. Wie ihre Tochter hineingekommen sein könnte... was sie vielleicht gesehen hätte...

Sie rannte die Treppe hinauf zu Ribbys Zimmer. Ihre Tochter versteckte Dinge in ihrem Schrank, das hatte sie schon als Kind getan. Natürlich fand Martha das Messer in ein Handtuch eingewickelt. Und nicht nur das Messer, sondern auch die blutigen Kleider ihrer Tochter.

Sie nahm das Messer mit nach draußen und vergrub es zusammen mit den blutigen Kleidern unter dem Boden des Schuppens.

Sie ging wieder hinein und schenkte sich noch einen Whiskey ein. Diesmal einen großen. Das Telefon klingelte, aber sie ging nicht ran. Sie saß einfach da, nippte und nippte, bis es von selbst ertönte.

KAPITEL 31

DIE FAHRT ZU TEDDYS Haus verlief ruhig. Aus dem Augenwinkel sah sie, dass Teddy eingeschlafen war. Da sie selbst nicht schlafen konnte, beschloss sie, Martha anzurufen.

Es klingelte mehrere Male, ohne dass sie antwortete. "Nimm ab, Mama, nimm ab. Ich weiß, dass du da bist."

"Ah, ähm, was?" sagte Teddy und wachte erschrocken auf.

"Tut mir leid, dass ich dich wecke, Teddy. Ich versuche gerade, meine Mutter anzurufen."

"Oh, wie geht es denn Martha?"

"Keine Antwort", sagte Ribby und steckte das Telefon zurück in ihre Handtasche.

"Macht nichts", sagte Teddy und klopfte Ribby auf den Oberschenkel. "Du kannst sie morgen früh anrufen. Kannst du mir sagen, Angela, worüber du nachgedacht hast?"

"Wann?" fragte Ribby.

"Bevor ich eingeschlafen bin", bemerkte Teddy. "Du schienst tief in Gedanken versunken zu sein."

Ribby wollte etwas sagen, aber Teddy unterbrach ihn: "Angela, ich will dich nicht kritisieren, aber wenn wir zusammen sind, hoffe ich, dass du nur an mich denkst. An uns."

Jetzt will er deine Gedanken kontrollieren.

Ich glaube nicht, dass er das meint.

"Seit ich ein kleines Mädchen war, musste Mama mich alleine aufziehen."

"Das weiß ich, Angela. Martha hat es mir erzählt. Sie sagte, sie war oft eine schlechte Mutter. Und trotzdem machst du dir Sorgen um sie. Wie drollig." Er nahm ihre Hand in seine.

Nimm die Geigen heraus.

Er schlief wieder ein, während er ihre Hand hielt.

Mehr Mittagsschlaf ist gut!

KAPITEL 32

Am nächsten Morgen gab es einen Aufruhr vor Marthas Haus. Hörner hupen. Quietschende Reifen. Blinkende Kameras. Laute Stimmen.

Martha hob die Ecke der Jalousie an. Es war ein Chaos. Eine Frau trug ein Schild mit der Aufschrift: "Verschwinde aus unserer Nachbarschaft, du Hure!"

"Da ist sie!", rief jemand, während Kameras klickten und blitzten.

"Sie ist zu Hause!"

Martha ging in die Küche und machte sich eine Tasse Tee. Während sie daran nippte, saß Strolchi so nah, dass sie ihn streicheln konnte.

Sie rief John MacGraw an und hinterließ eine Nachricht. "Ich bin's. Komm heute nicht vorbei. Halte dich in den nächsten Wochen bedeckt. Überall wimmelt es von Reportern, diesen Mistkerlen. Ich will nicht, dass du darin verwickelt wirst. Ruf mich an, wenn du kannst..." Die Nachrichtenzeit endete mit einem Piepton. Martha legte den Hörer wieder auf und hoffte, dass er die Nachricht vor seiner Frau hören würde.

Sie setzte sich und blätterte durch die Fernsehkanäle, bis es an der Tür klopfte.

"Martha, ich bin's, Sophia."

Durch das Schlüsselloch erspähte sie ihre Nachbarin, Mrs. Engle.

"Bleibt zurück, ihr Aasgeier!" rief Sophia und streckte die Fäuste in die Luft. "Diese Frau ist in der Privatsphäre ihres eigenen Hauses. SHOO! Ihr Abschaum! Geht und jagt einen Krankenwagen oder so!"

Martha öffnete die Tür. Ein Reporter rief: "Warum war der Typ von Attics-R-Us so oft hier? Sie haben seinen Terminkalender gefunden, und er hat dich wöchentlich besucht."

"Kein Kommentar", sagte Martha, als sie die Tür hinter ihrer Nachbarin schloss.

Mrs. Engle schlüpfte herein. "Uff! Ich brauche eine Tasse Tee, Martha, meine Freundin."

"Du hast dir eine verdient. Ich habe mir gerade einen gemacht. Und danke Sophia."

"Das war doch nichts. Ich habe von deiner armen Schwester gehört. Diese Vipern sollten dich in Ruhe trauern lassen, anstatt sich über irgendwelchen Unsinn aufzuregen."

"Ich schätze, es ist ein Tag mit wenig Nachrichten", sagte Martha, während sie den Kaffee einschenkte und Sophia Zucker und Milch anbot.

Sophia winkte beides ab. "Wo ist Ribby?"

"Sie ist weg. Gott sei Dank. Sie hat einen neuen Job, außerhalb der Stadt."

"Gut für Ribby. In der Zwischenzeit wird sicher ein anderes Ereignis ihre Aufmerksamkeit von dir ablenken. Diese Aasgeier könnten noch einiges über Manieren lernen!"

"Das können sie bestimmt", sagte Martha.

Sophia wählte den Notruf.

Martha lächelte, als Sophia zu sprechen begann.

"Ja, ist da die Polizei?" Sie hielt inne. "Nun, ihr kommt besser alle her, sonst muss ich das Gesetz in meine eigenen Hände nehmen. Mhmmmm. Überall Reporter. Sie zertrampeln meine Rosen. Stören den Frieden. Ich weiß nicht, wie sie es wagen. Okay, jep, Sophia Engle, 44 Midas Lane. Ich sitze nebenan in der Falle, 42 Midas Lane, okay. Wird gemacht. Ja, gut. Vielen Dank, Sir. Wir sehen uns dann. Gelobt sei der Herr!"

Martha und Sophia warteten auf das Eintreffen der Polizei.

Jetzt, wo sie jemanden bei sich hatte, schien es nicht mehr so schlimm zu sein.

KAPITEL 33

Es war Mitternacht, als die Limousine vor dem anglophonen Herrenhaus anhielt. Es war nicht ganz dunkel, und aus den Fenstern drang ein leichter Schein von etwas Kerzenähnlichem.

Das Haus öffnete seine Arme und Ribby trat ein, gefolgt von Stephen, der ihre Tasche schleppte.

Teddy blieb an der Tür stehen, wo sein Diener stand.

Der Diener half seinem Herrn, seinen Mantel auszuziehen.

Als er Ribby anschaute, lief ihr ein Schauer über den Rücken. Er lächelte, ein abweisendes Lächeln. Ein Lächeln, das immer noch an jemanden erinnerte, der an Zitronen gelutscht hatte.

Das muss sein normaler Zustand sein.

Seine geschürzten Lippen verwandelten sich in ein schelmisches Lächeln, als Anglophone ihm gegenüberstand.

"Das ist dein neues Zuhause, Angela. Willkommen!" sagte Teddy und strahlte. "Stephen, lass die Tasche fallen und du kannst gehen. Das Auto muss gereinigt werden, innen und außen."

"Ja, Sir", sagte Stephen.

Stephen verbeugte sich erst vor Teddy und dann vor Ribby und ging.

"Das ist mein Diener, Tibbles. Du hast ihn neulich kennengelernt. Er ist für die Verwaltung des Hauses zuständig. Tibbles, Miss Angela. Ich nehme an, es ist alles in Ordnung?"

"Ja, Sir, alles ist bereit für die Ankunft Ihrer jungen Dame", sagte er, während er Ribbys Tasche aufhob und wegging.

Ribby war unsicher, was er tun sollte, und schaute Teddy um Rat an.

"Es war ein langer Tag, und ich möchte mich zurückziehen, meine Liebe", sagte Teddy und küsste ihre Hand. "TIBBLES!", brüllte er. "Bitte zeige Miss Angela ihr Zimmer."

Tibbles wartete am oberen Ende der Treppe mit Ribbys Tasche.

Ribby kletterte die Treppe hinauf zu Tibbles: "Kommst du nicht mit hoch?"

Teddy blieb am unteren Ende der Treppe stehen wie Rhett Butler, der Scarlett O'Hara beobachtet.

"Mein Quartier ist im Erdgeschoss. Gute Nacht, mein Engel. Schlaf gut."

Als Anglophone außer Hörweite war, schnaufte Tibbles. "Folge mir", sagte er und führte sie den Korridor entlang. Ein paar Türen weiter stieß er die Tür auf und winkte Ribby herein. Er folgte ihr hinein und wartete auf Anweisungen.

Ribby nahm ihre neue Unterkunft in Augenschein. Ihr neues Zuhause. Blumen füllten jeden freien Platz. Rosen. Hunderte von ihnen. Alles in dem Raum war rosa, hübsch und schön.

"Ich hoffe, du bist damit zufrieden", sagte Tibbles. Er ließ die Tasche auf den Boden fallen.

"Ja, oh, ja." Sie drehte sich um und kippte eine Blumenvase um, die auf den Boden fiel. Sie sank auf die Knie und begann, die Scherben aufzuheben, während sie sich entschuldigte.

"Ich mache das schon", sagte Tibbles, schob sie zur Seite und holte einen kleinen Besen und eine Kehrschaufel aus seiner Jacke. "Wenn es sonst nichts mehr gibt, Miss Angela, darf ich mich dann für den Abend zurückziehen?"

"Oh ja, danke und vielen Dank. Für alles."

Tibbles verbeugte sich und lächelte fast.

Vielleicht hat er Blähungen.

Ribby lachte.

Tibbles schloss die Tür, als er hinausging.

Als er gegangen war, öffnete Ribby eine Tür, von der sie hoffte, dass sie zum Badezimmer führte. Es war ein begehbarer Kleiderschrank. Sie öffnete eine weitere Tür; es war eine Damentoilette, aber keine Toilette. Wo war also das Badezimmer?

"Tibbles?" rief Ribby, aber er war schon weg. Dann muss ich wohl bis morgen früh warten.

Gibt es nicht eine Glocke oder etwas anderes, das man läuten kann, um ihn wieder zurückzurufen?

Ich sehe keine.

Wenn du Königin des Anwesens bist, bekommst du eine installiert.

Ja, das wird ganz oben auf meiner Prioritätenliste stehen.

Ribby schlüpfte fröstelnd in ihr Nachthemd. Sie schaltete die Heizdecke ein und versuchte, sich nicht wie eine Prinzessin zu fühlen, die pinkeln muss.

***

RIBBY WACHTE MITTEN IN der Nacht mit Schmerzen in den Seiten auf. Sie musste aufstehen und auf die Toilette gehen, je eher, desto besser. Als sie auf den Bärenfellteppich neben dem Bett trat, fröstelte sie und suchte nach einem Mantel. Sie fand einen, der an einem Haken im Kleiderschrank hing. Er passte. Teddy kannte wieder einmal die Größen der Frauen.

Er denkt an alles.

Ja, außer daran, mir zu sagen, wo das Klo ist!

Das hätte Tibbles tun sollen.

Ribby öffnete die Tür und spähte den Flur entlang in Richtung Badezimmer. Jeder Schritt, den sie machte, war schmerzhaft.

Dieser Mann sollte gefeuert werden.

Nein, es ist meine Schuld—Ich hätte fragen sollen.

Ribby ging bis zum Ende des Flurs. Sie begann, Türen zu öffnen. Tür Nummer eins war ein Gästezimmer. Tür Nummer zwei war das Zimmer eines Jungen, ganz in Blau.

Was zum...?

Vielleicht hat er einen Sohn? Und hat sein Zimmer so gelassen, wie es war, als er ausgezogen ist?

Ja, manche Eltern bauen Schreine für ihre Kinder.

An Tür Nummer drei wickelte Ribby ihre Finger um die Klinke.

"Kann ich Ihnen helfen?"

Ribby drehte sich um und sah Tibbles, der ein Nachthemd und eine Mütze trug und eine Kerze in der Hand hielt. Er sah aus wie eine Figur aus einem Charles Dickens Roman.

"Tut mir leid, wenn ich dich störe, aber ich muss auf die Toilette. Ich weiß nicht, wo es ist."

Tibbles erbleichte. "Folge mir." Er führte sie den Flur entlang zurück, an ihrer eigenen Tür vorbei und zwei Türen weiter nach rechts zum Badezimmer. "Wird es heute Abend noch etwas anderes geben, Miss?"

"Nein, nein, Tibbles. Vielen Dank", sagte Ribby, während sie ins Haus eilte und sich auf den Weg zum Klo machte. Pinkeln hatte sich noch nie so gut angefühlt und sie bemerkte, dass die Akustik in dem Raum sehr laut war. Sie hatte den Drang, etwas zu sagen, um zu sehen, ob es zurückhallen würde, aber sie entschied sich dagegen.

Angela konnte jedoch nicht widerstehen und begann den Refrain von Madonnas "Like A Virgin" zu singen. Diese Akustik ist einfach fantastisch!

Nachdem sie sich gewaschen hatte, schaute sie sich im Bad um.

Wow, Handtücher mit aufgesticktem "Angela".

Wie konnte er das nur arrangieren?

Der Diener näht wahrscheinlich.

Er scheint sehr...

Steif? Zähflüssig?

Ja, und ja.

Der Anglophone denkt sicherlich an alles, ich meine, unheimlich gut.

Ja, er ist nachdenklich.

Das habe ich nicht gemeint. Macht nichts.

Ribby kehrte in ihr Zimmer zurück und legte sich wieder schlafen.

Angela war von Ribbys Sichtweise auf alles gelangweilt. Sie wollte etwas Aufregung; sie vermisste Clubbesuche und alles, was damit zusammenhing.

Angela machte sich Gedanken über Stephen. War er Single? Hatte er gerne etwas Spaß?

Aber sie wollte den Auftritt mit dem alten Mann nicht ruinieren.

Wenn der richtige Zeitpunkt gekommen ist, wird das alles mir gehören!

Stichwort unheimliches Lachen!

KAPITEL 34

AM NÄCHSTEN MORGEN ÖFFNETE Ribby ihre Augen, als jemand an ihre Tür klopfte. Bevor sie antworten konnte - es fühlte sich wie ein Déjà-vu an - klopfte die Person erneut.

"Ich komme gleich", sagte sie, während sie die Decke zurückwarf, sich streckte und gähnte.

"Master Anglophone erwartet Ihre Anwesenheit, Miss. Er mag es nicht, wenn man ihn warten lässt. Bitte beeilen Sie sich."

"Ich werde mein Bestes tun", sagte Ribby, dann ging die Frau weg. Ribby duschte, band ihr Haar zusammen und verzog ihr Gesicht, indem sie ihre Wangen zusammenkniff. Sie kehrte in ihr Zimmer zurück und schnappte sich das Erste, was sie aus dem Kleiderschrank holen konnte. Es war ein Hosenanzug aus Wildleder, der ihr perfekt passte. Sie ging die Treppe hinunter.

"Guten Morgen, Teddy", sagte Ribby, als Tibbles ihr den Weg in den Speisesaal wies.

"Endlich!", murmelte eine weibliche Bedienstete unter ihrem Atem.

Tibbles warf ihr einen Blick zu, bei dem ihm fast die Augen aus dem Kopf fielen, dann sah er Anglophone an. Als er sicher war, dass Anglophone sie nicht gehört hatte, wurde sie entlassen.

"Ja, gut, Angela, setz dich und genieße das erste von vielen Frühstücke, die wir als Paar in diesem Haus teilen werden. Hast du gut geschlafen? Ich habe gehört, dass Tibbles dir um 2 Uhr morgens geholfen hat?" Teddy klatschte in die Hände. Das Personal begann zu servieren.

"Äh, ja", sagte Ribby und wurde scharlachrot. Sie schaute zu Tibbles hinüber. Er schaute auf seine Schuhe.

"Tibbles wurde wegen Vernachlässigung seiner Pflichten verwarnt. Es wird nicht wieder vorkommen."

"Ich entschuldige mich, Miss Angela", sagte Tibbles und verbeugte sich tief vor Teddy und dann vor Angela.

"Es war nicht seine Schuld. Ich hätte fragen sollen."

"Ich versichere dir, dass es immer die Schuld der Hilfskraft ist. Wenn du ein Arbeitgeber bist, solltest du nie fragen müssen."

Ribby konzentrierte sich auf ihr Essen. Die Bedienung kam an ihre Seite und bot ihr an, Sahne in die Haferflocken zu gießen. Ribby bedankte sich bei ihr. "Ich glaube, wir kennen uns noch nicht?" sagte Ribby zu der Kellnerin, die zurücktrat und ihr Gesicht verdeckte. Ribby schaute in Teddys Richtung. Seine Oberlippe zitterte. Sie merkte, dass sie einen Fehler gemacht hatte.

"Mrs. Haberdash, darf ich Ihnen Miss Angela vorstellen", sagte Teddy in einem sarkastischen Ton. "Und jetzt lass uns in Ruhe frühstücken. Ich will nicht, dass ihr alle hier drin herumlauft. Das ist schlecht für die Verdauung!"

"Sir?" fragte Tibbles.

"Ja, ich meine auch dich. Ich sage dir Bescheid, wenn wir etwas brauchen."

"Ja, Mr. Anglophone, Sir."

Hier ist alles so förmlich, das macht mir eine Gänsehaut.

Ja, sie scheinen Angst zu haben.

Teddy führt ein strenges Regiment.

Tibbles ist noch furchteinflößender.

Anglophone muss sie gut bezahlen.

Ribby sah auf und bemerkte, dass Teddy gesprochen hatte.

"...Habt keine Angst, Vorschläge für die Zukunft zu machen, damit ihr die Bibliothek zu eurer eigenen machen könnt."

"Teddy, bevor du etwas anderes sagst, möchte ich dir danken."

Teddy strahlte und blähte seine Brust auf.

"Du, mein Engel, bist alles und mehr. Ich möchte dir geben, was mir gehört. Alles, was du dir wünschst, werde ich dir geben. Du brauchst nur zu fragen."

Ribby stand auf und küsste Teddy auf den Kopf. Sie umarmte ihn. Er ermutigte sie, sich auf sein Knie zu setzen. Sie küssten sich. Sahen sich in die Augen.

Nehmt euch ein Zimmer! Die Bediensteten könnten jeden Moment zurückkommen!

Teddy stand auf und legte seine Hände auf Ribbys Wangen. Er starrte ihr in die Augen und sie in seine. Er führte sie an der Hand weg.

Ich kotze hier total.

Den Korridor entlang, mitten in den Eingangsbereich und die Treppe hinauf.

Reiß dich zusammen, Rippe! Es ist noch zu früh, um sich hinreißen zu lassen.

Keine Antwort.

Ribby, hörst du mir zu? Er hat dich hypnotisiert — oder er kontrolliert dich. Ribby! Hör mir zu! Komm zurück zu mir!

Angela hat versucht, die Kontrolle zu übernehmen. Sie wollte wegschauen. Alles, was sie tun musste, war, die Bindung zu brechen, aber es gelang ihr nicht.

Sie rief Ribbys Namen wieder und wieder und wieder.

Doch es kam keine Antwort.

KAPITEL 35

DIE SCHLAGZEILEN SCHRIEN: "EIN Puff in unserer Mitte". Martha schnappte sich die Zeitung auf ihrer Türschwelle und warf sie direkt in den Papierkorb.

Sie holte sie wieder heraus und las wider besseres Wissen den Artikel. Martha Balustrade, 62, betrieb ein Bordell in der Nähe des Stadtzentrums. (Foto auf Seite 3).'

Martha blätterte zu dem Foto. Sie zuckte zusammen. Sie hatten ihr Hochzeitsfoto verwendet. Sie fühlte sich verraten. Eine Träne rann ihr über die Wange, als sie das Papier in kleine Stücke riss.

Martha spürte jeden Zentimeter des leeren Raums, als ob ihr Haus nicht mehr ihr Zuhause wäre. Sie hatte das Telefon abgehängt und sich geweigert, den Fernseher einzuschalten, aus Angst vor dem, was über sie gesagt wurde. Sie wünschte sich, sie wäre nie aus dem Bett geklettert, aber sie musste auf den Dachboden gehen.

Sie kletterte die Leiter hinauf. Ganz hinten in der Ecke, vergraben unter Decken, Spinnweben und anderen Utensilien, stand eine mit einem Vorhängeschloss versehene Kommode, die private Dokumente enthielt.

Martha begann, einen Zettel nach dem anderen aus der Kommode zu nehmen und hielt ab und zu inne, um zu lesen. Da war es. Sie öffnete das Buch und entfaltete das Dokument darin: Ribbys Geburtsurkunde. Sie schloss das Buch und drehte es um. Ein paar Sekunden lang betrachtete sie das Bild auf der Rückseite. Sie faltete das Dokument wieder zusammen, legte es zurück in das Buch und legte es auf den Ablagestapel.

Als die Nacht hereinbrach, kletterte Martha hinunter und trug so viel wie sie konnte. Sie ging wieder hinauf und füllte ihre Arme, wobei sie darauf achtete, zwei getrennte Stapel zu behalten. Nach mehreren Fahrten die Treppe hinauf und hinunter hatte sie alle Dokumente bei sich. Sie hatte vor, den Stapel "behalten" bei einem oder zwei Whiskeys gründlicher zu lesen. Der andere Stapel würde vernichtet werden.

Sie legte den "Wegwerf"-Stapel auf die Couch in der Nähe des Kamins und den "Behalten"-Stapel an das andere Ende.

Oben auf dem Ablagestapel lag das Buch mit Ribbys Geburtsurkunde. Sie warf einen kurzen Blick darauf. Auf die leere Stelle, wo der Name von Ribbys Vater hätte stehen sollen.

Martha ging zum Kamin und zündete die Holzscheite an. Sie warf Ribbys Geburtsurkunde hinein und öffnete den Schornstein. Der Wind peitschte sofort herab und ließ die Papiere auf der Couch zittern und beben. Sie hob das Buch auf und warf es ins Feuer. Sie sah zu, wie es sich entzündete, und warf dann den Rest des "Wegwerfhaufens" hinein.

Als der Haufen weg war, beobachtete Martha die aufgehende Sonne, die über den Hügeln stand. Der grüne Rasen kontrastierte mit dem purpurnen Rot des Sonnenaufgangs. Ihr Blick wanderte zu einem kleinen Schatten, der vor der Tür lag. Sie konnte niemanden sehen und fragte sich, was das war.

Sie ging zur Tür und spähte durch das Guckloch. Sie war sich sicher, dass es eine Flasche mit irgendetwas war. Milch? Nein, der Milchmann war seit mehr als zehn Jahren nicht mehr in der Gegend gewesen. Schließlich siegte ihre Neugierde über sie und sie öffnete die Tür. Es war eine Flasche Sekt mit einem Zettel, auf dem stand: "Ein Toast auf dich, meine Liebe".

Sie musste von John sein. Er muss vorbeigekommen sein, als sie auf dem Dachboden war. Sie nahm den Hörer ab, um sich zu bedanken, aber es war nur sein Anrufbeantworter dran. Diesmal legte sie auf, ohne eine Nachricht zu hinterlassen.

Martha schenkte sich ein Glas ein und schluckte gleichzeitig ein paar Schlaftabletten. Sie machte mit dem Wein und den Pillen weiter, bis beide Flaschen leer waren. Dann griff sie wieder zum Jack Daniels und trank ihn aus.

Sie schlief ein und aus.

Ein Funke im Kamin traf auf die Kante des Stapels "Keep". Bald stand der Haufen in Flammen. Dann das Sofa.

Martha schlief weiter.

Frau Engel rief die Feuerwehr.

Martha hatte darauf geachtet, die Stapel getrennt zu halten. Am Ende landeten beide an der gleichen Stelle.

KAPITEL 36

T EDDY FÜHRTE ANGELA DEN Korridor entlang.

Ribby, was machst du da? Es ist noch zu früh. Schläfst du schon? Wach auf! Aufwachen!

Teddy blieb stehen und riss eine Tür auf.

DAS habe ich nicht erwartet.

Ich auch nicht!

Endlich bist du aufgewacht! Ich habe mir wirklich Sorgen gemacht.

Aber warum? Was ist passiert? Was habe ich verpasst?

Hast du nicht gehört, dass ich dich rief?

Nein, aber ich konnte das Meer hören.

Er muss dir etwas angetan haben.

Das glaube ich nicht.

Sie stolperte vorwärts und erwartete ein üppiges Boudoir, aber das, was sie vor sich sah, war nichts dergleichen. In seinem Haus hatte er eine exakte Nachbildung der Bibliothek geschaffen.

"Das ist für dich", sagte Teddy, als er Ribbys Hand küsste. Er beobachtete sie, während sie alles in sich aufnahm. "Das ist dein Heiligtum, dein besonderer Ort, Angela, und niemand außer dir wird den Schlüssel haben. Komm hierher, um deine Gedanken zu beruhigen. Um der Welt zu entfliehen. Vor mir, wenn du das möchtest. Komm hierher, um zu schreiben, zu malen, was immer dein Herz begehrt. Komm oft hierher. Lerne jedes Buch kennen—lese alles— denn ich habe sie schon alle gelesen—und wir werden viel zu besprechen haben. Eines Tages werden wir reisen und all die Orte sehen, über die du in diesen Büchern gelesen hast. Ich möchte dir alles zeigen."

Ribby stürzte herbei und küsste ihn. Noch nie war jemand so fürsorglich, so wunderbar zu ihr gewesen.

Langsam, Ribby. Langsam!

Er nahm ihr Gesicht in seine Hände und küsste sie leidenschaftlich.

Ribbys Knie knickten ein.

Tibbles räusperte sich. "Entschuldigen Sie, Sir."

Gott sei Dank gibt es Tibbles! Ribby hat das Gebäude verlassen. Komm wieder zu dir, Rib.

"Was ist los?" sagte Teddy und stampfte mit dem Fuß auf.

"Eine sehr wichtige Angelegenheit, Sir." Tibbles' Stimme zitterte. Er hielt seinen Blick auf den Boden gesenkt.

"Nicht jetzt, Tibbles. Behalte es unter deinem Hut, alter Mann, ich komme gleich raus", sagte Teddy und streichelte Ribbys Rücken.

"Aber Sir..."

"Also gut", rief Teddy, ließ die Hände auf die Seiten fallen und ließ Ribby allein stehen.

Ribby fühlte sich heiß, sicher und glücklich, als sie sich die Bücher in ihrer eigenen Bibliothek ansah. Sie zwickte sich, um sicherzugehen, dass sie nicht träumte.

Ich versteh das nicht. Warum gibt es hier eine exakte Kopie der anderen Bibliothek?

Das ist sehr rücksichtsvoll, findest du nicht auch?

Ich denke, es bedeutet, dass er dich hier haben will und nicht dort.

Ich kann hier nicht Chefbibliothekar sein. Hier gibt es keine Besucherinnen und Besucher. Sie hat gezittert.

Ja, das ergibt alles keinen Sinn.

In der anderen Bibliothek hatte sie ein gutes Gefühl. Es scheint kalt hier drin zu sein.

An der Wand ist ein Thermostat. Vielleicht ist es kühler, weil einige der Bücher zerbrechlich sind, vielleicht sogar uralt? Schau dir das Regal da drüben an. Die Einbände sehen echt aus. Moment mal, mir fällt gerade auf... ist das die Bibliothek aus dem Traum?

Ein unerwartetes Klopfen an der Tür ließ sie aufschrecken. Sie stand auf und öffnete sie, um Tibbles mit einem ernsten Gesichtsausdruck vorzufinden.

"Mein Herr musste das Haus in einer dringenden Angelegenheit verlassen. Er wird nicht vor morgen zurückkehren. Wir stehen dir zur Verfügung." Er verbeugte sich tief.

"Für den Moment geht es mir gut, danke, Tibbles." Sie schloss die Tür und widmete sich wieder der Lektüre.

KAPITEL 37

"**W**ANN HAST DU SIE zuletzt gesehen?" bellte Anglophone, als Stephen von der Villa wegfuhr.

"Freitag. Ich war am Freitag da. Sie war verzweifelt, aber ich hätte nie gedacht, dass sie das tun würde!" sagte Stephen und grub seine Finger in das Lenkrad.

"Sie ist eine dumme Frau", sagte Anglophone, als seine Faust auf die Armlehne krachte.

Das Letzte, was Stephen wollte, war, überhaupt mit ihm zu reden. Aber er hatte keine Wahl, denn "Teddy" bezahlte die Rechnungen für das Krankenhaus, in dem seine Mutter lag. Stephens Mutter hatte sich eines Tages in der Bibliothek von Anglophone für immer verändert. Sie war fast gestorben. Jetzt war sie nur noch ein Schatten der Mutter, die er einst gekannt hatte.

Während der Fahrt erinnerte sich Stephen daran, wie seine Mutter ihm erzählt hatte, wie ihre und Teddys Zukunft miteinander verwoben waren. Obwohl er als kleines Kind in das Haus von Anglophone gekommen war, wurde Stephen nie wie eine Familie behandelt. Sicher, er hatte ein schönes

Zimmer, in dem alles in Blau gehalten war, aber ein Junge brauchte mehr.

Stephen war ein einsames Kind gewesen. Ein Kind, das sich nach einer Vaterfigur sehnte. Anglophone verschloss sich gegenüber seinem Stiefsohn. Tatsächlich verließ er den Raum, sobald Stephen ihn betrat. Stephen fühlte sich wie ein Dorn im Auge des Mannes und nicht mehr.

Er wischte sich eine Träne von der Wange, als er immer näher an die psychiatrische Klinik heranfuhr. Schwester Beemer sagte ihm, dass seine Mutter eine Flasche Pillen geschluckt hatte. Als er fragte, woher sie sie hatte, war man sich nicht sicher. Das war auch nicht wichtig. Wichtig war nur, dass seine Mutter bewusstlos war. Ihr Magen pumpte. Ihre Zukunft war ungewisser denn je. Würde sie leben oder sterben?

"Dummes Weib", murmelte Anglophone. "Dummes, dummes Weib."

***

Nachdem Stephen die Tür für Anglophone geöffnet hatte, rannte er voraus. Er wollte seine Mutter finden; er musste sie sofort finden. Er konnte hören, wie der alte Bleifuß hinter ihm herschwadronierte. Er konnte nie verstehen, wie sich seine Mutter in ihn verliebt haben konnte. Aber jetzt war nicht die Zeit dafür.

Stephen wandte sich an die Krankenschwester. "Meine Mutter? Wo ist sie? Wie geht es ihr?"

"Sie ist außer Gefahr, aber es war sehr knapp, Mr. Franklin. Zimmer 208. Den Flur entlang und dann links." Die Krankenschwester betätigte den Summer.

Stephen ging hinein. Er war fest entschlossen, allein mit seiner Mutter zu sprechen. Er begann zu sprinten.

Der Anglophone war ihm dicht auf den Fersen.

Seine Mutter lag bewusstlos, umarmt von der Bettwäsche. Schläuche und Drähte führten von ihrer Brust und ihren Armen zu einer Reihe von Maschinen.

Stephen küsste sie auf die Stirn, setzte sich hin und nahm ihre schlaffe Hand in seine. Die Maschinen surrten und piepten.

"Sie sieht gut aus", sagte Anglophone hinter Stephens linker Schulter.

"Jetzt steh auf und überlass einem alten Mann den Stuhl. Und hol mir eine Tasse Kaffee", fügte er hinzu und warf Stephen ein paar Scheine zu. "Und ein paar Blumen für deine Mutter, schöne Blumen in einer Vase."

Stephen tat wie ihm geheißen.

Wenn man so viele Jahre lang jeden Tag mit Engländern zu tun hatte, musste man lernen, seine Zunge zu hüten.

✳✳✳

"ROSEMARY, KANNST DU MICH hören?" flüsterte Teddy der Frau auf dem Bett zu. "Rosemary, ich bin's, Teddy."

Die Frau veränderte sich nicht und bewegte sich auch nicht. Teddy erinnerte sich an den Tag, an dem sie sich zum ersten Mal trafen. Sie war so pulsierend, so lebendig gewesen. Erst vor ein paar Wochen hatte sie ihren Geburtstag gefeiert. Er hatte ihr Narzissen geschickt, ihre Lieblingsblumen.

Zum Glück sagte Rosemary, dass sie sich nicht an viel aus der Zeit des Unfalls erinnern konnte. Die Nachricht von ihrem Tod ging durch das Internet. Während des Medienwirbels ließ Anglophone seinen Freund, den Gerichtsmediziner, einen Wagen schicken, um sie wegzubringen. An diesen Ort, an dem sie sich mit der Zeit erholen konnte.

"So ist sie nicht mehr wirklich am Leben", murmelte Teddy vor sich hin, als sich Schritte näherten. Stephen war zurückgekehrt. Teddy hatte noch nicht einmal mit seiner Frau gesprochen. Denn ja, da sie nicht tot war, war Teddy immer noch ein verheirateter

Mann. Die Hälfte von allem, was er besaß, gehörte der ohnmächtigen Frau und seinem Erben.

"Wie geht es ihr?" Stephen kniete neben dem Bett seiner Mutter und nahm noch einmal ihre Hand in seine.

"Sie atmet, aber nicht freiwillig. Es wird Zeit, dass wir darüber reden, sie in Frieden gehen zu lassen."

"Aber das kannst du nicht. Sie ist meine Mutter und ich werde das nicht zulassen."

"Sprich leiser. Du unverschämter Schwachkopf!" brüllte Teddy.

Rosemary öffnete ihre Augen. Sie öffnete ihren Mund.

"Sie versucht zu reden!" Tränen liefen über Stephens Wangen. "Mutter, ich bin hier, ich bin's, Stephen. Dein Sohn Stephen. Wenn du mich hören kannst, drücke meine Hand."

Er wartete und hielt den Atem an, aber sie drückte seine Hand nicht.

Stattdessen drückte sie Teddys Hand.

KAPITEL 38

Zurück im Haus fühlte sich Ribby einsam. Sie wollte die Bibliothek besuchen, hatte aber keinen Schlüssel. Sie überlegte, ob sie Tibbles fragen sollte, ob er irgendwo eine Kopie hatte, entschied sich aber dagegen.

Ribby nahm das Telefon im Eingangsbereich in die Hand und wollte Martha anrufen.

Wie aus dem Nichts tauchte Tibbles auf. "Kann ich Ihnen helfen, Miss?"

"Ja. Ich möchte meine Mutter anrufen und ich habe mein Handy verlegt."

"Während Ihrer Eingewöhnungszeit dürfen Sie nicht telefonieren, Miss."

"Aber warum?"

Werden wir hier gefangen gehalten?

"Ich befolge die Anweisungen meines Meisters. Wenn es sonst nichts gibt..."

"Nun, da gibt es noch etwas. Ich hätte gerne einen Schlüssel für die Bibliothek unten an der Straße, damit ich mich noch einmal umsehen kann."

"Es gibt keinen Schlüssel für Sie, Miss. Du kannst spazieren gehen oder die Einrichtungen im Haus nutzen, wie zum Beispiel deine persönliche Bibliothek.

Das Spa ist entspannend, wenn du möchtest, dass ich dir zeige, wo es ist."

"Nein, danke. Ich warte auf die Rückkehr von Teddy, äh, Mr. Anglophone."

"Ich wollte dich gerade wegen Mr. Anglophone sprechen. Er wurde einen weiteren Tag festgehalten. Ich habe Anweisungen, dafür zu sorgen, dass du dich wie zu Hause fühlst. Sagen Sie mir Bescheid, wenn es noch etwas gibt, Miss."

"Wenn das so ist, werde ich einen Spaziergang machen. Wie weit ist es bis zum nächsten Dorf?"

Tibbles trat näher an Ribby heran, beugte sich vor und flüsterte. "Es ist zu weit, um zu Fuß zu gehen, Miss, und ich fürchte, das Auto und der Fahrer sind bei Mr. Anglophone. Erkundet den Gartenbereich und sagt uns Bescheid, wenn ihr zu Abend essen wollt." Er ging weg.

"Danke", murmelte Ribby. Sie drehte sich um und bekämpfte den Drang, etwas zu treten. Stattdessen ging sie aus der Tür.

Ich vermisse Mom.

Wir sind ohne diese Hexe sowieso besser dran! Sieh dir den Ort an, an dem wir leben, und wenn wir unsere Karten richtig ausspielen, können wir hier etwas aus uns machen. Obwohl er ein bisschen seltsam ist, hat Teddy dich sehr gern. Du musst nur mitspielen, bis wir herausfinden, was sein Spiel ist.

Was meinst du mit seinem Spiel? Er will, dass ich sein Gefährte bin. Er ist extrem süß. Ich könnte mich in ihn verlieben. Wenn du aufhören würdest, Andeutungen zu machen. Warum bist du so misstrauisch?

Es ist ein Bauchgefühl. Als ob er so etwas schon mal gemacht hätte.

Er ist so süß und zärtlich.

Er sorgt sich um dich. Trotzdem, nach dem, was passiert ist, bevor er dir die Nachbildung der Bibliothek gezeigt hat, als du nicht da warst? Sei auf der Hut. Zähme ihn. Lass ihn langsam gehen. Lass ihn warten. Raten.

Seine Berührung ist ganz sanft.

Nachdem sie eine Weile erkundet hatte, sah Ribby vor sich nichts als Wasser. Hinter ihr, Teddys Haus. Und dann nichts mehr für viele Kilometer.

Sie hatte sich ein paar Ideen überlegt, was sie in der Bücherei einführen wollte. Zum Beispiel einen Kinderclub. Ein Ort, an den Kinder am Samstagmorgen gehen könnten. Um Geschichten vorgelesen zu bekommen und Spiele zu spielen. Es wäre ein sicherer Ort, an dem die Eltern eine Pause einlegen könnten. Ja, das war ihre bisher beste Idee! Sie wollte auch mit Teddy darüber sprechen, ob sie ihre Auftritte im örtlichen Krankenhaus wieder aufnehmen sollte. Sie vermisste alle ihre Kinder und fragte sich, wie es ihnen ging. Ihr Leben hatte sich so sehr verändert und sie fühlte sich ein wenig überwältigt.

Das ist erst der Anfang, dachte Ribby, als der Nebel der Wellen ihr Gesicht küsste.

Ein Auto fuhr auf den Boulevard und raste direkt an ihr vorbei.

Wer das wohl ist?

Es war eine Frau.

Ja. Sie besucht Tibbles, wenn sein Chef weg ist. Interessant.

Vielleicht ist es aber auch gar nichts. Wenn er etwas vorhat, würde Teddy das wissen wollen.

Es würde Spaß machen, das herauszufinden.
Los geht's!

KAPITEL 39

Die Hölle war ausgebrochen. Nachdem Stephens Mutter Teddys Hand gedrückt hatte, drückte er zurück. Er dachte, er täte das ganz unauffällig, bis die Patientin sagte: "Teddy, hör auf, verdammt, du tust mir weh!"

"Mama, oh, Mama, du bist wach. Ich hole besser jemanden hierher." Er drückte den Knopf an der Sprechanlage. "Schwester, Schwester, kommen Sie in Zimmer 208! Bitte!" Stephen wischte sich die Tränen weg und küsste seine Mutter auf beide Wangen.

"Hör auf, mich vollzusabbern, Junge", sagte Stephens Mutter und sah ihn an. "Ich weiß nicht, wer du bist. Teddy, sag ihm, er soll weggehen, damit wir allein sein können. Bring ihn hier weg!"

Sie leugnete es und ließ ihn nicht ausreden. "Aber Mama, ich bin es, Stephen, dein Sohn." Er berührte ihre Hand und ließ etwas in sie fallen. "Du hast mir dieses Christophorus-Medaillon gegeben. Siehst du? Da steht dein Name drauf, Mama. Lies ihn."

Sie schaute auf das Schmuckstück und las laut: "Für Stephen mit Liebe von Mom. Hmmfff. Nun, ich erinnere mich nicht an dich. Bring ihn hier raus, Teddy!"

Stephen kämpfte gegen den Drang an, seine Fäuste gegen die Krankenhauswände zu schlagen.

KAPITEL 40

R IBBY RANNTE DIE TREPPE hinauf.

Sie öffnete die Türen. Ein breiter Frauenhintern mit einem langen Rock mit Sonnenblumenmuster kam zum Vorschein. Das Kleidungsstück streifte den Boden, als sie hinter Tibbles herlief. Ein großer Schlapphut und eine langärmelige, jadefarbene Bluse mit fließenden Manschetten vervollständigten ihr Ensemble. Obwohl sie hinter Tibbles ging, schien sie das Gespräch zu führen.

Lass uns hier verschwinden. Sie sieht noch langweiliger aus als Tibbles.

Nein, Teddy hat mir gesagt, dass ich mich wie zu Hause fühlen soll. Es wäre also angemessen, mich vorzustellen, ganz zu schweigen davon, Neuankömmlinge zu überprüfen und zu begrüßen.

Das ist Tibbles' Aufgabe.

Ribby beschloss, sie zu unterbrechen; um ihre Aufmerksamkeit zu erregen, rief sie: "Hallo!"

Die beiden drehten sich in ihre Richtung, Tibbles mit einem bösen Blick und die Frau mit offenem Mund, da sie mitten im Satz war.

Ribby eilte dorthin, wo sie gaffend standen. Sie streckte dem neuen Gast die Hand entgegen und sagte: "Mein Name ist Angela. Und du bist?"

Die Frau schloss ihren Mund und schaute in Tibbles' Richtung.

"Ah, Miss Angela. Du bist zurück", sagte Tibbles. "Ich nehme an, du hast deinen Spaziergang genossen?" Er wartete nicht auf eine Antwort und versuchte auch nicht, die beiden Frauen einander vorzustellen. "Das Mittagessen wird in der Bibliothek serviert. Ich habe den strikten Befehl von Mr. Anglophone, mich um seine Gäste zu kümmern. Genieße dein Mittagessen. Solltest du noch etwas brauchen, lass es uns wissen."

Tibbles legte der Frau die Hand auf den Rücken und führte sie durch den Korridor in sein Büro. Die Tür klappte zu.

Hmpft! Er ist so ein herrischer Alleswisser.

Warum sollten wir überhaupt Zeit mit ihr verbringen wollen? Sie sah aus, als könnte sie jeden in Stein verwandeln! Oder sie zu Tode langweilen.

Du hast wahrscheinlich recht.

Mal sehen, was zum Mittagessen auf dem Speiseplan steht.

Sie machte sich auf den Weg in die Bibliothek. Sie öffnete den silbernen Deckel und fand ein Hummersandwich, das mit Mayonnaise bestrichen war. Eine Flasche Champagner stand kühl.

Ribby stürzte sich auf ihr Essen und sah sich Bücher an, während sie aß. Ein Band stach ihr ins Auge. "Sorcery Through the Dark Ages". Ribby nahm es in die Hand.

Wow, hast du das gespürt?

Ja, das habe ich. Es, atmete. Ribby blätterte die Seiten um. Es ist voll von Schwarzer Magie. Zaubersprüche und

Beschwörungen. Die Seiten sind sehr zerbrechlich. Die meisten der Bilder sind von Hand gezeichnet.

Ich glaube, das Papier ist aus Haut gemacht.

Nicht aus menschlicher Haut?

Das kann ich nicht mit Sicherheit sagen, aber es ist möglich. Die Tinte auf den Seiten könnte Blut sein.

Menschliches Blut? Ihhhh.

Ich denke, du solltest es zurücklegen.

Ich habe schon viele alte Bücher gesehen, aber keins wie dieses. Es lässt meine Hände zittern. Außerdem ist es doch nur ein Buch. Was kann daran schlimm sein?

Es macht mir eine Gänsehaut.

KAPITEL 41

"**I**CH BIN FÜR DICH da, meine liebe Rose", flüsterte Teddy und hielt ihre Hand.

"Hör auf mit dem Quatsch", sagte Rosemary. "Mein Junge ist nicht in Hörweite."

Teddy lachte. "Ah, schön, dass du wieder da bist. Bitte erzähl weiter."

"Das Wichtigste zuerst, Teddy", sagte Rosemary. Sie lehnte sich näher an ihn heran. "Ich will hier raus, heute, morgen, gleich. Ich habe deinem Wunsch entsprochen, um unseres Sohnes willen. Ich habe zugelassen, dass sie mich betäuben und alles tun, bis auf eine Lobotomie, damit mein Sohn sicher und gesund ist, und jetzt ist die Zeit gekommen. Stephen ist jetzt ein Mann, und er muss wissen, wer sein Vater ist und warum wir es ihm nie gesagt haben.

"Rose, wir haben vereinbart, dass unser Sohn die Hälfte von allem bekommt. Unter einer Bedingung. Die Bedingung ist, dass er nie erfährt, dass ich sein biologischer Vater bin", sagte Teddy. Seine Stimme endete mit einer Schroffheit, die fast wie Bellen klang. "Du hast nach dem Vorfall in der Bücherei zugestimmt, wegzugehen. Du wolltest mich mein Leben in Ruhe leben lassen, solange dein Sohn, unser

Sohn, versorgt ist. Ich habe mich an meinen Teil der Abmachung gehalten und du hast keine andere Wahl, als dich an deinen zu halten. Sonst wird mein Angebot zurückgezogen. So steht es in meinem Testament. Wenn er es herausfindet, wird er nichts bekommen. NICHTS!"

Eine Krankenschwester, die vor dem Zimmer vorbeikam, sagte. "Schhhhhhh."

"Oh, Entschuldigung", sagte Teddy.

Rosemary flüsterte: "Ich habe zugestimmt, aber ich kann hier nicht leben, in diesem Krankenhaus... diesem Gefängnis. Rund um die Uhr überwacht zu werden, wie ein eingesperrtes Tier. Ich will, dass unser Sohn bekommt, was er verdient, aber es bringt mich jedes Mal um, wenn ich ihm sage, dass ich nicht weiß, wer er ist. Es tut weh, wenn eine Mutter ihr Kind leiden sieht."

Anglophone reichte ihr sein Taschentuch.

Sie fuhr fort: "Nur so kann ich allein mit dir reden. Ich habe es satt, mit dieser Masche weiterzumachen. Ich will ein eigenes Leben haben. Wenn nicht, dann begrabe mich hier und jetzt, damit er nicht mehr zu mir kommen muss. Ich halte es nicht aus! Ich kann es nicht mehr ertragen, so zu leben." Rosemary hob ihre Hände, um ihr Gesicht zu bedecken.

"Deshalb hast du also diese Pillen geschluckt, um die Welt von dir zu befreien! Schade, dass du keinen Erfolg hattest. Schade."

"Ja, es ist wirklich schade. Ich wäre froh gewesen, wenn ich dich nie wieder gesehen hätte."

Der Anglophone stand auf. "Ich gehe jetzt und überlasse dich deinem Schicksal." Er drehte seiner ehemaligen Frau und Geliebten den Rücken zu und ging auf die Tür zu.

"Wenn du jetzt gehst, werde ich es ihm sagen. Ich werde es ihm sagen."

"Und ihn alles verlieren lassen?" Er ging zurück an ihr Bett. "Du wirst es ihm nicht sagen. Du hast schon zu viel geopfert." Er zögerte und tippte mit seinem knochigen Finger auf sein Kinn. "Ich werde die Krankenschwester bitten, jeden Tag mit dir spazieren zu gehen, damit du etwas frische Luft schnappen kannst, wenn das hilft. Und Bücher. Ich kann dir Bücher schicken. Mach eine Liste. Meine Bibliothek ist deine Bibliothek."

"Danke, Teddy. Ich danke dir. Ja, schick mir die neuesten Romane. Zeitschriften. Klatsch und Tratsch. Sogar Zeitungen. Wir dürfen hier keine Nachrichten sehen... Ich weiß nicht einmal, welches Jahr wir haben."

"Es ist 2016. Wir werden dich hier an der Kette halten, aber wir werden das Halsband lockern. Sieh zu, dass du nicht wieder eine Szene mit einem Selbstmordversuch machst. Ich werde meinen Teil der Abmachung einhalten, wenn du deinen einhältst. Aber jetzt gute Nacht, meine Rose. Ich werde nicht wiederkommen. Ich werde dafür sorgen, dass du alles bekommst, was du brauchst, wenn du einen Brief mit dem Vermerk "vertraulich" an Tibbles schickst.

"Danke, Teddy. Ich danke dir", sagte Rosemary. Die Schwingtüren rülpsten Teddys Abgang und kurz darauf Stephens Rückkehr.

"Geht es dir gut, Mutter?" fragte Stephen und ging auf ihr Bett zu.

"Ich fühle mich schon etwas besser. Es tut mir leid, dass ich dich so erschreckt habe. Aber natürlich kenne ich dich. Du bist Stephen, mein Junge."

"Wenn du mich nicht mehr kennen würdest, würde ich..."

"Sei jetzt still. Das war ein drogenbedingter Ausrutscher. Ich erhole mich noch."

"Ja. Siehst du die Dinge bei Tageslicht anders?"

"Ja, Stephen, das tue ich, und ich werde mich mehr anstrengen, gesund zu werden, damit ich hier rauskomme. Ich werde wieder mit dem Lesen anfangen. Vielleicht sogar wieder schreiben. Eines Tages werden sie mich hier rauslassen. Du kannst mir dein Leben zeigen."

"Um gesund zu werden, Mutter, musst du darüber reden, was passiert ist. Vor all diesen Jahren. In der Bibliothek."

"Stephen. Stephen. Stephen. Stephen", fuhr Rosemary fort und sagte seinen Namen immer wieder. Stephen schüttelte sie, aber sie war weg.

✳✳✳

Später fiel es Stephen schwer, sich zu konzentrieren.

In seinem Kopf wiederholte seine Mutter immer wieder seinen Namen. Stephen. Stephen. Stephen. Er hörte sie das jetzt immer sagen. Jeden Abend. Jeden Tag.

Sie rief seinen Namen und wusste nicht, dass er versuchte zu antworten.

KAPITEL 42

R IBBY SAß IM SCHNEIDERSITZ auf dem Boden der Bibliothek. Ein anderes Buch fiel ihr ins Auge: *Alles, was du schon immer über schwarze Magie wissen wolltest (aber Angst hattest zu fragen)*. Sie lachte über den Titel und die Silhouette des Mannes auf dem Umschlag.

Was für ein Schwachkopf.

Was macht der Anglophone wohl mit diesen seltsamen Büchern?

Er sagte, das sei meine Bibliothek.

Ja, das ist auch seltsam. Warum sollte er sie in deine Bibliothek stellen?

Es gibt hier so viele Bücher, dass er nicht wissen konnte, welche auffallen und mich dazu bringen würden, hineinzuschauen.

Du hast dich sofort zu den beiden hingezogen gefühlt. Es war fast so, als würden sie leuchten.

Ach, du machst da zu viel draus. Hör einfach zu:

Auch du kannst ein Experte im Verhexen werden. Alles, was du tun musst, ist, durchzuhalten. Wähle zunächst eine Person, die du verhexen möchtest. Beachte: Verhexungen sind negative Dinge. Verhexe also niemanden, den du liebst (es sei denn, es handelt sich um eine Hassliebe oder es macht dir Spaß, jemanden, den du liebst, leiden zu sehen).

Sobald du deine Zielperson ausgewählt hast, sammelst du ihre persönlichen Artefakte. Die Haare von einem Kamm, einer Bürste oder einem Kissen. Fingernägel. Zehennägel. (Achtung: Weggeworfene bitte!) Ringe. Uhren. Sei nicht zu auffällig. Denk daran, sie an einem sicheren Ort zu verstecken.

Besonderer Hinweis: Übe vor einem Spiegel, wie du reagieren wirst, wenn sie dich fragen: "Hast du meine Uhr gesehen?" Vor allem, wenn du kein besonders guter Lügner bist. Habe immer eine Antwort parat. Ein Alibi. Sei darauf vorbereitet, Verleumdungen auszusprechen.

Ribby versuchte, ein weiteres Glas Champagner einzuschenken: Die Flasche war leer.

Sie steckte ihren Zeigefinger in die Seite, wo sie aufgehört hatte. Im Haus war es still, fast zu still für ihren Geschmack. Wie ein ungezogenes Kind stahl sie sich die Treppe hinauf und kletterte voll bekleidet ins Bett.

Was für ein Leichtgewicht.

***

"WACH AUF, RIBBY. ICH bin's, Stephen. Wach auf!"

Ribby deckte sich zu und erwartete, Stephen zu finden, aber er war nicht da.

Es war ein Traum. Schade.

Ihr Kopf pochte. Der Schweiß rann ihr von der Stirn auf den Einband des Buches. Auf wackeligen Beinen trug sie es den Flur hinunter ins Bad. Der Fleck hatte sich bereits gesetzt. Sie tupfte ihn mit einem Waschlappen ab.

Sie holte den Föhn heraus und föhnte die feuchte Stelle. Sie ging zurück in ihr Zimmer und legte das Buch zum Trocknen auf den Nachttisch.

Jetzt, da sie nichts mehr hatte, worauf sie sich konzentrieren konnte, stieg die Übelkeit und ließ sie von einer Seite zur anderen schwanken. Sie atmete tief ein und versuchte, den Brechreiz zu bekämpfen, aber es gelang ihr nicht. Sie rannte den Flur hinunter und schaffte es gerade noch rechtzeitig. Sie fühlte sich etwas besser, als sie ihren Mund ausspülte und sich die Zähne putzte.

Da ihr Kopf immer noch pochte, ging sie zurück in ihr Zimmer. Sie kletterte zurück ins Bett und zog die Decke über ihren Kopf.

KAPITEL 43

DA ER IN DER Motel-Suite nicht schlafen konnte, dachte Anglophone wie besessen an Angela. Er hatte viel zu tun, und die Zeit tickte davon. Zuerst musste er sie der Welt als seine neue Bibliothekarin und als seine zukünftige Frau vorstellen. Sie war bereits in seinem Bann, leicht zu manipulieren und sein Verlangen nach ihr wuchs täglich.

Jahrelang hatte er nach einer geeigneten Partnerin gesucht: einem irdischen Engel. Seine Angela war genau die Richtige. Ihre Selbstlosigkeit gegenüber den Kindern im Krankenhaus, ihre Naivität gegenüber Männern. Ganz zu schweigen davon, dass sie zweifelsohne eine fünfunddreißigjährige Jungfrau war. Das ist in der heutigen Zeit praktisch nicht mehr üblich. Eine perfekte Kandidatin, um sie für sein neues Buch zu studieren. Und doch fragte er sich, ob sie nach ihrer Hochzeit genauso sein würde wie alle anderen.

Er schaltete den Fernseher ein und verbrachte den Rest des Abends damit, Wiederholungen von Supernatural zu sehen.

KAPITEL 44

Am nächsten Morgen klingelte Stephens Piepser. Mr. Anglophone hatte ihn gerufen. Stephen ignorierte einen Piepton, aber dann kamen zwei lange Pieptöne und schließlich drei weitere Pieptöne. Er wusste aus Erfahrung, dass es nicht ratsam war, Anglophone warten zu lassen.

"Beeeeeeeeeeeeeeeeeeeeeeeeeeeeeeeeeep." Mr. Anglophone verlor langsam die Geduld.

Stephen stöhnte auf. Er konnte es sich nicht leisten, mit allem anderen auch noch seinen Job zu verlieren.

"Oh, schon gut", rief Stephen, als er die Moteltür hinter sich schloss. Er bog um die Ecke und fand Anglophone neben der Limousine auf ihn warten.

"Sir, tut mir leid, dass Sie warten mussten, Sir", sagte Stephen.

"Beeil dich, ich konnte in diesem verdammten Motel nicht schlafen und ich will nach Hause, um in meinem eigenen Bett zu schlafen. Komm jetzt. Es gibt nichts mehr, was wir für deine Mutter tun können.

Stephen öffnete die Tür für Anglophone. Er wartete, bis er sich angeschnallt hatte und setzte sich dann wieder auf den Fahrersitz. Er ließ das Auto an und fuhr los. Er schaute Anglophone im Rückspiegel an.

"Ich habe vorhin im Krankenhaus angerufen, Mutter scheint es besser zu gehen. Sie haben gesagt, dass sie gut geschlafen und etwas gefrühstückt hat."

"Sie ist in bester Obhut", sagte Teddy.

"Vielen Dank für—"

"Gern geschehen, Stephen."

KAPITEL 45

ES VERGINGEN WOCHEN, DIE bald zu Monaten wurden.

Anglophone war die meiste Zeit weg. Wenn er und Ribby zusammen waren, bat sie um Dinge, von denen sie dachte, dass sie ihr Leben erfüllender machen würden.

"Ich würde gerne lernen, wie man Auto fährt", fragte sie beim Abendessen.

Anglophone tupfte sich den Mundwinkel mit einer Serviette ab. "Aber du hast doch schon einen Fahrer, der dir zur Verfügung steht."

"Er ist die meiste Zeit mit dir unterwegs", schmollte sie.

Frag ihn nicht, sag es ihm. Sag, dass wir uns zu Tode langweilen. Sag, dass wir...

"Lass mich darüber nachdenken", würde er antworten. Das tat er nie.

Tagsüber verbrachte Ribby den Großteil ihrer Zeit in der Bibliothek. Sie räumte Sachen um, ordnete sie neu. Aber es war ein ruhiger und einsamer Ort. Wenn sie dort war, fühlte sie sich noch einsamer. Es war zu still, und sie sehnte sich nach den beruhigenden Geräuschen des Wasserbrunnens in Toronto.

Ribby sagte nichts mehr über das Fahrenlernen. Als er das nächste Mal wiederkam, hatte sie andere Wünsche im Kopf.

"Ich würde gerne ein paar Sachen für die Bibliothek bestellen. Ich meine die Hauptbibliothek", fragte sie.

"Alles, was dein Herz begehrt", antwortete Anglophone.

"Ich werde einen Computer kaufen, einen Laptop..."

"Nicht nötig. Du kannst den Computer in Tibbles' Büro benutzen." Er nahm einen Schluck von seinem Kaffee. "TIBBLES!" Sein Bediensteter kam. "Lass Miss Angela den Computer in deinem Büro benutzen, wenn sie etwas für die Bibliotheken bestellen möchte."

"Ja, Sir", antwortete Tibbles. Er warf einen Blick auf Ribby, verbeugte sich und ging dann.

Am nächsten Tag bat Ribby darum, den Computer benutzen zu dürfen und wurde in Tibbles' Büro geführt. Er stand die ganze Zeit hinter ihr und es fiel ihr schwer, sich zu konzentrieren, geschweige denn etwas zu bestellen. Schließlich gab sie die Idee auf.

Bei einem anderen Abendessen sagte sie: "Ich würde gerne das Auto buchen, das mich zum Simcoe Hospital bringt, damit ich die kranken Kinder besuchen kann."

"Es ist so ein kleines Krankenhaus, nicht so wie du es gewohnt bist. Außerdem hast du die Bibliothek, und deine Aufgaben werden mit der Wiedereröffnung zunehmen", antwortete Anglophone.

Ich wollte sowieso nicht dorthin gehen.

Traurig, wenn er weg war und traurig, wenn er zurückkam. Ihr neues Leben war nicht so, wie sie es sich vorgestellt hatte.

KAPITEL 46

T IBBLES WARTETE BEI DIESER Gelegenheit draußen, als Anglophone zurückkam.

Nachdem Stephen gegangen war, versuchte Anglophone, sich vollständig bekleidet zurückzuziehen.

"Ich bin voller Tatendrang, Tibbles."

"Das bist du auch, aber warum?"

"Oh, es geht aufwärts. Ich erzähle es dir später."

Tibbles bestand darauf, die Kleidung seines Meisters auszuziehen. Er ersetzte sie mit Anglophons rotem Lieblingsschlafanzug aus Satin.

Sobald sich sein Herrchen unter die Decke geschlüpft hatte, setzte Tibbles die Spieluhr in Gang. Ein Refrain von Lullaby und Goodnight ertönte aus dem Gerät.

Fünf Winde sollten genügen, dachte er.

Tibbles hob Anglophone's Kleidung auf und verließ das Zimmer. Er schaute auf seine Uhr. Auf Wunsch seines Meisters sollte ein neues Mädchen in ein paar Stunden anfangen. Er kehrte in sein Zimmer zurück.

KAPITEL 47

RIBBY GäHNTE UND STRECKTE sich. Über ihr an der Decke bewegten sich geisterhafte Gestalten in nicht enden wollenden Kreisen. Sie beobachtete sie mit einem Gefühl der Neugierde.

Du fühlst dich hier zu Hause, entspannt, aber du musst auf der Hut sein. Sei vorsichtig, denn Teddy ist kein Prinz Charming. Er ist eher wie Opa Charming.

Das ist unhöflich und du bist paranoid.

Ribby schnupperte an ihren Achselhöhlen und ging dann unter die Dusche. Während sie sich anzieht und die Haare föhnt, denkt Ribby wieder an Martha.

Wie kann man diese alte Schachtel nur vermissen?

Egal was passiert, sie ist immer noch meine Mutter.

Du bist zu vertrauensselig! Und manchmal bist du ein sentimentaler Narr.

Ich habe das Gefühl, ich sollte sie anrufen. Sie war sich sicher, dass die Dinge aus dem Ruder laufen würden.

Sie weiß, wo du bist; wenn sie dich braucht, wird sie anrufen.

Ribby kehrte in ihr Zimmer zurück und schaute aus dem Fenster. Sie entdeckte Stephen neben der Limousine.

Ein Klopfen an der Tür unterbrach ihre Gedanken. "Wer ist es?"

"Möchten Sie heute Morgen in Ihrem Zimmer frühstücken, Miss?"

"Ist Mr. Anglophone immer noch weg?"

"Er ist wieder da, aber er ist unpässlich. Da du alleine isst, möchtest du lieber im Garten essen?"

Ribby öffnete die Tür und fand ein junges Mädchen mit einem freundlichen Gesicht vor. "Das ist eine wunderbare Idee. Du bist neu, nicht wahr? Wie heißt du?"

"Ja, das bin ich. Ich bin A-Abbey, Miss. Mein Name ist Abbey."

"Nun, Abbey, ich freue mich, deine Bekanntschaft zu machen", Ribby hielt inne, als sie hörte, dass sich jemand näherte. Es war Tibbles.

"Kann ich dir behilflich sein?"

"Nein, danke. Abbey hat alles unter Kontrolle."

Tibbles warf einen Blick in Abbeys Richtung und das Mädchen zitterte. Dann verabschiedete er sich mit einer Verbeugung und verschwand um die Ecke.

"Das ist mein erster Tag. Vielen Dank, Miss."

"Wofür denn?" fragte Ribby mit einem Lächeln. "Da wir beide noch ziemlich neu hier sind, können wir zusammen lernen", lud sie das Mädchen in ihr Zimmer ein.

"Ich werde alles vorbereiten, Miss. In fünfzehn Minuten?" Abbey machte einen Knicks. Ihre Augen lächelten, als Ribby wieder sprach.

"Ja, ich bin gleich da", sagte Ribby und schloss die Tür hinter sich. Sie lud Abbey ein, sich zu ihr zu setzen.

Sie ist die Hilfe, Rib, sei nicht albern.

"Aber, Miss, ich kann nicht", sagte das Mädchen und schaute hin und her, als würde sie erwarten, dass Tibbles jeden Moment auftaucht.

"Nicht einmal, wenn es ein Befehl war?" sagte Ribby mit einem Augenzwinkern.

Willst du, dass das Mädchen gefeuert wird?

"Miss, das wäre falsch. Tibbles ist mein Vorgesetzter", flüsterte sie.

"Das verstehe ich. Was Tibbles nicht weiß, kann ihm nicht schaden, oder? Bringen Sie mir morgen das Frühstück auf mein Zimmer, wenn Mr. Anglophone nicht zu Tisch ist."

"Das wäre mir ein Vergnügen", sagte Abbey erleichtert.

Du bittest die Hilfe nicht, mit dir zu essen. Dummkopf. Ich kann Tibbles auch nicht ausstehen, aber er ist die rechte Hand von Anglophone.

Das ist mir egal.

Ich will damit nur sagen, dass es dem lieben Teddy nicht gefallen wird.

Ich werde diese Brücke überqueren, wenn ich sie erreiche.

KAPITEL 48

NACH EIN PAAR STUNDEN Schlaf rief Anglophone Tibbles.

"Eine Party! Heute Abend. Hier. Heute. Caterer. Hier ist die Gästeliste. Sag ihnen, dass sie kommen müssen ... ich meine alle, die jemand sind. Überbringe die Einladungen sofort per Kurier oder persönlich. Mein Chauffeur steht dir zur Verfügung. Ruf diese zehn wichtigsten Gäste an. Sie müssen kommen. Verstanden?"

"Ja, das wird gemacht. Du hast also beschlossen, dass sie die Richtige ist?"

"Ich habe auf den richtigen Zeitpunkt gewartet, und heute Abend ist es so weit. Ich fühle es in meinen Knochen. Es ist an der Zeit, allen von der Wiedereröffnung der Bibliothek zu erzählen. Gleichzeitig werden wir unsere neue Chefbibliothekarin, meine Verlobte, vorstellen."

"Und Fräulein Angela, soll ich sie über deine Pläne informieren?"

"Sie weiß von meiner Absicht, ihre neue Position und unsere Verlobung bekannt zu geben."

Tibbles plusterte das Kissen auf und legte es wieder hinter Angelas Kopf.

"Ich möchte sie damit überraschen. Sag der Mode-Crew, dass sie um 17 Uhr hier sein soll - nicht früher und nicht später. Die Party beginnt pünktlich um 20:00 Uhr. Wer zu spät kommt, wird nicht eingelassen. Stell sicher, dass sie verstehen, dass PROMPT PROMPT bedeutet", sagte Teddy. "Im Moment bin ich viel zu aufgedreht, aber ich muss mich ausruhen. Bitte lass mich bis 15 Uhr in Ruhe. Bereite bis dahin einen Afternoon Tea für Miss Angela und mich im Garten vor."

"Ja, Sir", sagte Tibbles mit einer Verbeugung. "Möchtest du, dass ich die Spieluhr aufziehe, damit du wieder einschlafen kannst?"

"Natürlich, natürlich Tibbles. Ich danke dir. Drei Umdrehungen sollten genügen, schließlich ist es nur ein Nickerchen."

Nachdem er die Spieluhr aufgezogen hatte, verließ Tibbles das Zimmer. Er murmelte vor sich hin, als er auf dem Weg nach unten das Treppengeländer nach Staub absuchte.

Es gab keinen.

Tibbles setzte sich ins Foyer und ging die Details der Party durch. Er hatte bereits den Caterer organisiert. Alles war auf den Punkt gebracht.

***

Einige Zeit später versuchte Anglophone zu schlafen. Sein privates Telefon klingelte. Er wartete darauf, dass sich der Anrufbeantworter meldet. Als das nicht der Fall war, stand er auf, um abzunehmen.

"Hallo, Teddy", sagte Martha. "Ich weiß, du hast gesagt, dass ich dich auf dieser Leitung nur im Notfall anrufen soll.

"Ich höre."

"Ich brauche deine Hilfe."

"Wie das?" fragte Teddy.

"Ich sitze im Gefängnis und werde beschuldigt, meine Schwester und den Mann, der sie vergewaltigt hat, ermordet zu haben. Ich schwöre, dass ich es nicht getan habe. Ich schwöre es."

"Ich verstehe das, aber ich weiß nicht, wie ich dir helfen kann. Soll ich dir einen Anwalt besorgen?" Anglophone ging auf und ab. Die Unterbrechung seines Nickerchens machte ihn wütend.

"Ich rufe dich an, weil ich dafür untergehen werde. Ich bekenne mich schuldig und mein Anwalt sagt, dass es nicht mehr lange dauern wird, bis der Richter mich verurteilt."

"Wie kann deine missliche Lage etwas mit mir zu tun haben? Ich bin ein viel beschäftigter Mann."

"Vor vierunddreißig Jahren hast du ein junges Mädchen aufgegabelt. Sie war klatschnass. Sie war spät in der Nacht auf der Straße gestrandet."

"Nein, ich habe nicht die Angewohnheit, Fahrgäste in meiner Limousine aufzulesen."

"Du bist gefahren. Oh, du erinnerst dich nicht. Aber ich erinnere mich. Ich war es. Du hast mich mitgenommen und zusammen haben wir... Du bist Ribbys Vater."

Anglophone fiel ungläubig auf sein Bett zurück. Er zermarterte sich das Hirn und versuchte, sich zu erinnern. Es war ein Trick. Er wusste, dass es ein Trick war. "Was für ein Auto habe ich gefahren?"

"Es war ein Mercedes Benz. Grau."

Das stimmte.

"In dieser Nacht hast du mir in mehr als einer Hinsicht das Leben gerettet. Das musst du mir glauben. Ich muss wissen, dass du dich um sie kümmern wirst. Sie ist deine Tochter. Wirst du das für mich tun? Und versprichst du mir, dass du ihr nie erzählst, dass ich hier drin bin?"

"Ich weiß nicht, was ich sagen soll. Ich bin sprachlos." Er ging auf und ab. "Warum gibst du etwas zu, was du nicht getan hast? Warum solltest du deine eigene Tochter daran hindern, dich zu besuchen?"

"Das ist alles, was ich von dir verlange."

"Lass es mich wissen. Lass mich darüber nachdenken. Wenn sie meine Tochter ist..."

"Das ist sie. Auf jeden Fall." Sie hielt inne. "Und danke."

Anglophone knallte den Hörer auf.

Diese unverschämte Schlampe. Wie kann sie es wagen, mir das anzutun?

Teddy konnte nicht schlafen. Sein Kopf pochte. Er neigte zu bestimmten Zeiten des Jahres zu Migräne und Marthas Nachricht hatte ihm einen gehörigen Schrecken eingejagt.

Er klingelte nach Tibbles.

Tibbles erkannte den Zustand seines Herrn sofort. "Na, na", sagte er, "in ein paar Stunden wird alles besser aussehen." Er bot ihm einen Schluck Whiskey und eine Schlaftablette an. Anglophone trank ihn in einem Zug hinunter und schob das Glas zu seinem Diener zurück.

Als Anglophone sich beruhigt hatte, drehte Tibbles die Spieluhr auf und räumte das Zimmer auf.

"Sonst noch etwas, Sir?"

Anglophone war bereits fest eingeschlafen.

Tibbles lächelte und schloss die Tür hinter sich.

✳✳✳

*T*IBBLES ÜBERPRÜFTE SEINE TO-DO-LISTE *für die Party, während er über seine neueste Mitarbeiterin Abbey nachdachte. Ihm fiel auf, dass die beiden jungen Frauen flüsterten. Das konnte etwas Gutes oder etwas Schlechtes sein. Er wusste, dass er nicht beliebt war, aber seine Hingabe für die Anglophone kannte keine Grenzen.*

Abbey war mit guten Empfehlungen aus einem Haushalt in der Stadt gekommen. Ein einheimisches Mädchen, von dem er hoffte, dass es ein Auge auf Miss Angela haben würde.

Als er sie im Garten fand, war er neugierig und aufgeregt. "Fräulein Angela, wie kommen Sie dazu, heute im Garten zu frühstücken?"

"Es war m-m-meine Idee", gab Abbey zu und unterbrach ihn. "Es ist so ein schöner Morgen!"

Tibbles warf ihr einen bösen Blick zu und wandte sich weiter an Ribby. "Der Afternoon Tea wird auch im Garten stattfinden. Mr. Anglophone wollte, dass es eine Überraschung ist, also tu bitte überrascht. Er wird dir Gesellschaft leisten."

"Oh, entschuldige bitte. Bei so einem schönen Wetter wie heute kann man gar nicht oft genug draußen essen", sagte Ribby und zwinkerte Abbey zu.

"Also gut", sagte Tibbles, als er sich entschuldigte.

"Uff! Das war knapp", sagte Abbey und wischte sich die Stirn.

"Mach dir keine Sorgen, Abbey, ich werde mit dem guten alten Tibbles schon fertig. Lass dir weiter etwas einfallen. Ich werde bei Mr. Anglophone ein gutes Wort für dich einlegen."

"Danke, Ma'am", sagte sie und konnte die Aufregung in ihrer Stimme nicht verbergen.

"Kein Miss- oder Ma'am-Zeug, Abbey, nicht wenn wir allein sind. Schließlich sind wir Freunde."

"Freunde", sagten die beiden Mädchen unisono.

Knebel mich mit einem Löffel.

KAPITEL 49

ANGLOPHONE ERWACHTE AUS SEINEM Nickerchen und rief Tibbles herbei.

An einem normalen Tag zog Anglophone einmal an der Rufschnur. Wenn es ein Notfall war, zog er zweimal an der Schnur. Heute zog er sie dreimal.

Tibbles stolperte über seine eigenen Füße, als er sich durch den Korridor schleuderte. Er wünschte, er könnte fliegen. In seinen Armen trug er alle seine Pläne und Bestätigungen für die Party der Saison. Alles war perfekt. Er hatte mehr erreicht, als er sich vorgenommen hatte. Die Anwesenheit aller Gäste war bestätigt. Er konnte es kaum erwarten, ihn über die Details zu informieren.

Tibbles klopfte und steckte dann seinen Kopf herein. Anglophone lag noch im Bett. Die Decke war bis zu seinem Hals hochgezogen und er hatte einen milchig weißen Teint.

"Tibbles, mir geht es nicht gut, überhaupt nicht gut. In meinem Kopf dreht sich alles und ich fürchte..."

"Entschuldigen Sie, Sir", unterbrach Tibbles ihn. "Kann ich Ihnen noch ein paar Tabletten bringen?"

"Nein, nein, Tibbles. Diese Kopfschmerzen werden nicht so schnell verschwinden. Ich bin für den Rest des Tages nicht mehr im Dienst. Ich will allein sein. Im Dunkeln."

"Aber heute Abend, Sir", protestierte Tibbles. "Die Party."

"Sag sie ab."

"Aber..."

"ICH SAGTE K-A-N-C-E-L!"

"Nun gut, Sir", sagte Tibbles und biss die Wut in seiner Kehle zurück, als er sich aus dem Raum beugte. Er schloss die Tür und verließ den Raum.

Tibbles rief Viveca Hartman von The Local Voice an. Er bat sie um Hilfe, um die Nachricht zu verbreiten.

"Ich werde alles tun, was ich kann, um zu helfen", sagte Frau Hartman.

"Danke", antwortete Tibbles.

KAPITEL 50

VIVECA BEENDETE IHR GESPRÄCH mit dem berüchtigten Diener von Theodore P. Anglophone, Tibbles. Sie eilte in das Büro des Stadtredakteurs Frank Munson und erzählte ihm die neuesten Nachrichten.

"Du willst es mir also sagen", sagte der stämmige Munson und rauchte an seiner Zigarre. "Die Veranstaltung mit Anglophone ist in letzter Minute abgesagt worden?"

"Anglophone ist krank."

"Ich habe ihn in der Stadt gesehen und er ist gesund wie ein Pferd. Es heißt, dass er es mit einem jungen Mädchen treibt, das er aus der Stadt mitgebracht hat. Sie wohnt bei ihm zu Hause. Gott weiß, was Anglophone vorhat", sagte Munson und pustete einen Rauchring aus, der sich in die Luft erhob.

"Nun, wir müssen abwarten, um das herauszufinden. Und wenn sie den Termin verschieben, werde ich auf jeden Fall hingehen und dir einen Überblick verschaffen. Vielleicht überprüfe ich das Mädchen. Ich frage mich, ob sie etwas über die Geschichte von Anglophone weiß?"

"Für den letzten Mord konnte ihm niemand etwas anhängen, aber er stand unter Verdacht. Wenn er nicht so viel Geld gehabt hätte und alle bezahlt hätte, hätten sie ihn angeklagt. Immerhin wurde die Frau in seinem Haus ermordet. Die beiden waren die einzigen, die Schlüssel zur Bibliothek hatten. Außerdem sah er verdammt schuldig aus. Ich würde diesen Fall gerne aufklären und der Frau Gerechtigkeit widerfahren lassen."

"Mein Vater war der Meinung, dass Anglophone definitiv etwas verheimlicht. Die Wahrheit wird wahrscheinlich nie bekannt werden", sagte Viveca reumütig. "Das neue Mädchen da oben bei ihm, das gefällt mir nicht."

"Das arme Mädchen!" sagte Munson, der seine Aufregung über diese neue Information nicht länger verbergen konnte. "Lasst uns da reingehen und sehen, was wir herausfinden können. Hey, warum machst du nicht einen Spaziergang in die Richtung und schaust, ob du sie entdecken kannst. Finde die Situation heraus. Kannst du das tun, Hartman?"

"Ich werde tun, was ich kann. Ich will es unauffällig halten", sagte Viveca mit Überzeugung.

"Wenn jemand herausfinden kann, was los ist, dann du", sagte Munson und drückte den brennenden Teil seiner Zigarre aus.

"Rationiert deine Frau sie immer noch?" erkundigte sich Viveca mit einem Grinsen.

"Ja, aber was sie nicht weiß, macht sie nicht heiß."

"Stimmt." Viveca machte sich auf den Weg zum Ausgang.

Munson steckte die halb gerauchte Zigarre zurück in die Zellophanverpackung. "Oh, und melde dich einmal am Tag bei mir, damit wir diesen Mistkerl festnageln können."

"Ja, Sir", sagte Viveca und schloss die Tür hinter sich.

Sie war unglaublich froh über das Gespräch mit Munson, denn er hatte großes Vertrauen in ihre Fähigkeiten. Sie war ohne viel Erfahrung aufgestiegen, aber mit Beziehungen und dem starken Wunsch, Reporterin zu werden. Sie hatte sich vom Korrekturlesen bis zur sozialen Seite hochgearbeitet, aber sie wollte mehr.

Das ist meine Chance, und ich werde sie nicht verpassen!

Viveca, die allein in einem zweistöckigen Wohnhaus in Port Dover lebte, stieg in ihr Auto und fuhr nach Hause. Sie ging die Treppe hinauf und dachte darüber nach, wie froh sie war, allein zu leben. Sie hatte sich einen ruhigen Abend vorgenommen.

Es war unerwartet für sie, nach Hause zu kommen und ihren Vater zu finden. Ihr Vater wohnte in Brantford, fünfundvierzig Minuten entfernt.

"Hi Dad", sagte Viveca.

"Viv, schön, dich zu sehen. Ich hatte gehofft, wir könnten heute Abend zusammen essen", sagte Frank Hartman. Hinter seinem Rücken holte er einen großen Blumenstrauß hervor. "Ich dachte, die könnten deinen Tisch aufheitern."

"Heute Abend gibt es Bohnen auf Toast, Dad", sagte Viveca. Er stand auf und sie küsste ihn auf den kahlen Kopf.

"Oh, das ist also ein Gourmet-Essen." Frank lachte ebenfalls und ging zur Seite, damit seine Tochter die Haustür aufschließen konnte. "Weißt du, Viv, wenn du deinem lieben alten Papa eine Kopie deines Schlüssels besorgst, dann könnte ich uns ein Gourmetessen kochen und dich überraschen. Rührei auf Toast."

Sie lachten und freuten sich, in der Gesellschaft des anderen zu sein.

"Aber Papa", stichelte Viveca, "was wäre, wenn ich ein Date hätte? Du würdest dich schrecklich fühlen, weil du dich einmischst, und ich würde mich schuldig fühlen."

"Ach, wenn du ein Date hättest, würde ich mich freuen, wenn du rausgehst. Ich bin stolz auf dich, Viv, aber ich finde, dass du auf dieser Seite der Gesellschaft vergeudet wirst. Du verdienst mehr."

"Ich weiß, ich weiß, Dad", sagte Viveca, während sie die gebackenen Bohnen in eine Mikrowellenschale schüttete und den Timer auf zwei Minuten stellte. Sie steckte zwei Scheiben Brot in den Toaster und drückte den Hebel nach unten. "Zwei Minuten bis zum Abendessen. Cabernet Sauvignon, okay? Oder magst du lieber Chardonnay?" Als die zwei Minuten um waren, rührte sie die Bohnen um und stellte sie dann für weitere dreißig Sekunden in die Mikrowelle.

"Eine Flasche Bier wäre mir auch recht." Frank öffnete eine Dose Bier für sich selbst. "Kaltes Bier und gebackene Bohnen auf Toast mit HP-Soße dazu - mehr Gourmet geht nicht!"

Viveca bestrich den Toast mit Butter und goss dann die Baked Beans über die Scheiben. Es war ein britisches Gericht, das Lieblingsgericht ihrer Mutter. Sie und ihr Vater teilten es oft. Ohne ihren Namen zu erwähnen, war es, als würde ihre Mutter mit ihnen am Tisch sitzen.

Frank holte das Besteck aus der Schublade, und sie setzten sich zum Essen.

"Und, was gibt es Neues bei dir?", fragte er.

"Nicht viel, abgesehen von der Arbeit. Ich bin an einer neuen Geschichte dran. Was ist mit dir, Dad? Was gibt's bei dir Neues?"

"Mein Leben ist wie immer, aber diese neue Geschichte klingt interessant. Erzähl mir mehr davon."

"Ich hasse es, mit dir über Geschäfte zu reden, Papa. Du hast mir doch sicher etwas Interessantes zu erzählen. Was ist in deinem Garten los? Jagt dich die alte Lady Warner immer noch durch die Gegend?"

Frank legte sein Messer und seine Gabel auf die Seite seines Tellers. Er trank ein paar Schlucke Bier.

"Tut mir leid, jetzt habe ich dich in Verlegenheit gebracht." Viveca goss noch etwas Wein in ihr Glas und nahm einen Schluck. "Na gut, reden wir über mich. Über die Arbeit. In meiner Geschichte geht es um Theodore Anglophone."

"Was hat er dieses Mal vor?"

"Lustig, dass du das sagst. Siehst du ihn noch oft, Papa?"

"In letzter Zeit nicht. Seit dem Vorfall in der Bibliothek ist er ein ziemlicher Einsiedler. Er geht in die Stadt, wo man ihn nicht so gut kennt. Ich habe gehört, dass er noch ein anderes junges Mädchen bei sich wohnen hat, Viv. Stimmt das?" Er nahm noch einen Schluck Bier, seine Augen waren auf Vivs Gesicht gerichtet.

"Es stimmt und mein Chef hat mich gebeten, etwas über sie herauszufinden."

Frank schluckte und verschluckte sich fast. "Nun, du willst dir keine Anglophone zum Feind machen, nicht in dieser Stadt, Viv. Also, sei vorsichtig. Vergiss nicht, dass du mit Honig mehr Fliegen fangen kannst als mit Essig. Ein altes Sprichwort, aber absolut wahr."

Er hustete, um seine Gedanken zu ordnen und nahm dann einen weiteren Bissen zu sich.

"Ich weiß, Daddy. Ich möchte diese Chance auch nicht riskieren. Wie du gesagt hast, muss ich von der sozialen Seite wegkommen und mich etwas anderem zuwenden, etwas Anspruchsvollerem. Etwas, das mehr MIR gehört." Sie schob das Essen auf ihrem Teller hin und her und war in Gedanken bei der Aussicht auf eine neue Geschichte, die ihr Leben verändern könnte.

"Ich helfe, wo ich kann. Aber ich habe immer geglaubt, dass der Tod der Frau in der Bibliothek eine Nachlässigkeit von Seiten der Anglophone war. Es muss eine Vertuschung stattgefunden haben. Es ergibt keinen Sinn, warum jemand eine Bibliothek ausrauben und sie fesseln würde. Vielleicht haben wir der Frau Unrecht getan, indem wir ihn das sagen ließen, was er über sie tat. Ich hatte nie ein gutes Gefühl dabei, obwohl Anglophone und ich schon seit Jahren befreundet sind. Seitdem ist er nicht mehr er selbst: Er läuft Frauen hinterher und bringt sie zurück. Er nimmt sie mit und führt sie vor wie ein Turnierpferd. Es ist geradezu beschämend", sagte er und schnüffelte, als wäre ein übler Geruch in seine Nasenlöcher eingedrungen.

"Ich weiß, Papa. Danke für den Ratschlag. Jetzt bin ich müde und möchte ins Bett gehen. Bleibst du über Nacht?"

"Nach zwei Bier möchte ich nicht mehr fahren."

"Dann eben das Gästezimmer. Lass das Geschirr stehen."

"Du solltest dir eine Spülmaschine zulegen."

"Ich habe schon eine! Nacht, Papa", sagte Viveca und küsste ihren Vater auf die Wange.
    "Nacht, Liebes."

KAPITEL 51

Auf dem Weg zurück in ihr Zimmer nach dem Frühstück klingelte das Telefon im Flur und Ribby nahm ab.

"Stephen?" Eine Frauenstimme machte eine Pause. "Stephen?"

Ribby öffnete den Mund, aber bevor sie etwas sagen konnte, riss Tibbles ihr das Telefon aus der Hand.

"Hallo?" Tibbles wartete. "Hier ist die anglophone Residenz." Jemand war da. Er konnte sie atmen hören. "Miss Angela, du darfst in diesem Haus nicht ans Telefon gehen. Du bist eine Bewohnerin, und wir sind das Personal. Bitte erlauben Sie uns, unsere Arbeit zu machen."

"Entschuldige mich, Tibbles."

Tibbles hielt den Hörer in der Hand. "Hat die Person am anderen Ende etwas gesagt?"

"Gar nichts", sagte Ribby, als sie wegging.

"Wenn du etwas Gesellschaft möchtest, Miss, steht dir Abbey zur Verfügung."

"Nein, danke. Ich möchte alleine gehen."

Als sie weg war, hielt Tibbles das Telefon wieder an sein Ohr. Flaches Atmen. "Rosemary?"

"Ja."

"Ich habe dir doch gesagt, dass du hier nicht anrufen sollst."

"Ich weiß, aber ich bin verzweifelt. Ich muss raus aus diesem gottverlassenen Ort. Ich werde noch verrückt."

Tibbles ging auf und ab und sprach so leise, wie er konnte. "Du musst ihn einfach bitten, dir zu helfen."

"Das habe ich, und er hat mir angeboten, mir ein paar Bücher zu schicken. Ich brauche keine Bücher, um mich abzulenken, ich muss hier weg. Ich könnte ins Ausland gehen. Keiner würde mich kennen."

"Ich kann dir nicht helfen. Ich muss gehen." Er machte eine Bewegung, um das Telefon wegzulegen.

"Warte!" rief Rosemary aus.

Er hielt den Hörer wieder an sein Ohr. "Du weißt doch, was er mir angetan hat."

Tibbles zögerte. "Ich muss gehen. Ruf hier nicht mehr an." Er legte auf.

Tibbles ging zum vorderen Fenster und schaute hinaus. Ribby saß auf einem Stuhl auf der Veranda. Er ging in die Küche.

Meinst du, wir sollten Stephen von dem Telefonat erzählen?

Ich bin mir nicht sicher.

Vielleicht mag der Anrufer Tibbles auch nicht.

Hm, da könntest du Recht haben.

Ribby wies in die Richtung der Limousine. Als sie näher kam, konnte sie sehen, dass Stephen hinter dem Steuer schlief und seine Chauffeursmütze über den Augen trug.

Ribby lehnte sich durch das offene Fenster.

Wenn wir ihn schon wecken müssen, dann tun wir es wenigstens mit einem Kuss. Keiner würde es merken.

Sie räusperte sich. Hast du den Verstand verloren?

Aber sieh dir mal diese Lippen an. "Aufwachen", sagte Angela, als Stephen sich rührte und den Hut von seinem Gesicht nahm.

Stephen machte einen Doppelschritt.

"Vor ein paar Minuten hat eine Frau am Telefon nach dir gefragt."

"Oh?"

"Tibbles hat es mir aus der Hand gerissen. Dann muss sie aufgelegt haben."

Stephen fasste das Lenkrad an.

"Sie hat nur deinen Namen gesagt."

"Hast du ihm gesagt, dass sie nach mir gefragt hat?"

"Nein."

"Danke, dass du es mir gesagt hast." Sein Arm streifte Ribbys Ellbogen. "Oh, tut mir leid."

"Äh, das ist schon in Ordnung." Sie hielt inne und beugte sich vor, wobei ihre Neugierde sie übermannte: "Du weißt also, wer es war?"

"Ja, Miss. Es war meine Mutter."

KAPITEL 52

Tibbles' strenge und starre Version eines Spiderman-Sinns kribbelte. Er war sich sicher, dass Angela gelogen hatte, aber warum? Er ging zu einem Fenster im Vorderzimmer, als Angela wegging. Er beobachtete sie weiter. Sie blieb stehen, um sich mit Stephen zu unterhalten. Interessant. Wann waren sie Freunde geworden? Oder waren sie es?

Dann wurde ihm klar, was vor sich ging. Als Miss Angela ans Telefon ging, hatte Rosemary gesprochen. Tatsächlich hatte sie Stephens Namen gesagt und jetzt war Fräulein Angela da draußen und überbrachte diese Nachricht. Das ist noch interessanter.

Tibbles dachte, dass es das Beste sei, den Jungen zu beschäftigen. Er beschloss, Stephen eine Aufgabe zu geben.

Anglophone war sehr deutlich gewesen. Er sollte nicht gestört werden. Er würde ihn zu gegebener Zeit aufklären. Ein Lob oder sogar eine finanzielle Belohnung wären vielleicht sogar angebracht.

Tibbles ging weiter durch das Haus und fand Abbey, die fleißig Staub wischte. Er bat sie, Miss Angela bei ihrem Spaziergang zu begleiten.

"Wenn sie alleine rausgegangen ist, Mr. Tibbles, will Miss Angela wahrscheinlich alleine sein."

"Hat sie dir befohlen, sie nicht zu begleiten?" Tibbles drängte sie, ihr Staubtuch abzulegen und ihre Schürze abzulegen.

"Nein, Sir", sagte Abbey. Ihre Füße schlurften weiter, als sie sich auf den Weg machte.

Tibbles rief: "Nimm deine Füße hoch, du dummes Mädchen."

Er führte sie zur Haustür und wieder hinaus.

"Ja, Mr. Tibbles", sagte Abbey.

Da sie Angela nicht sehen konnte, fragte sie Stephen, wo sie war.

Stephen zeigte auf sie. "Ich glaube, sie wollte etwas Zeit für sich allein haben."

"Das habe ich Mr. Tibbles auch gesagt, er hat darauf bestanden."

Stephen lachte.

$$* * *$$

STEPHEN SAH ZU, WIE Abbey wegging und dachte über Tibbles nach. Kein Wunder, dass die Fluktuation beim Personal des Hauses so hoch war. Andere waren nicht wie er. Andere verdankten Anglophone nicht alles. Ohne Anglophone könnte er es sich niemals leisten, seine Mutter in einem so teuren Pflegeheim unterzubringen.

Sein Blick folgte Abbey, als sie näher an Angela herankam, die nun über das Wasser blickte. Als sie sich der Kante näherte, ließ ihn ein Beschützerinstinkt befürchten, dass sie fallen könnte.

Sein Telefon klingelte. Ein Anruf von Tibbles. Er machte sich auf den Weg nach drinnen.

"Stephen, du musst ein paar Dinge abholen", sagte Tibbles und stellte sich über Stephen, um seine Autorität zu demonstrieren. "Mr. Anglophone ist unpässlich. Hier ist die Liste."

Tibbles reichte sie ihm. Stephen warf einen Blick auf den Zettel, bevor er ihn in seine Jackentasche steckte.

"So hast du etwas zu tun, da du nicht beschäftigt bist."

"Kein Problem, Mr. Tibbles." Stephen verließ den Raum. Er würde die Sachen holen und dann sofort zurückkommen, nachdem er nach seiner Mutter gesehen hatte.

KAPITEL 53

AM NÄCHSTEN TAG BESCHLOSS Viveca, sich in das anglophone Gebiet zu begeben. Sie würde die landschaftlich reizvolle Route entlang der Uferpromenade nehmen. Sie kurbelt das Fenster auf und setzt ihre Sonnenbrille auf. Die Sonne stand hoch, es gab nur wenige Wolken. Am Straßenrand blühten Wildblumen in Lila, Gelb und Blau.

Die Fahrt war angenehm, es gab kaum Verkehr. Als sie um die Ecke bog, wo sie die spektakulärste Aussicht hatte, bemerkte sie eine junge Frau, die sie noch nie gesehen hatte.

Das muss sie sein. Sie verlangsamte ihre Fahrt auf einen Kriechgang.

Ein zweites Mädchen traf auf das erste. Jünger. Die beiden umarmten sich und liefen den Weg entlang.

Viveca hielt an und parkte ihr Auto unter einem sehr belaubten Ahorn. In ihren hochhackigen Schuhen ging sie ein Stück und schloss die Lücke zwischen sich und den beiden Frauen. Als sie nahe genug war, dass die beiden sie hören konnten, rief sie: "Autsch!" und ging zu Boden.

Sie hatten sie nicht gehört. Sie versuchte es erneut. "HILFE!"

Die beiden Mädchen drehten sich um und machten sich auf den Weg zu ihr. Sie griff in ihre Handtasche und drückte auf Aufnahme. Okay, Kleiner, da kommen sie, also mach das besser gut. Sie rieb sich mit der einen Hand den Knöchel, um das Blut an die Oberfläche zu bringen, und wischte mit der anderen die Krokodilstränen weg.

"Brauchst du einen Krankenwagen?" fragte Ribby.

"Oh, ich bin so ein Tollpatsch", sagte Viveca. Sie versuchte, aufzustehen. "Ich glaube, mein Knöchel ist verstaucht. Ich hatte die Vorstellung, die ganze Nacht hier draußen festzusitzen, während um mich herum die Kojoten heulten, bis ich euch zwei gesehen habe."

"Was für eine Fantasie", sagte Ribby, als sie sich bückte, um einen Blick darauf zu werfen.

Abbey tat dasselbe. Es sah ein bisschen rot aus.

"Mein Name ist übrigens Viveca, Viveca Hartman." Sie streckte ihre Hand aus.

"Ich bin Abbey, und das ist Angela. Freut mich, dich kennenzulernen."

Eine Möwe flog um Vivecas Kopf herum und ärgerte sie mit ihrem Gekreische. Sie hat sie weggescheucht.

"Oh, darf ich?" fragte Abbey.

Viveca nickte.

Abbey beugte sich hinunter und massierte sie ein paar Sekunden lang. "Na also, ist es jetzt besser?"

"Ja, danke", sagte Viveca.

"Wo ist dein Auto?" fragte Ribby.

"Ich habe es dort drüben im Schatten geparkt." Abbey half Viveca, als sie versuchte, aufzustehen. Als sie aufrecht stand, sagte sie: "Ich bin Reporterin und schreibe einen Artikel über Naturwunder. Ich habe gehört, dass die Aussicht von hier oben spektakulär ist."

"Stimmt", sagte Ribby. "Nächstes Mal solltest du angemessenere Schuhe tragen."

Ja, so wie du es getan hast, als du den ganzen Weg von der Bücherei zurückgelaufen bist.

Halt die Klappe.

Sie halfen Viveca zu ihrem Auto.

"Es hat mich sehr gefreut, dich kennenzulernen und vielen Dank, dass du dieser Dame in Not geholfen hast. Oh, hier ist meine Visitenkarte, falls du dich mal melden willst."

"Danke. Bist du sicher, dass du fahren kannst, okay?" fragte Abbey.

"Ja, danke. Oh, da es in der Nähe ist, wollte ich fragen, ob ihr etwas über die Bibliothek wisst. Ich habe gehört, dass sie vielleicht wieder geöffnet wird?"

"Nein, wir wissen nichts darüber", sagte Ribby.

"Nun, sie ist seit Jahren geschlossen. Unter verdächtigen Umständen. Da fragt man sich, wie es um den neuen Bibliothekar steht."

"Was willst du damit andeuten?" fragte Ribby.

"Ich frage mich nur, ob sie, ich meine die neue Bibliothekarin..."

"Wie kommst du darauf, dass die neue Bibliothekarin eine Frau ist?" fragte Ribby.

"Oh, Gerüchte. Ich würde gerne mit ihr reden. Vielleicht sogar ein Interview für die Zeitung machen."

"Tut mir leid, wir können dir nicht helfen. Wir müssen jetzt zurückgehen. Viel Glück mit deinem Artikel."

"Ich hoffe, dein Knöchel wird bald wieder gesund", fügte Abbey hinzu.

"Ah, ja, danke für deine Hilfe. Ich hoffe, wir sehen uns irgendwann wieder."

Als Viveca in ihrem Auto saß, gingen Abbey und Ribby davon.

"Sehr seltsam", sagte Ribby und schaute über ihre Schulter zurück.

"Ich würde nicht weiter darüber nachdenken", antwortete Abbey.

"Ich weiß", sagte Ribby mit einer gerunzelten Stirn. "Ich habe das Gefühl, dass sie bereits wusste, wer ich bin. Als ob sie auf einem Angelausflug wäre."

"Du hast Recht, aber sie ist jetzt weg. Außerdem wette ich, dass Tibbles da hinten mit den Nerven am Ende ist und auf mich wartet. Ich glaube nicht, dass er erwartet hat, dass ich so lange aus dem Haus bin."

"Oh, er wollte, dass du mir folgst. Du bist sein kleiner Spion", sagte Ribby und legte ihren Arm um Abbeys Schulter.

"Das würde ich nie tun", sagte sie und war entsetzt über diese Andeutung.

"Natürlich, aber er weiß nicht, dass wir Freunde sind."

"Nun, ich werde ihm auf jeden Fall nichts von dem Reporter erzählen."

"Ich werde Mr. Anglophone wissen lassen, dass wir sie hier getroffen haben. Das geht Tibbles nichts an."

Sie umrundeten den Weg, der zur Vorderseite des Herrenhauses führte und gingen hinein.

KAPITEL 54

STEPHEN KAM IM KRANKENHAUS an und bat darum, seine Mutter zu sehen. Seine Bitte wurde abgelehnt. Er wurde wütend und machte eine Szene.

Zwei große, stämmige Angestellte, die wie Türsteher aussahen, hoben ihn von hinten vom Boden auf und entfernten ihn aus dem Gebäude.

"Ruf meinen Arbeitgeber an, Mr. Theodore Anglophone. Ruf ihn an!"

"Klar, das machen wir", sagte der kleinere der beiden Männer, als Stephens Körper mit einem dumpfen Schlag auf dem Asphalt landete.

Seine Reifen quietschten, als er vom Krankenhaus wegfuhr. Er würde den ganzen Weg zum Anwesen mit dem Fußboden zurücklegen. Es war ihm egal, wie viele Steine auf dem Weg dorthin an seinem Auto abprallten.

***

VIVECA KLOPFTE MIT DEN Händen auf das Lenkrad. Ihr Plan war nicht gut gelaufen. Sie hoffte, dass sie nicht das ganze Geschäft vermasselt hatte.

Ich muss das Mädchen warnen, also muss ich mit Dad reden und sehen, ob er mir helfen kann, einen Fuß in die Tür zu bekommen, dachte Viveca. Wenn ich so weitermache, werde ich nie befördert werden.

Sie stellte ihr Telefon so ein, dass alle Anrufe automatisch auf Lautsprecher geschaltet werden. Sie rückte ihren Sitz näher heran, als sie aus der Parklücke unter dem Baum fuhr. Als sie fast den ganzen Weg zurückfuhr, klingelte ihr Telefon und sie öffnete die Leitung.

Eine entgegenkommende schwarze Stretch-Limousine überquerte die Mittellinie und kam auf ihre Fahrspur.

Der Fahrer der Limousine riss die Augen auf und kurbelte gleichzeitig mit ihr am Lenkrad. Die beiden Autos fuhren nur wenige Zentimeter aneinander vorbei.

"Whoa! Pass doch auf! Du verrückter Mistkerl!" rief Viveca.

"Ich hoffe, du redest nicht mit mir", sagte Munson.

"Nein, Chef, das war der Chauffeur von Anglophone. Er hat mich fast überfahren!"

"Was ist mit ihm los?"

"Keine Ahnung, aber ich bin froh, dass wir in entgegengesetzte Richtungen fahren."

"Und, hast du sie gefunden?"

"Ja, habe ich."

"Und?"

"Ich habe ein kleines Theaterstück daraus gemacht. Ich habe so getan, als hätte ich mir den Knöchel verstaucht."

"Oh Mann. Hat sie dir das abgekauft?"

"Es schien überzeugend genug zu sein."

"Und wie war sie so?"

"Ihr Name ist Angela. Sie schien nett, wenn auch naiv."

"Also keine Aufsteigerin? Oder eine Einheimische?"

"Nein, ganz und gar nicht. Sie ist anders. Ich schätze, sie ist um die dreißig, ruhig und wortkarg. Ich hoffe, ich habe sie nicht zu sehr bedrängt und abgetörnt."

"Verdammt, Viveca, du hast doch gelernt, wie man mit heiklen Situationen umgeht. Ich hoffe, du hast es nicht vermasselt und wenn doch, dann bring es in Ordnung."

"Klar doch, Chef", sagte sie, als er die Verbindung beendete. Sie machte sich auf den Weg nach Hause.

✳✳✳

ZURÜCK IM HAUS BESCHLOSS Stephen, direkt hineinzugehen und es Anglophone zu beichten. Wenn er sich der Wahrheit stellt und seine Indiskretion zugibt, würde Anglophone Verständnis zeigen. Anglophone hatte eine Schwäche für seine Mutter. Er würde ihm helfen, die Sache zu klären.

Aber wenn er den Anruf erwähnte, würde er Miss Angela verraten, dass sie zu ihm gekommen war und ihm von dem Anruf erzählt hatte.

Also kann ich den Anruf nicht erwähnen. Ich muss ihm sagen, dass ich ein Bauchgefühl hatte, dass Mama in Gefahr war. Der Instinkt eines Sohnes. Ich musste sofort zu ihr gehen und sie besuchen. Anglophone wird mir sicher verzeihen können.

Stephen ging hinein. Es war niemand zu sehen. Er kehrte auf seinen Posten zurück.

KAPITEL 55

ANGLOPHONE WACHTE AUF UND brüllte nach Tibbles.

Tibbles war in der Küche und nahm Abbey ins Kreuzverhör. Das ständige Klingeln von Anglophone lenkte seine Aufmerksamkeit ab.

Tibbles zeigte Abbey seinen Finger ins Gesicht. "Wir sind noch nicht fertig! Beweg dich nicht! Das ist ein Befehl!"

Als er an der Tür von Anglophone ankam, krachte etwas Hartes hinein. Tibbles stieß die Tür auf und was für ein Anblick bot sich ihm.

Ein übermäßig ungeduldiger Anglophone hatte den Klingelapparat von der Decke gezogen. Dort saß er mit rotem Gesicht inmitten von Putz und Schutt.

"Es tut mir leid, Sir", sagte Tibbles.

Anglophone starrte ihn an und schrie ihn an. "Natürlich tut es dir leid, Tibbles. Es tut dir immer leid, aber darum geht es nicht. Jetzt sag mir, warum das Krankenhaus mich auf meiner Privatnummer angerufen hat, um sich über einen meiner Mitarbeiter zu beschweren?" Er machte eine Pause und als Tibbles nicht reagierte, sagte er.

"ICH, ICH..."

"Stephen hat einen ziemlichen Aufruhr verursacht."

"ICH, ICH..."

"Du Tibbles, was hast du zu deiner Verteidigung zu sagen? Warum schickst du meine Mitarbeiter in meiner Freizeit auf Reisen? Oder ist mein Chauffeur aus eigenem Antrieb von meinem Grundstück gefahren? Erkläre dich, Mann!"

"Ich, wir brauchten einige Dinge für den Haushalt. Du warst unpässlich. Stephen war unabkömmlich. Er hatte genaue Anweisungen. Ich hatte keine Ahnung, dass er mein Vertrauen missbrauchen würde." Er hielt inne. Der Schweiß tropfte ihm von der Stirn. "Dein Vertrauen. Er ist ein unverschämter...."

"Das ist er, aber du, Tibbles, bist ein stümperhafter Narr! Jetzt tadelst du Stephen. Lass ihn die nächsten vierzehn Tage Gras mähen und besorg mir einen anderen Fahrer, der ihn ersetzt. Und eine Lohnkürzung. Er bekommt fünfzig Dollar weniger Lohn, und du als sein Komplize auch. Holt jemanden her und repariert das Ding ... und vergesst die Schlaftabletten nicht. Und jetzt geh, bevor ich es hundert werde!"

$$*\!*\!*$$

Einige Zeit später lag Ribby schlafend auf dem Boden der Bibliothek im Haus, wobei offene Bücher ihre Gestalt umrahmten.

Die Schlaftabletten, die Anglophone Tibbles gebeten hatte, ihr in den Tee zu geben, hatten gewirkt. Er brauchte nur ein paar Minuten, um eine Probe zu nehmen, während sie sein Zimmer herrichteten, und dann würde er wissen, ob Angela seine Tochter war.

Anglophone stand über ihr, sah sie an und wollte sie so sehr, dass es ihm wehtat. Er konnte nicht der Vater dieses Mädchens sein. Das war unmöglich. Allein die Vorstellung, dass er sich zu seinem eigenen Fleisch und Blut hingezogen fühlen könnte…

Als er sie ansah, kam eine Erinnerung an Martha zurück. Sie hatte die Wahrheit gesagt. Sie hatten sich schon einmal getroffen. Warum hatte er sich nicht an sie erinnert, bis sie es erwähnte? So ist das mit den Erinnerungen, wenn man älter wird: Sie kommen und gehen ohne Sinn und Verstand.

Er streichelte Ribbys Haar und wunderte sich. Er berührte weiterhin ihren Handrücken, während er den Ärmel ihrer Bluse aufrollte.

Das Fläschchen stand bereit, und die Nadel lag bereit.

Wach auf, Ribby. Wach auf! Der alte Bastard ist. Er ist....

"Meine liebe Angela", flüsterte Anglophone, als er die Spitze der Nadel in ihre Vene stach. Das Blut floss in das Fläschchen. Er betrachtete ihre Wunde, beugte sich über sie und leckte mit seiner Zunge über die offene Wunde. Das Blut schmeckte süß, wie Angela. Er spürte, wie er sich in seiner Hose versteifte und wusste, dass er da raus musste. Er hasste es, sie die ganze Nacht so unbequem auf dem Boden liegen zu sehen.

Er sammelte die Probe ein und klebte die Etiketten auf die Flasche. Er hob ihr Telefon auf, das auf dem Tisch lag.

Tibbles stand vor der Tür, als Anglophone herauskam. "Das Fahrzeug, das du bestellt hast, wartet auf Anweisungen."

"Einen Moment", sagte Anglophone und verstaute die Proben in der Kühltasche. Er reichte sie an Tibbles weiter. "Sag dem Fahrer, er soll direkt zum Labor fahren. Ich habe meinen Kontakt im Labor bereits darüber informiert, dass die Sache höchste Priorität hat. Ich erwarte eine sofortige Antwort." Er hielt inne. "Wenn du fertig bist, bringst du sie auf ihr Zimmer. Oh, und", er reichte Tibbles ihr Telefon. "Bewahre es an einem sicheren Ort auf, bis ich dir etwas anderes sage."

Tibbles nickte: "Ich habe es schon ab und zu versteckt, wie du mich gebeten hast, aber so wird es dauerhafter." Dann machte er sich auf den Weg zur Vorderseite des Hauses.

Anglophone kehrte in sein Zimmer zurück. Er war hungrig, aber der späte Afternoon Tea im Garten würde das ausgleichen. In der Zwischenzeit würde er keinen Moment Ruhe haben, bis er sicher wusste, ob er in seine eigene Tochter verliebt war.

KAPITEL 56

S TEPHEN WAR ES LEID, darauf zu warten, dass die Axt fällt. Er knallte die Autotür zu und stürmte hinein, nachdem er die Tasche mit den Sachen, die er für Tibbles gekauft hatte, ergriffen hatte. Er blieb auf halbem Weg stehen, als er auf Tibbles traf.

Tibbles brüllte: "Da bist du ja, du Schwachkopf! Komm in mein Büro, JETZT!"

"Nicht jetzt, du Angeber, geh mir aus dem Weg. Ich muss Anglophone sehen."

Tibbles hob seine Hand, um Stephen zu ohrfeigen.

Stephen wehrte den Schlag ab und die beiden Männer sahen sich an. Stephen hielt Tibbles' Hand ein paar Sekunden lang fest und ließ sie dann los.

Die beiden Männer standen sich Auge in Auge gegenüber, die Nasen berührten sich fast, um herauszufinden, wer zuerst nachgeben würde.

"Tut mir leid, Tibbles", sagte Stephen.

"Das sollte ich sagen. Entschuldigung angenommen. Jetzt geh in mein Büro und warte auf mich. Ich muss mich erst um meine Angelegenheiten kümmern, dann können wir das klären."

Tibbles verließ das Haus. Er lehnte sich in das offene Fenster des wartenden Wagens und übermittelte

Anglophone's Anweisungen. Das Auto raste davon. Tibbles kehrte in sein Büro zurück.

"Setz dich, Stephen, bitte." Tibbles ging ein paar Sekunden lang auf und ab, bevor er sprach. "Mr. Anglophone ist sehr aufgeregt. Erstens ist er sauer auf mich, weil ich dich in seiner Zeit herumtollen lasse. Zweitens: Er ist sauer auf dich, weil sich das Krankenhaus über die Szene beschwert hat, die du verursacht hast. Was zum Teufel hast du dir dabei gedacht?"

"Ich hatte das Gefühl, dass es Mutter nicht gut geht. Ich musste es überprüfen. Um zu sehen, ob es ihr gut geht."

"Lügen, alles Lügen", sagte Tibbles unter seinem Atem. "Ich weiß, dass Miss Angela dir von dem Telefonat erzählt hat. Du wagst es, es zu leugnen?"

Stephen schaute auf seine Füße.

"Dein Benehmen verrät alles! Als ich dich bat, ein paar Sachen zu holen, wolltest du also mein Vertrauen missbrauchen."

"Es tut mir leid, Tibbles. Wirklich, aber ich musste gehen."

"Nun, Mr. Anglophone hat dich für zwei Wochen suspendiert. Weil ich mein Vertrauen in dich gesetzt habe, hat er auch meinen Lohn abgezogen. Außerdem wirst du hier als Hundekörper herumlaufen, den Rasen mähen und alle Aufgaben erledigen, die dir zugeteilt werden. Ich muss einen anderen Fahrer einstellen. Mit etwas Glück wird der neue Mann nicht so unverschämt sein wie du!"

"Es tut mir leid, dass dir der Lohn gekürzt wurde. Ich denke, das ist nicht fair. Ich kann mit ihm darüber reden."

"Das wirst du nicht."

"Behalte meinen Lohn ein, aber lass mich bitte nicht ohne Fahrzeug zurück. Lass mich gehen und mit ihm reden. Ich werde ihn um Verzeihung bitten."

"Mr. Anglophone sagt, dass er vierzehn Tage lang nicht mit dir sprechen will. Wenn du ihn siehst, arbeite weiter. Zeig deine Hingabe. Zeig ihm Reue. Wir können froh sein, dass er uns nicht gefeuert hat. Mit der Zeit werden die Dinge wieder ihren normalen Gang gehen."

Tibbles nahm den Hörer ab und ignorierte Stephens Anwesenheit.

Stephen, der nicht wusste, was er jetzt tun sollte, stützte seinen Kopf in die Hände. Tibbles plauderte weiter am Telefon. Niedergeschlagen stand er auf und verließ das Büro. Er ging nach draußen, die Fäuste tief in den Taschen geballt.

Er wanderte stundenlang umher, nahm die Aussicht in sich auf und dachte über alles nach.

Er musste herausfinden, wie er seine Mutter aus diesem Ort herausholen konnte.

Er musste einen Weg finden, um von Anglophone unabhängig zu sein.

Er musste die Kontrolle über sein Leben übernehmen. Wenn er nur herausfinden könnte, wie.

KAPITEL 57

RIBBY ÖFFNETE IHRE AUGEN. Im ersten Moment wusste sie nicht, wo sie war. Das Letzte, woran sie sich erinnerte, war das Lesen in der Bibliothek.

Sie versuchte, sich aufzusetzen, aber ihr Kopf schmerzte und der Raum drehte sich. Sie umarmte sich und bemerkte einen großen lila Fleck auf ihrem Arm. Sie versuchte, sich an einen Anlass zu erinnern, bei dem der blaue Fleck entstanden sein könnte. Es gelang ihr nicht.

Angela konnte sich auch an nichts erinnern. Irgendetwas störte sie. Eine schwache Erinnerung, die unerreichbar war.

Wie kann das passiert sein?

Du bist wahrscheinlich in etwas hineingelaufen. Das wäre nicht das erste Mal.

Stimmt schon, ich kann ein Tollpatsch sein.

Mach dir keine Gedanken darüber. Du hast wichtigere Fische zu braten.

Ribby roch die Anspielung auf bratenden Fisch und rannte den Flur hinunter ins Bad, um sich zu übergeben. Sie wusch sich das Gesicht und trank ein paar Schlucke Wasser.

Geht es jetzt besser?

Ich glaube schon, danke.

Wo ist Teddy eigentlich? Es ist fast so, als würde er das Interesse verlieren. Du hattest ihn fest in der Hand.

Er ist ein vielbeschäftigter Mann.

Ribby machte sich sauber und putzte sich die Zähne.

Außerdem ging es ihm nicht gut.

Etwas nagte noch immer an Angela. Etwas, an das sie sich beinahe erinnert hätte, aber dann ist es ihr entglitten.

Aber er ist ein Mann und du musst ihn bei Laune halten. Flirte ein bisschen. Füge ein wenig Sexappeal hinzu. Lass ihn raten und hoffen. Ich will aber nicht sagen, dass du gleich aufs Ganze gehst. Spiel mit ihm.

Ich habe nicht viel Erfahrung in der Männerabteilung.

Ich glaube, er ist im Grunde seines Herzens ein geiler alter Kauz.

Er will jemanden, der für ihn da ist. Jemanden, auf den er zählen kann.

Mit all dem Geld könnte er sich eine aussuchen. Also, versaue es nicht, Kleiner— oder wenn du es tust, lass es zählen!!!

Du bist so ekelhaft.

"Miss Angela, Miss Angela", rief Abbey, als sie an die Tür klopfte.

"Mr. Anglophone wartet im Garten auf Sie."

"Komm schon rein, Abbey. Mir ist nicht nach Afternoon Tea zumute."

"Du musst."

Ribby setzte sich auf das Bett und stützte ihren Kopf in die Hände.

"Bitte sagen Sie Mr. Anglophone, dass er mich in einer Stunde treffen soll."

"Wie Sie wünschen, Miss Angela."

"Wenn du fertig bist, komm zurück und hilf mir, mich fertig zu machen."

"Aber sicher, Miss Angela. Ich bin gleich wieder da."

Wenige Augenblicke später kehrte Abbey in Ribbys Zimmer zurück.

"Ich hoffe, Mr. Anglophone war nicht sauer auf mich", sagte Ribby.

"Nein, Miss Angela. Er versteht, dass wir länger brauchen, um uns präsentabel zu machen", sagte sie lachend. "Jetzt setz dich hier hin und lass mich dir helfen." Abbey plapperte los, während Ribby sich verwöhnen ließ. "Voila", sagte sie.

"Danke, Abbey."

"Du siehst wunderbar aus!" sagte Abbey, als sie den Korridor entlanggingen und nach draußen in den Garten gingen.

Ribby entdeckte Teddy, der sein Gesicht hinter einer Zeitung verbarg. Sie setzte sich leise neben ihn. Er hatte sie nicht gehört. Sie lächelte.

Tibbles stürmte zum Tisch und verkündete: "Guten Tag, Miss Angela."

Teddy ließ fast die Zeitung fallen, als er aufstand. "Wie lange sitzt du denn schon da?"

"Eigentlich waren es nur ein paar Augenblicke. Hast du mich vermisst?" flüsterte Ribby und nahm seine Hand in ihre.

Anglophone zog seine Hand weg und sagte: "Ich war sehr, sehr krank."

Ribbys Gesichtsfarbe glühte.

Was zum?

"Aber ich habe oft an dich gedacht."

"Und was hast du an mich gedacht?"

"Ich habe an dich und die Bibliothek gedacht."

"Genau, und ich habe ein paar Ideen, die ich mit dir besprechen möchte."

"Wo ist Tibbles hingekommen? TIBBLES!"

Tibbles kehrte zurück. Abbey lief hinterher. Sie trugen Tabletts mit Essen und Getränken. Der Teller von Anglophone war bald mit Essen gefüllt, während Ribby eine starke Tasse Tee wählte.

"Ich habe nachgedacht", sagte Ribby und rührte in ihrem Tee. "Ich würde gerne Kindern in der Bibliothek vorlesen und für sie auftreten. Ich würde gerne Pläne für einen Kindertag machen.

"Und was würde das bedeuten?"

"Autoren könnten Buchlesungen machen."

"Hmmm, interessant, interessant", sagte Teddy.

"Außerdem möchte ich, dass wir Bücher an Krankenhäuser spenden."

"Ja, diese Ideen gefallen mir, mein Engel, aber wir müssen darüber nachdenken und etwas organisieren. Im Moment sollten wir uns auf die Bibliothek konzentrieren. Wenn wir erst einmal am Laufen sind, vielleicht in ein oder zwei Jahren, dann kannst du die anderen Ideen umsetzen. Geh es langsam an, Angela. Vergiss nicht, dass wir hier keine Großstadt sind. Wir haben es hier mit einer anderen Art von Menschen zu tun."

"Familien sind überall."

"Ich verstehe, was du meinst", sagte Teddy und tätschelte Ribbys Hand wie ein Kind, das er beschwichtigen muss.

"Entschuldigen Sie", sagte ein Mann mit einer Mütze in der Hand vom Eingang her.

"Ja? Oh, ich sehe, Sie sind der neue Chauffeur."

Tibbles trat mit klackenden Absätzen ein. "Ich habe dir gesagt, du sollst in der Küche auf mich warten."

Ich bitte um Entschuldigung", sagte der neue Mann und neigte seine Mütze erst zu Anglophone und dann zu Tibbles. Er verließ den Raum wieder.

"Ist Stephen krank?"

"Nein, ist er nicht." Teddy nahm einen Bissen von der Quiche. "Er hat mein Vertrauen missbraucht. Er ist für die nächsten zwei Wochen in der Hundehütte."

"Es tut mir leid, das zu hören." Sie nahm einen Schluck Tee. "Ich möchte meine Mutter anrufen, aber ich habe mein Handy verlegt."

"Natürlich. Nimm das Telefon im Eingangsbereich. In der Zwischenzeit schauen wir uns um, ob wir dein Handy finden."

Ribby war so glücklich, dass sie aufstand, ihre Serviette auf den Boden fallen ließ und zu Teddy hinüberlief. Voller Leidenschaft stürzte sie sich auf ihn, legte ihre Arme um seinen Hals und küsste ihn auf die Lippen. Sie öffnete ihre Augen. Er schaute sie an. Er war eiskalt.

Er stieß sie weg und stand auf. Sein Gesicht war rot.

Ribby rannte aus dem Zimmer und die Treppe hinauf. Sie warf sich auf ihr Bett und weinte sich in den Schlaf.

Das nennst du sexy?

KAPITEL 58

ALS RIBBY AM NÄCHSTEN Morgen erwachte, öffnete sie die Balkontür. Sie streckte sich und gähnte. Das Sonnenlicht wärmte ihre Haut und sie spürte eine starke Sehnsucht, näher am Wasser zu sein. Sie zog sich an, duschte, setzte ihren Hut auf, kniff in die Wangen und machte sich auf den Weg aus dem Haus.

Auf dem Weg dorthin entdeckte sie Stephen. Er stand mit dem Rücken zu ihr, aber sie konnte die Geräusche der Schere hören. Er war dabei, die Rosenbüsche zu stutzen.

"Stephen", sagte Ribby.

Er richtete seinen Rücken auf und hielt seine Hand in die Luft, um die Sonnenstrahlen von seinen Augen abzuschirmen.

"Ich wollte fragen, ob du mich irgendwo hinfahren kannst."

Er antwortete nicht. Stattdessen drehte er sich wieder um und nahm seine Gartenarbeit wieder auf. Er wartete darauf, dass sie wegging, und schnippelte und schnippelte weiter. Nach ein oder zwei Augenblicken sagte er: "Warum ich? Frag den alten Mann. Ich kann dir nicht helfen. Ich kann nicht einmal mir selbst helfen."

"Aber ich habe niemanden, Stephen." Sie berührte seine Schulter. "Ich will nach Hause."

Abrupt drehte er sich zu ihr um, so dass sie fast das Gleichgewicht verlor. "Ich kann dir nicht helfen. Verdammt noch mal. Ich würde ja gerne, ehrlich, aber ich... Es gibt andere Menschen, die auf mich angewiesen sind. Ich kann dir nicht helfen. Jetzt geh weg!"

Ribby wich zurück und kämpfte gegen den Drang zu weinen an. "Ich dachte nur... Es tut mir leid, dass ich dich belästigt habe."

Stephen ließ sie los. Er ließ sie immer weiter weggehen, bevor er sie rief. Ribby ignorierte ihn. Er rannte ihr hinterher.

"Hör zu, es tut mir leid. Seine Augen trafen die ihren. "Es ist nur so, dass ich degradiert wurde und ich hasse Gartenarbeit."

Ribby bemerkte, dass seine Gesichtszüge weicher wurden.

Er warf einen nervösen Blick zurück zum Haus, als ein Auto an ihnen vorbeifuhr. Der Fahrer stieg aus und lief die Treppe hinauf, wo Tibbles die Tür öffnete. Wenige Augenblicke später raste das Auto an ihnen vorbei, als sie das Haus verließen.

Ribby ging auf Stephen zu.

Stephen ging auf Ribby zu.

Sie trafen sich irgendwo in der Mitte.

KAPITEL 59

TIBBLES ÜBERGAB DEN UMSCHLAG an Anglophone und kehrte dann zu seinen Aufgaben zurück.

Anglophone stand am Fenster und beobachtete seine nun konfirmierte Tochter und seinen Sohn, wie sie sich mit Kulleraugen anschauten. Er konnte die Chemie zwischen den beiden bis in sein Zimmer hinein spüren. Er lachte, als er sah, wie sie flüsterten und Blicke austauschten.

Er läutete und Tibbles kam innerhalb weniger Sekunden zurück.

"Tibbles", sagte Teddy, "ich fahre heute in die Stadt. Ich habe dort ein paar Dinge zu erledigen. Sag dem Fahrer Bescheid, dass ich morgen zurückkomme.

"In der Zwischenzeit kannst du für mich auf Stephen und Miss Angela aufpassen. Sieh zu, was sie anstellen, aber lass sie nicht wissen, dass du sie beobachtest." Er berührte seine Nase mit dem Zeigefinger. "Diskretion, mein lieber Tibbles, Diskretion."

"Natürlich, Mr. Anglophone." Tibbles verbeugte sich und verließ den Raum.

KAPITEL 60

"**W**IE KANN ICH DIR helfen?" sagte Stephen und führte Ribby vom Hauptweg weg. "Wie ich schon sagte, ich kann nicht einmal mir selbst helfen. Ich habe Verantwortung."

Tibbles beobachtete die beiden, als der Anglophone sich zum Aufbruch bereit machte.

"Hat es etwas mit deiner Mutter zu tun?"

"Das kann ich dir nicht sagen. Je weniger du weißt, desto besser. Warum willst du gehen? Hat er dir etwas angetan?"

"Ich weiß nicht einmal, was ich hier mache", sagte Ribby. "Ich meine, warum ich?"

Die Limousine raste davon.

"Ich frage mich, wo er hin will."

"Er hat einen neuen Fahrer."

"Ich weiß, aber das ist nur vorübergehend", sagte Stephen. "Wenn du wegmusst, tu es jetzt."

"Wie kann ich das? Ich habe kein Auto."

Ribby, du bist total in Panik. Beruhige dich.

"Du kennst doch sicher jemanden hier, der dir helfen kann."

"Ich habe gestern eine Reporterin getroffen, Viveca Irgendwas."

"Ja, ruf sie an. Frag sie."

"Was ist, wenn sie nicht kommen will?"

"Vertrau mir, sie wird kommen", sagte Stephen.

"Woher willst du das wissen? Warum sollte sie sich für mich interessieren?"

"Hat sie dir nicht einen Haufen Fragen über Anglophone gestellt?"

"Nicht wirklich", sagte Ribby. "Sie sagte, sie schreibe eine Geschichte über Naturwunder."

"Das magst du denken, aber glaub mir, du bist die Story. Neben den Reportern hat auch die Polizei ein Auge auf die Situation geworfen."

"Das verstehe ich nicht. Warum?"

"Ich kann dir nur sagen, dass du sie anrufen sollst. Lass es die Reporterin erklären. Aber sagen Sie nichts über mich, ich habe schon genug Ärger. Und ruf um Himmels willen nicht von zu Hause aus an. Du brauchst ein Handy, oder noch besser: Kannst du Abbey vertrauen? Ich meine, vertraust du Abbey wirklich?"

"Ich hatte ein Handy, aber ich habe es verloren. Was Abbey angeht, ja, ich denke schon", sagte Ribby. "Ich bin mir ziemlich sicher, dass ich ihr mein Leben anvertrauen könnte."

"Dann benutze sie. Sag ihr, sie soll den Reporter anrufen. Ich würde dich meins machen lassen, aber Tibbles hat es wahrscheinlich abgehört. Mach es heute, Miss."

"Danke", sagte Ribby, als sie seine Hand berührte.

"Okay, wir sehen uns dann", sagte Stephen. Er warf einen Blick zum Fenster und bemerkte, wie sich die Vorhänge bewegten. Tibbles. Er widmete sich wieder dem Beschneiden der Rosen.

So ein süßer Hintern.

Denkst du denn nie an etwas anderes?

Stephen drehte sich um, sah Ribby an und ging dann wieder an die Arbeit.

Ribby suchte nach Abbey.

Als sie im Hauptkorridor fast zusammenstießen, sagte Abbey: "Tibbles hat gesagt, dass ich dich finden muss, und zwar SOFORT. Ich weiß nicht, was die ganze Aufregung soll. Nur weil Mr. Anglophone für ein oder zwei Tage weg ist."

"Ja, ich habe gerade sein Auto gesehen."

"Ich soll dein Schatten sein."

Ribby und Abbey gingen aus der Tür und gingen weiter. Als sie weit genug von der Villa entfernt waren, sagte Ribby: "Ich will weg von hier und ich brauche deine Hilfe."

"Wenn Tibbles das herausfindet, wird er sehr böse sein. Er könnte mich sogar feuern."

"Du musst jemanden anrufen. Diese Frau, die wir gestern getroffen haben, du weißt schon, die Reporterin?" Abbey nickte. "Du musst zu einem Telefon gehen, nicht hier, nirgendwo anders als hier, und du musst sie anrufen. Mach einen Termin für unser Treffen. Machst du das?"

"Das kann ich machen", sagte Abbey nach einigem Zögern. "Ich fahre gerade zur Fairfield Farm, um Käse zu kaufen. Der Fahrer sollte mich eigentlich mitnehmen, aber jetzt muss ich zu Fuß gehen. Ich kann sie von dort aus anrufen."

"Du bist ein Star", sagte Ribby. "So, ich gehe jetzt wieder rein. Viel Spaß auf der Fairfield Farm."

"Wann soll ich das arrangieren? Ich meine das Treffen mit dir und Viveca?"

"Ich denke, sie wird wissen, wie schwierig das für mich sein wird. Sag ihr aber, dass Mr. Anglophone verreist ist und es am besten so schnell wie möglich gehen sollte."
"Das ist ein Plan."

✳✳✳

Auf der Fairfield Farm wählte Abbey die Nummer von Viveca Hartman bei der Zeitung. "Äh, hallo, ich bin's, Abbey."

"Abbey wer?" sagte Viveca verärgert. "Du hast Viveca Hartman von der Lokalzeitung hier."

"Ja, ich weiß, äh, wie geht es deinem Knöchel?"

"Meinem Knöchel? I..." Viveca hat sich verhört. "Abbey, oh ja. Was kann ich für dich tun? Ist es Angela? Geht es ihr gut?"

"Ja", sagte Abbey, "und ich habe mir große Sorgen um dich gemacht, weil du so krank warst und dir den Knöchel verstaucht hast."

"Okay", sagte Viveca, "es ist noch jemand da, stimmt's?"

"Oh, ja", sagte Abbey, "du musst dich wirklich schonen und dich von ihm fernhalten."

"Abbey", sagte Viveca, "ich weiß nicht, was du willst oder wie ich helfen kann. Äh, will sie mich sehen? Will Angela, dass ich zu ihr komme?"

"Ja", sagte Abbey, "Mr. Anglophone ist in der Stadt unterwegs. Es wäre am besten, so schnell wie möglich zu kommen. Ich bin gerade auf der Fairfield Farm, um etwas Käse zu holen."

"Okay, Abbey", sagte Viveca, "wie wäre es morgen zwischen 10 und 11 Uhr?"

"Wir werden versuchen, wegzukommen. Bitte warte auf der Fairfield Farm auf uns, auch wenn wir uns verspäten."

"Wird gemacht", antwortete Viveca.

KAPITEL 61

Um 21 Uhr bog die Limousine von Anglophone auf dem Weg zu Marthas Haus um die Ecke. Es war seine Lieblingszeit im Jahr, wenn es abends noch hell war. Sie war zwar im Gefängnis, aber er wollte sehen, ob er bei den Nachbarn etwas herausfinden konnte. Er war immer noch wütend, dass Martha sich wieder in sein Leben geschlichen hatte. Er hatte seine Bibliothek und sein Herz geöffnet und jetzt...

war Marthas Haus weg. Völlig ausgelöscht. Alles, was blieb, war ein Haufen verbrannter Trümmer. Er stieg aus dem Auto, um einen genaueren Blick darauf zu werfen. Der Chauffeur stand an seiner Seite.

Eine ältere Frau schlängelte sich über den Bürgersteig. Sie trug einen schäbigen Bademantel. Sie näherte sich dem Anglophonen. Der Fahrer stellte seinen Körper zwischen sich und die Frau.

"Verdammte Schande", sagte die Frau und versuchte, näher an Anglophone heranzukommen. "So eine gute Frau und dann so zu sterben. So traurig. Und ihre arme Tochter. Keiner weiß, wo sie ist, und jetzt noch der ganze Skandal. Ich weiß es nicht. Ich weiß es einfach nicht." Sie tupfte sich mit dem Ärmel die Augen ab und blickte zur Limousine.

"Willst du andeuten, dass die Frau, die hier gewohnt hat, Martha, gestorben ist?"

"Nein, sie ist nicht gestorben. Ihre Nachbarin Mrs. Engle hat Rauch gerochen. Sie hat die Leichen von Martha und Strolchi herausgezogen. Sie hat ihnen das Leben gerettet, obwohl Martha nicht mehr leben wollte. Strolchi wurde von Mrs. Engle adoptiert." Sie zeigte auf das Haus.

"Was meinst du damit, dass sie nicht mehr leben wollte?"

"Sie war voll mit Pillen und Schnaps."

"Bitte erzähl weiter."

"Das Haus ging hoch wie ein Pulverfass. Wir waren nie Freunde. Die Frau hatte ständig Männer, die kamen und gingen. Es war, als hätte ihr Haus eine Drehtür." Die Frau kratzte sich, als ob sie Flöhe hätte. "Ich gehe besser rein, bevor ich mir den Tod hole. Guten Abend, Sir." Sie ging weg.

"Warte. Bleib. Komm mit in mein Auto und ich gebe dir einen Schluck Whiskey, um dich aufzuwärmen", sagte Anglophone.

Die Frau blieb stehen. Sie drehte sich zu ihm um. Sie zögerte, dann ging sie weg.

"Ich wäre dir wirklich dankbar für deine Hilfe", rief Anglophone. "Es wird sich für dich lohnen."

"Äh, aber ich, ich kenne dich nicht von Adam", sagte die Frau. "Du könntest einer von Marthas degenerierten Freunden sein. Sie wollen ein Stück hiervon." Sie fuchtelte mit den Armen und lächelte, wobei sie ein zahnloses Grinsen zeigte.

"Nun, ich bin Theodore Anglophone, eine alte Freundin von Martha. Wir kennen uns schon sehr lange." Er drückte ihr einen Zwanziger in die Hand.

"Sie ist im Gefängnis."

Er fuchtelte mit einem Fünfziger vor ihrem Gesicht herum, den sie zu greifen versuchte.

"Immer mit der Ruhe, mein Freund", sagte Anglophone. "Sag mir etwas, das fünfzig Dollar wert ist. Ich arbeite hart für mein Geld."

"Ich kann dir Dinge erzählen; Dinge, die dir den Kopf verdrehen würden."

Anglophone kam näher und der stechende Geruch von Kohl ließ ihn seine Nase mit der Hand zuhalten. "Deine Kutsche wartet."

Die ältere Frau lachte, als der Chauffeur ihr die Tür öffnete.

Als sie drinnen waren, füllte Teddy ein Glas mit Whiskey und reichte es der Frau. Sie stieß es zurück. Er füllte es wieder auf.

"Nun, Martha und Ribby lebten hier und Martha war eine Prostituierte, wenn auch keine sehr gut bezahlte, wie ich gehört habe." Sie lachte. "Wir wussten davon, das heißt, alle ihre Nachbarn wussten es. Wir haben ein Auge zugedrückt. Solange sie sich von unseren Ehemännern fernhielt, hieß es leben und leben lassen. Dann fanden die Zeitungen es heraus und kamen hierher, um den Puff zu überprüfen. Ribby war damals noch nicht da, Gott segne sie. Armes kleines Ding. Was muss sie gesehen haben, als sie aufgewachsen ist, als die Männer kamen und gingen."

"Ja, komm zur Sache, um die fünfzig Dollar zu verdienen", forderte Anglophone.

"Als das Haus niederbrannte, fand man ... etwas ... im Schuppen ... Später ... während Martha sich im Krankenhaus erholte ..."

"Komm zur Sache."

Die Frau hielt ihr Glas hin. Als es voll war, fuhr sie fort. "Da haben sie es gefunden, ein Messer."

"Oh je", sagte Teddy und beugte sich näher zu der Frau. Er füllte ihr Glas wieder auf.

"Da stand sie also, die arme Martha, ohne ihre Tochter, ohne eine Seele, und man klagte sie wegen Mordes ersten Grades an. Zwei Morde. Ihre Schwester und einer ihrer Freier—Ich glaube, er gehörte zu Thursday. Es stand überall in den Zeitungen. Es war verrückt hier."

"Thursday's?" sagte Teddy in einem empörten Ton.

Die Frau zögerte: "Fett, sehr, sehr fett. Nicht die übliche Art von Fett. Sehr unattraktiv. Und außerdem verheiratet."

"Erzählen Sie weiter. Was ist dann passiert?" fragte Teddy ungeduldig.

"Er war tot. In den Rücken gestochen. Die Zeitungen meinten, die Schwestern hätten sich um ihn gestritten." Die Frau gackerte wie ein Huhn, das ein Ei legt, weil sie sich wunderte, dass sich Frauen um einen solchen Preis streiten.

"Sie ist im Gefängnis und wartet auf das Urteil des Richters. Man vermutet, dass sie den Mann und ihre Schwester getötet hat. Dann hat sie sie von einer Klippe gestürzt. Das Messer und eines ihrer Kleider, das mit Carl Wheelers Blut beschmiert war, haben sie im Schuppen hinter dem Haus gefunden." Sie hielt inne und wartete in der Hoffnung, dass ihre Erzählung ausgereicht hatte, um die fünfzig zu verdienen.

"Du warst wirklich hilfreich. Hier sind noch einmal hundert für deine Zeit, und den Rest der Flasche kannst du auch mitnehmen."

Als die Frau kein Interesse daran zu haben schien, auszusteigen, öffnete der Chauffeur die Tür. Der Anglophone gab ihr einen kleinen Schubs.

"Du hättest nicht schubsen müssen! Du, du!", rief die Frau, als sie vom Auto zurückwich.

"Fahren Sie weiter", sagte Mr. Anglophone zu dem Fahrer, als er zu seinem Sitz zurückkehrte. "Bringen Sie mich zum Zuchthaus."

"Ja, Mr. Anglophone."

Teddy lehnte sich zurück und schloss die Augen.

KAPITEL 62

A M NÄCHSTEN MORGEN TRAFEN Ribby und Abbey Viveca auf der Fairfield Farm.

"Du siehst sensationell aus!" sagte Abbey.

"Danke, Ang", sagte Viveca. "Mir geht es gut genug, um heute auf eines der Pferde zu steigen und einen Ausritt zu machen. Vorausgesetzt, du wählst eine sanfte Seele aus, würde mir das Reiten gut stehen."

"Abbey kennt alle unsere Pferde", sagte Mrs. Fairfield. "Ich habe es nicht eilig, aber ich muss noch ein paar Dinge in der Stadt erledigen. Fühlt euch also wie zu Hause. Bedient euch an allem, was ihr braucht. Ich bin gegen Mittag zurück, wenn ihr noch bleiben wollt?"

"Nein, danke", sagte das Trio unisono.

"Viel zu tun, viel zu tun", sagte Ribby und Abbey und Viveca nickten zustimmend.

Nachdem Mrs. Fairfield das Haus verlassen hatte, fragte Viveca: "Was ist los?"

Abbey sagte: "Ich fahre eine Runde, während ihr euch unterhaltet."

"Danke, Abbey. Du bist ein Schatz", sagte Ribby, als sie sah, wie Abbey die Tür hinter sich schloss. Ribby richtete ihre Aufmerksamkeit dann auf Viveca, die genauso besorgt schien wie sie selbst.

"Wie kann ich helfen?" fragte Viveca.

"Zuerst einmal danke, dass du so kurzfristig gekommen bist. Das Haus mit Mr. Anglophone ist mir über den Kopf gewachsen. Ich möchte nach Hause gehen."

"Und er lässt dich nicht? Wirst du gefangen gehalten?"

"Nicht ganz. Bis vor ein paar Tagen war er sehr nett zu mir, obwohl ich mich sehr einsam fühle, weil er ständig auf Geschäftsreise ist. Vor ein paar Tagen, oh, ich weiß nicht, wie ich es erklären soll, wollte ich einfach nur weg. Und dann ist auch noch mein Telefon verschwunden. Ich weiß, dass er will, dass ich bleibe und die Bibliothek eröffne, aber ich habe den Verdacht, dass er etwas vor mir verheimlicht. Ich weiß nicht, warum er mich als Bibliothekarin braucht. Ich meine, genau genommen mich. Es ist ja nicht so, dass ich mich auf eine Stellenausschreibung beworben hätte. Um ehrlich zu sein, habe ich Angst."

"Sag mir zuerst, was du weißt."

"Ich denke, du fängst am besten ganz von vorne an."

"Anglophone hat einen guten Ruf bei den Damen. Um es einfach auszudrücken: Er steht auf sich selbst. Mit all dem Geld, ganz zu schweigen von der Macht, die er ausübt, kann er Dinge tun, die ein normaler Mann nicht tun könnte. Zum Beispiel hat er mehrere Mitglieder des Rates in der Tasche. Es ist bekannt, dass er die Handflächen schmiert, aber er ist so mächtig, dass ihm niemand etwas nachweisen kann. Wie bei dem Vorfall in der Bibliothek. Stephens Mutter wurde gefesselt und zum Sterben zurückgelassen."

"Diese Frau, war das Stephens Mutter?"

Aber Stephens Mutter ist nicht tot...

"Du meinst, du weißt von dem, was vorher in der Bibliothek passiert ist?"

"Ja, ich habe im Internet darüber gelesen, bevor ich hierher kam."

"Aber in den Zeitungen wurde nicht die ganze Geschichte erzählt. Als die Reporter zuerst ankamen und sie fanden, war sie in einem ziemlich schlechten Zustand. Die Reporter erzählen, dass sie nackt war, an einen Stuhl gefesselt, mit Verbrennungen am Körper und viel Blut. Die Gerichtsmediziner fanden später heraus, dass es Tierblut war. Manche sagen, die Engländerin habe schwarze Magie praktiziert. Seltsames Zeug."

Ribby erinnerte sich an den silhouettierten Mann auf der Rückseite des Buches über Magie.

Das ergibt keinen Sinn. Stephen besucht sie.

Und sie hat ihn angerufen.

Viveca fuhr fort: "Ja, aber da ist noch mehr. Manche sagen, sie war die Geliebte von Anglophone. Sie war definitiv die einzige Person, der er seine Bibliothek anvertraut hat."

Das wird immer seltsamer.

"Mein Vater ist schon lange mit Anglophone liiert und Stephen lebt dort, seit er ein Junge war."

"Also, warum dann ich?"

"Ich weiß es nicht, aber ich kann es dir nicht verdenken, dass du nach Hause willst. Hast du denn keine Familie?"

"Doch", sagte Ribby, "meine Mutter ist in der Stadt. Ich muss sie anrufen. Ich rufe sie gleich von hier aus an." Ribby nahm den Hörer ab.

"Es tut mir leid, die Nummer, die du anrufst, ist nicht mehr in Betrieb. Bitte legen Sie auf und wählen Sie erneut."

Ribby wählte erneut, mit dem gleichen Ergebnis.

"Vielleicht kann ich sie für dich anrufen? Sie soll dich mit Verstärkung abholen, z. B. mit den Bullen. Wie ist ihr Name?"

"Martha, Martha Balustrade."

"Oh mein Gott!" rief Viveca aus. "Du bist nicht die Tochter von Martha Balustrade!"

Oh, oh, was hat die liebe Mutti jetzt getan?

KAPITEL 63

TEDDY KAM IN DER Justizvollzugsanstalt an. Martha wurde in Einzelhaft gehalten. Er verlangte, sie zu sehen. Er gab vor, ihr Anwalt zu sein.

Eine Frau am Schreibtisch wühlte in den Papieren. Anglophone schlug mit der Faust auf ihren Schreibtisch und wiederholte seine Forderungen. "Ruf Frederick Schmidt an. Ruf Bürgermeister Brown an. Sie kennen mich. Sie werden mir erlauben, meinen Klienten zu sehen, und zwar SOFORT", brüllte Anglophone.

Es wurden Anrufe getätigt. Doch Anglophone wartete stundenlang.

"Kann ich dir eine Tasse Tee bringen?"

"Nein, danke", sagte Anglophone, "ich will nur meinen Kunden sehen."

KAPITEL 64

"D U KENNST MEINE MUTTER?"

"Er hat dich abgeschirmt", sagte Viveca. "Jeder weiß über deine Mutter Bescheid, wegen der ganzen Presse in letzter Zeit. Ich meine, wenn jemand den Mord an zwei Menschen gesteht, darunter auch an ihrer eigenen Schwester, kommt das in die Nachrichten, sogar hier draußen. Ganz zu schweigen von ihren anderen Dummheiten. Die Titelseite der Stadt, Angela!" Sie beobachtete, wie Ribbys Gesicht kreidebleich wurde. "Es tut mir leid, aber sie ist immerhin deine Mutter."

"Eine Mörderin? Da musst du dich irren." Sie hielt inne. "Übrigens, mein richtiger Name ist Ribby Balustrade."

"Und warum?"

"Das ist eine anglophone Sache."

"Er hat dich gezwungen, deinen Namen zu ändern?"

"Nein, Angela ist hübscher als Ribby."

"Viveca ist auch nicht gerade gewöhnlich und hübsch, ich weiß also, was du meinst. Aber lass uns auf deine Mutter und die Morde zurückkommen. Du glaubst nicht, dass sie es getan hat?"

Wir wissen, dass sie es nicht war, weil wir es getan haben.

Einen haben wir getan, der andere war Selbstmord.

Ribby sagte nichts.

"Ich weiß, dass Anglophone dich hier unten abgeschottet hat. Man sollte meinen, er hätte wenigstens den Anstand, dir zu sagen, dass deine Mutter im Gefängnis ist."

"Ich habe meine ganze Zeit damit verbracht, zu lesen und die Bibliothek zu reparieren. Währenddessen ist meine Mutter... Oh mein Gott, ich muss sofort zu ihr. Kannst du mich hinbringen? Ihr müsst mir helfen. Du musst einfach!"

Abbey steckte ihren Kopf um die Ecke und hörte Ribbys Flehen. "Was ist los? Warum ist sie so aufgeregt? Angela, was ist los? Du siehst aus, als hättest du einen Geist gesehen!"

"Ich muss in die Stadt gehen, heute noch. Und zwar sofort. Viveca wird mich mitnehmen."

"Mein Vater kann uns wahrscheinlich in ein Flugzeug setzen, dann sind wir im Handumdrehen da. Ich rufe ihn kurz an und erkläre es ihm. Er kennt sich mit juristischem Hokuspokus gut aus, also frage ich ihn, ob er uns begleiten kann.

"Gibt es einen Flughafen in der Nähe? Warum fliegt Teddy dann nicht nach Toronto? Das kann er sich doch sicher leisten?"

"Er hat Flugangst", sagte Viveca, als ihr Vater am anderen Ende den Hörer abnahm. Sie erklärte ihm alles. Er willigte ein, sie am Flughafen zu treffen. "Okay, meine Damen, dann geht's los!"

"Warte", sagte Ribby, "können wir Stephen auch abholen? Ich möchte, dass er dabei ist."

"Klar, wir kommen vorbei und wenn er mitkommen will, umso besser. Was ist mit dir, Abbey? Kommst du mit uns?"

"Nein, ich kann es mir im Moment nicht leisten, meinen Job zu verlieren. Tibbles würde einfach an die Decke gehen, wenn ich den ganzen Tag verschwinden würde." Abbey schaute auf ihre Uhr und wurde langsam unruhig. "Ich bin schon zu lange weg."

"Steig ein und ich nehme dich mit."

"Aber, was ist mit Tibbles?" fragte Abbey. "Wenn er mich etwas fragt? Ich bin keine gute Lügnerin."

"Dann sag nichts. Wir müssen los, um einen Vorsprung zu bekommen."

"Okay, los geht's", sagte Ribby. Sie war völlig außer sich vor Sorge um Martha. Sie fragte sich, wie das überhaupt passieren konnte. Sie fühlte sich so schuldig.

Am Haus angekommen, stieg Stephen auf den Rücksitz des Autos und sie fuhren los, wobei Abbey in einer Staubwolke zurückblieb.

KAPITEL 65

IN DEM KALTEN UND feuchten Wartezimmer lief Teddy hin und her wie ein werdender Vater. Seine Laune stieg mit jedem Moment, den er warten musste. Sechzig Minuten. Neunzig Minuten. Einhundertundzwanzig Minuten. Keine Spur von ihr. Keine Spur von irgendjemandem.

Stunden später hörte Teddy ein klirrendes Geräusch, als die Schlüsselbewahrerin sich der Tür näherte. "Entschuldigen Sie", sagte er abrupt, als die Frau an ihm vorbeiging, "ich warte hier schon seit Stunden."

"Mr. äh, Anglophone. Auf Ihre Bitte hin habe ich um eine Ausnahme gebeten. Sie wurde abgelehnt. Folgen Sie mir, ich bringe Sie zurück zum Empfang."

Er fuhr sie an und fragte: "Was soll das heißen, sie wurde abgelehnt?"

"Frau Balustrade wartet auf ihre Verurteilung", schnaubte sie. "Ich bin eine vielbeschäftigte Frau und es ist schon spät, also folgen Sie mir bitte."

Er tat, wie ihm gesagt wurde, aber er war nicht glücklich darüber.

$$***$$

TEDDY WAR IMMER NOCH wütend, als er in die Limousine stieg. Er rief das Four Seasons Hotel an und buchte eine Suite, dann befahl er seinem Fahrer, ihn dorthin zu bringen.

Auf dem Weg dorthin wählte er Tibbles per Kurzwahl.

"Tibbles! Du musst Angela anrufen, und zwar pronto!"

"Sie ist mit Abbey spazieren. Äh, warte einen Moment." Tibbles hielt seine Hand über das Telefon, als er Abbey eintreten sah. Er fragte sie nach Angelas Aufenthaltsort. Abbey sagte, sie und Angela hätten sich schon vor Stunden getrennt.

"Mr. Anglophone, offenbar ist Miss Angela noch nicht zurückgekehrt."

"Dann finde sie. Ruf mich an, sobald du weißt, wo sie ist." Er hat die Verbindung unterbrochen.

"Könntest du Stephen bitten, in die Abbey zu kommen? Es ist dringend." sagte Tibbles.

"Ich habe Stephen nicht gesehen."

"Sieh dich auf dem Grundstück um. Sag ihm, er soll sich sofort bei mir melden."

Abbey sah sich in den Gemeinschaftsräumen des Hauses um. Sie wanderte umher und verschwendete Zeit, sowohl drinnen als auch draußen. Eine halbe Stunde später kehrte sie ohne Stephen zurück. Zu diesem Zeitpunkt war Tibbles schon kurz davor, in die Luft zu gehen.

"Wo ist er?"

"Ich habe mich überall umgesehen. Er ist nirgends zu finden."

"Mach alles selbst. Mach alles selbst", murmelte Tibbles. Seine Schulter berührte ihre, als er vorbeilief. "Wenn ich ihn da draußen finde, ziehe ich dir fünfzig Dollar vom Lohn ab und das nächste Mal suchst du, wenn ich dich darum bitte!"

"Aber, Sir", wollte Abbey noch sagen, aber Tibbles schlug die Tür hinter sich zu.

Tibbles schaute auch überall nach. Keine Spur von Stephen. Keine Spur von Miss Angela. Er kehrte zum Haus zurück und rief Anglophone an.

"Tibbles?"

"Ja, Sir, ich bin's. Ich kann weder Stephen noch Miss Angela finden."

"Sind sie zusammen?"

"Ich habe keine Ahnung."

"Aber das Mädchen muss es doch wissen. Du hast mir gesagt, dass sie Angelas Schatten sein soll. Hol sie ans Telefon."

"Sie ist nicht zu sprechen."

"Wofür bezahle ich dich eigentlich? Finde sie und hol sie an das verdammte Telefon." Tibbles hängte das Telefon ab und nahm es mit. Als er oben Bewegungen hörte, ging er nach oben.

Abbey war dabei, Miss Angelas Nachttisch aufzuräumen. Sie nahm ein Buch in die Hand, auf dessen Rückseite eine schemenhafte Figur abgebildet war.

Tibbles trat ein und drückte Abbey das Telefon in die Hand. Sie ließ das Buch fallen und es fiel auf den Boden.

"Hallo", sagte sie zaghaft.

"Abbey", sagte der Anglophone, "ich brauche deine Hilfe, um Miss Angela zu finden. Es ist eine dringende Angelegenheit. Wo ist sie?"

"Ich habe sie vorhin spazieren gehen lassen. Sie wollte allein sein."

"Und Stephen. Hast du Stephen gesehen?"

"Er hat vorhin die Rosensträucher beschnitten." Ihre Hände zitterten und ihre Stimme auch.

"Zieh Tibbles wieder an", forderte Anglophone.

"Sie lügt", sagte Anglophone zu Tibbles. "Finde heraus, was sie weiß und ruf mich zurück."

"Aber wie?"

"Es ist mir egal, wie. Wie auch immer. Finde es heraus und zwar JETZT!" rief Anglophone in die Leitung.

Tibbles ballte seine Fäuste und stand auf. Er überquerte den Boden und als er Abbey gegenüberstand, verpasste er ihr eine Rückhand.

Der unerwartete Schlag ließ Abbey rückwärts fliegen und sie landete auf Ribbys Bett. Er kletterte auf sie, ritt auf ihr herum und hielt ihre Hände und Beine fest. Der schwarze Lack seiner Stiefel kratzte an der Bettdecke.

"Sag es mir!", schrie er ihr ins Gesicht. Als sie nicht antwortete, hielt er ihr das Kissen vor das Gesicht und ließ sie zappeln. Er hob es wieder weg. Ihre Augen.

Sanft, wie die eines Rehkitzes. "Sag es mir!" Er drückte das Kissen wieder herunter und sie zappelte. Als er das Kissen wegzog, gestand sie endlich und er ließ sie sich aufsetzen, um zu Atem zu kommen.

Er rief Anglophone an, der am anderen Ende des Telefons einen Jubel ausstieß. "Gut gemacht, Tibbles. Deine Loyalität wird belohnt werden."

Tibbles legte den Hörer auf und drehte sich dann zu dem jungen Mädchen um.

Abbey blieb auf dem Bett sitzen und starrte ihn mit diesen Augen an. "Hör auf, mich anzustarren!", rief er, während er ihr das Kissen ins Gesicht drückte. Zuerst wehrte sie sich ein wenig, aber dann gab sie auf. Er drückte das Kissen weiter hinein, während die Zeit stehen blieb.

Als er es herausnahm, waren die Augen des Mädchens weit geöffnet. Sie sah friedlich aus. Wie ein Engel.

Tibbles begann zu zittern. Er griff nach dem Nachttisch und bemerkte ein Buch auf dem Boden. Er hob es auf und erkannte sofort die Augen der schattenhaften Gestalt auf der Rückseite. Sie gehörten zu seinem Meister. Einen Moment lang saß er da und starrte auf den Einband von Alles, was du schon immer über schwarze Magie wissen wolltest (aber Angst hattest zu fragen).

Tibbles öffnete den Schornstein und machte ein Feuer. Er warf das Buch hinein und sah zu, wie es verbrannte.

Er wickelte Abbey in Ribbys Bettdecke, warf sie sich über die Schulter und trug ihren Körper in den Garten hinaus. Er grub ein flaches Grab unter den Rosensträuchern. Nachdem sie begraben war, stellte er die Rosen wieder an ihren Platz und besprühte den Garten mit etwas Wasser. Es war eine schöne Ruhestätte.

Zurück im Haus duschte Tibbles und räumte sich auf. Dann machte er sich in Miss Angelas Zimmer zu schaffen. Er bezog das Bett mit frischen Laken, Kopfkissenbezügen und einer neuen Bettdecke. Perfekt.

Als er alle seine Aufgaben erledigt hatte, wurde die Stille ohrenbetäubend. Sogar seine eigenen Schritte hallten laut in seinen Ohren wider.

Nach einiger Zeit konnte er das Geräusch seines eigenen Atems nicht mehr ertragen. Es schien so laut zu sein, so lärmend.

Er kehrte in sein Zimmer zurück und zog den Bademantel an, den Anglophone ihm einst geschenkt hatte. Er ging in seine unterste Schublade und holte eine Handfeuerwaffe heraus.

Während er in seinem Lieblingsstuhl in seinem Lieblingsraucherjackett saß, blies er sich das Hirn weg.

Niemand war zu Hause, um den Schuss zu hören.

Nur die Vögel wurden durch das unnatürliche Geräusch aufgeschreckt.

KAPITEL 66

ROSEMARY FRANKLIN, STEPHENS MUTTER, war schon lange tot. Sie hatte sich vorgestellt, aus dem Sanatorium zu fliehen, hatte so oft davon geträumt. Als sich die Gelegenheit bot, ergriff sie sie und kletterte auf den Rücksitz des Clean-it-4-U-Busses. Es war 4 Uhr morgens und sie war auf dem Weg.

Der Wagen fuhr eine ganze Weile, während sie sich auf dem Rücksitz versteckte. Sobald sie aus dem Krankenhaus heraus waren, zog sie sich ein gestohlenes Outfit an. Sie hatte auch einen Diamantring und ein paar Münzen mitgehen lassen.

Bei seinem ersten Halt stieg Gus, der Fahrer, aus. Rosemary beobachtete, wie er das Lokal betrat. Als die Luft rein war, öffnete sie die Tür und rannte los. Sie versteckte sich an der Außenwand zwischen den Gebäuden. Von dort aus konnte sie beobachten, wie Gus sein Gesicht fütterte und darauf warten, dass er wegging. Sie roch den angenehmen Geruch von frischem Kaffee und brutzelndem Speck. Allein der Gedanke daran ließ ihr das Wasser im Mund zusammenlaufen. Das war so viel verlockender als der üble Gestank des Krankenhausessens, an den sie sich gewöhnt hatte.

Eine Tür knarrte und sie fröstelte, als die Sonne sich ihren Weg in den Himmel bahnte. Gus kletterte in den Van, fummelte am Radio herum, setzte seine Sonnenbrille auf und fuhr los.

Rosemary blieb noch ein paar Augenblicke versteckt. Vorsicht ist besser als Nachsicht. Als der Lieferwagen außer Sichtweite war, strich Rosemary sich mit den Fingern durch die Haare. Sie ging in den Imbiss, wo sie eine Tasse Kaffee bestellte und sie hinunterschluckte. Der Geschmack des frisch gebrühten Kaffees in der Raststätte war einfach himmlisch. Die Kellnerin kam sofort herüber und füllte ihn nach. Die zweite Tasse ließ sie sich schmecken.

Als sie bereit war zu gehen, ließ Rosemary ein paar Münzen auf den Tisch fallen. Sie wusste, dass sie nicht genug hatte, aber sie hoffte, die Kellnerin würde ihr einen Pass geben. Rosemary brach in Tränen aus und schluchzte unkontrolliert in ihre Hand.

Die Kellnerin kam zurück: "Ist alles in Ordnung, Liebes?"

Rosemary hat gelogen. "Mein Mann hat mich geschlagen. Ich bin weggelaufen. Dieses Kleingeld ist alles, was ich habe. Ich muss verschwinden. Wenn er mich findet, wird er mich zurückschleppen."

Die Kellnerin reichte ihr ein Taschentuch. "Hast du einen sicheren Ort, wo du hingehen kannst? Oder soll ich die Polizei anrufen?"

"Ja, ich habe einen Sohn, Stephen. Ich muss nur zu ihm gelangen. Wenn du ein Taxi rufen und mir die Situation erklären könntest, wäre ich dir sehr dankbar. Ich brauche Hilfe, um wegzukommen."

"Warum gebe ich dir nicht mein Telefon und du kannst selbst anrufen?"

"Weil mein Mann jedes Taxiunternehmen in der Provinz anrufen wird. Wenn sie meinen Namen haben, wird er mich finden." Sie schluchzte wieder in das Taschentuch.

Die Kellnerin sagte ihr, dass sie ein Taxi gerufen habe und es gleich vorbeikommen würde.

"Darf ich dich noch um einen Gefallen bitten?" Als das Mädchen nickte, bat Rosemary um ein paar Zigaretten und ein Päckchen Streichhölzer. Mit einem Lächeln willigte das Mädchen ein.

Als das Taxi kam, bedankte sich Rosemary bei der Kellnerin. "Ich werde meinen Sohn eines Tages hierher bringen, um dich kennenzulernen, Liebes." Die junge Frau lächelte und winkte, was Rosemary erwiderte.

"Wohin, meine Dame?", fragte der Fahrer.

"Zum Anwesen von Theodore Anglophone."

Er sah sie in seinem Rückspiegel an und nickte.

"Könntest du mich auf dem Weg zu einem Pfandhaus bringen? Ich habe etwas, das ich gerne verkaufen würde. Natürlich kannst du den Zähler laufen lassen", sagte Rosemary.

"Es ist dein Geld, Lady. Es gibt hier in der Nähe ein Pfandhaus, etwa zwanzig Minuten entfernt. Ich setze dich dort ab und hole mir eine Tasse Tee und ein Stück Kirschkuchen a la mode."

"Vielen Dank, Jimmy", sagte sie, nachdem sie einen Blick auf seinen Lichtbildausweis auf dem Armaturenbrett geworfen hatte.

Jimmy schaute wieder in den Rückspiegel. Als sie ihr Haar zurückschlug, prallte das Sonnenlicht von dem Stein an ihrem Finger ab. Er wich aus, um einem entgegenkommenden Auto auszuweichen. "Das ist ein toller Stein, Lady."

"Danke", sagte Rosemary, während sie in die Ferne starrte.

"Wir sind da", sagte er.

KAPITEL 67

B ALD LANDETE DAS FLUGZEUG in Toronto.

"Ich muss meine Mutter sehen", sagte Ribby.

Viveca rief in der Justizvollzugsanstalt an und erklärte, dass sie die Tochter von Martha Balustrade bei sich habe.

Der Zugang wurde verweigert.

"Das Urteil wird morgen im Gerichtsgebäude verkündet. Lass uns in ein Hotel gehen und ausschlafen", schlug Viveca vor.

"Warum lassen sie mich nicht zu ihr?"

"Man hat mir nur gesagt, dass die Gefangene heute Abend keine Besucher empfangen darf", sagte Viveca. "Welches ist das nächstgelegene Hotel zum Gerichtsgebäude?", fragte sie den Fahrer.

"Das Hilton ist zu Fuß zu erreichen."

Viveca rief an und buchte drei Zimmer. "Ich werde mein Spesenkonto benutzen", sagte sie.

Sie meldeten sich im Hotel an und verabredeten, sich in der Lobby zu treffen. Von dort aus würden sie gemeinsam zum Gerichtsgebäude gehen.

✳✳✳

AM NäCHSTEN MORGEN VERSUCHTEN Stephen und Viveca, Ribby dazu zu bringen, etwas zu essen. Sie schafften es, ihr eine Tasse Tee zu geben, aber mehr auch nicht.

"Ich bin so froh, dass du zur moralischen Unterstützung mitkommen konntest, Stephen", sagte Ribby.

Angela zwinkerte ihm zu.

Viveca erschrak über das unangemessene Verhalten von Ribby. Sie merkte, dass Stephen sich dabei unwohl fühlte. Sie bezahlte die Rechnung und sie verließen das Gebäude. Der Lärm auf der Straße war ohrenbetäubend.

"Verkehrschaos. Gut, dass wir dort laufen können. Willkommen in der Stadt", sagte Stephen.

Sie machten sich auf den Weg zum Gerichtsgebäude.

KAPITEL 68

ANGLOPHONE HATTE EINE UNRUHIGE Nacht erlebt, ohne dass Tibbles da war, um ihn zu managen. In seiner Abwesenheit hatte Anglophone im Haus angerufen. Das hatte er schon viele Male getan. Tibbles half nur zu gerne, indem er die Spieluhr aufzog und ans Telefon hielt. Dieses Mal ging er jedoch nicht ran.

Wenn er ihn das nächste Mal sah, hatte Tibbles besser eine verdammt gute Erklärung parat. Er mochte den Mann, aber er konnte manchmal ärgerlich nachlässig sein.

Als er stundenlang wach saß, dachte er über seinen Sohn und seine Tochter nach. Wo waren sie? Sie müssen irgendwo in der Stadt sein. Er erinnerte sich daran, wie die beiden sich gegenseitig mit Rehaugen anschauten. Er wusste nicht, dass sie Geschwister waren. Auch er hatte sich zu seiner eigenen Tochter hingezogen gefühlt, bevor er wusste, wer sie war, natürlich.

Einen Moment lang stellte sich Anglophone vor, wie er seinem Sprössling seine Vaterschaft gestehen würde. Er ging noch weiter und stellte sich Hochzeiten vor, dann Enkelkinder, die schreiend durch sein Haus rennen und ihn jagen. Er hasste Kinder. Sie gaben sein ganzes Geld aus. Er schüttelte den Kopf, hob die hässliche Lampe neben seinem Bett im Hotelzimmer auf und warf sie gegen die Wand. Sie zerbrach, die Glühbirne sprühte Funken und ging dann aus. Auf keinen Fall würden sie es jemals hören. Zumindest nicht aus seinem Mund. Er war kein Familienmensch. Das würde er auch nie sein. Familienbande brachten nichts als Komplikationen mit sich.

Er dachte über Marthas Lage nach. Sie hatte ihn um Hilfe gebeten.

Am Morgen frühstückte er in seinem Zimmer. Der Kaffee war ungenießbar. Er rief seinen Chauffeur und sie machten sich auf den Weg zum Gerichtsgebäude.

KAPITEL 69

ROSEMARY VERPFÄNDETE DEN RING. Danach ging sie in ein Schreibwarengeschäft, wo sie einen Stift, etwas Papier und einen Umschlag kaufte. Auf dem Weg zu Anglophone's Anwesen schrieb sie einen Brief. Als sie fertig war, versiegelte sie den Umschlag und schrieb auf die Vorderseite: "An Stephen Franklin. Privat und vertraulich". Einen Absender hat sie nicht angegeben.

In der Villa von Anglophone bat Rosemary Jimmy, den Umschlag in den Briefkasten zu stecken. Sie wollte nicht riskieren, Tibbles über den Weg zu laufen.

"Wohin jetzt, Lady?"

"In die Bibliothek. Ich meine die Bibliothek von Anglophone. Weißt du, wo die ist?"

Er drehte den Kopf. "Ich kann dich hinbringen."

"Danke."

Kurze Zeit später kamen sie an der Bibliothek an. Zuerst blieb Rosemary auf dem Rücksitz des Taxis sitzen, während der Taxameter lief, und konnte sich nicht bewegen.

Jimmy fragte: "Ist alles in Ordnung?"

Rosemary verschränkte die Arme um sich und hatte Angst, auszusteigen. Angst davor, zurück zu sein.

Angst vor dem, was sie zu tun gedachte. "Mir geht es gut", sagte sie.

Jimmy schaltete das Radio an. Er summte Elvis mit.

Rosemary öffnete ihre Tür. Sie drückte ihm ein paar Scheine in die Hand: "Danke, Jimmy. Du warst wunderbar und du hast auch eine ziemlich gute Stimme."

"Danke, es wird nie wieder einen Elvis geben." Er stieg wieder in sein Taxi und raste davon.

Als er außer Sichtweite war, ließ Rosemary den Blick über die Bibliothek schweifen. Es war einmal ihr Lieblingsort gewesen. Ihr Zufluchtsort. Und die Luft draußen roch immer noch wunderbar. Die Kiefern, oh die Kiefern. Sie hatte das Gefühl, endlich frei zu sein.

Doch dieses Gefühl hielt nicht lange an. Schon bald begannen die schlechten Erinnerungen wieder in ihrem Kopf herumzuwirbeln. Anglophone, die über ihr standen. Sie folterte sie. Die schwarze Magie. Sie mit Tierblut übergossen. Und das alles nur wegen dieses verfluchten Buches.

Ihre Hände zitterten, als sie in ihre Tasche griff und eine geknickte Zigarette herauszog. Die Kellnerin war so nett gewesen, sie ihr zu geben. Sie zündete sie an und nahm einen langen Zug. Sie hustete, nahm aber noch weitere Züge, bis sich ihre Hände wieder beruhigt hatten.

Weitere Erinnerungen tauchten auf. Erinnerungen, vor denen sie sich versteckt hatte, wurden wie ein Sommergewitter ausgelöst. Anglophone, die sie als Versuchskaninchen benutzten. Sie drohte, zur Polizei zu gehen. Er drohte, ihren Sohn zu töten. Es musste ein Ende haben, dass er sie so quälte. Sie drohte Stephen zu sagen, wer er war.

Dann wurde ein Plan geschmiedet. Ein Kompromiss. Rosemary würde für alle Fälle verschwinden und eine Sterbeurkunde würde ausgestellt werden. Da sie im Geheimen geheiratet hatten, wusste niemand, dass sie ihren Namen geändert hatte. Stephen würde einen Job auf Lebenszeit haben, aber er würde nie erfahren, wer sein Vater war. Er würde nie erfahren, dass er der Erbe von Anglophone's Vermögen ist. Im Gegenzug würde Rosemary die Pflege erhalten, die sie brauchte. Ihre Verbrennungen würden heilen, und alle Kosten würden übernommen werden. Um ihren Sohn zu schützen, willigte sie ein, für den Rest ihres Lebens eingesperrt zu werden. Theoretisch schien das zu diesem Zeitpunkt machbar zu sein.

Nachdem sie Anglophone gebeten hatte, sie freizulassen, und er sich geweigert hatte, hatte sie keine andere Wahl als zu fliehen. Außerdem hatte Stephen es verdient, die Wahrheit zu erfahren. Rosemary musste diejenige sein, die es ihm sagte. Sie setzte sich auf die Treppe zwischen den Bibliotheksbögen und stellte sich vor, wie ihr Sohn den Brief fand und ihn las. Ihre mütterliche Intuition sagte ihr, dass sie das Richtige tat.

Rosemary stand auf und ließ die Zigarette auf den Boden fallen. Sie verbrachte einige Zeit damit, Material zu sammeln. Holzscheite, Stöcke, alles Brennbare, was sie finden konnte. Alles, was sie tragen konnte. Sie legte das Anzündholz in die Eingangstür und zündete es an, dann fügte sie die größeren Stücke hinzu. Mit weit ausgebreiteten Armen stand sie zwischen den Holzbögen und wartete darauf, dass die Flammen sie verschlangen.

Der Rauch wäre meilenweit zu sehen gewesen, aber jeder, der sich die Mühe gemacht hätte, es zu bemerken, war entweder weg oder tot.

Die Holzbögen brachen ein, bevor das Feuer Rosemary erreichte. Während die Flammen in ihrem peripheren Blickfeld tanzten, zertrümmerten die einstürzenden schweren Balken ihren Schädel. Kein Leiden mehr. Keine Schmerzen mehr.

KAPITEL 70

IM GERICHTSGEBÄUDE NUTZTE VIVECA ihren Presseausweis, um ihnen einen Platz ganz vorne zu verschaffen, obwohl der Gerichtssaal brechend voll war. Auf dem Weg zu ihren Plätzen bemerkte Ribby ein paar bekannte Gesichter, darunter auch Nachbarn. Sie hasste die Vorstellung, dass ihre Mutter vor Gericht stand, geschweige denn ins Gefängnis musste.

Lass uns rausgehen und eine rauchen.

Nein, Mutter wird gleich kommen.

Na und? Sie wird nirgendwo hingehen.

Ha. Ha.

Die Atmosphäre im Gerichtssaal war außer Kontrolle. Die Klatschtanten tratschten. Diejenigen, die nichts Wichtiges zu sagen hatten, fügten noch ihren eigenen Senf dazu. Als Martha hereingebracht wurde, blieben alle stehen und starrten sie an.

Die Gefangene war ungepflegt. Der graue Anzug, den sie trug, passte nicht zu ihr. Sie hatte abgenommen. Ribby fand, dass ihr von Flammen vernarbtes Gesicht einer wandelnden Leiche glich.

Mensch, sogar ich habe irgendwie Mitleid mit ihr.

Ribby schluchzte.

Martha sah zu ihrer Tochter auf und hätte fast gelächelt, doch dann wandte sie den Blick ab.

"Erhebt euch", sagte der Landvogt. "Das Gericht dieser Provinz tagt jetzt. Den Vorsitz führt der ehrenwerte Richter Delvecchio."

Der Richter begrüßte alle Anwesenden und setzte sich. Der Gerichtsdiener deutete an, dass alle im Gerichtssaal das Gleiche tun sollten.

Ribby sah die Frau an, die das Schicksal ihrer Mutter in den Händen hielt. Selbst aus dieser Entfernung hatte sie freundliche Augen, und Ribby hoffte, dass die Frau Gnade walten lassen würde.

"Martha Balustrade, ich spreche dich in allen Punkten schuldig."

Im Gerichtssaal herrschte Aufruhr.

Richterin Delvecchio stand auf und rief: "Ruhe!" Sie ließ sich auf ihren Platz zurückfallen. "Ich bin jetzt bereit, das Urteil zu fällen." Sie hielt inne. Alle Anwesenden hielten den Atem an.

"Martha Balustrade, du wirst zu zwanzig Jahren Gefängnis verurteilt."

Martha blieb stumm.

Ribby stand auf und sagte: "Aber sie hat es nicht getan."

"Ruhe, Ruhe!" sagte Delvecchio, als sie den Hammer zuschlug. "Ruhe oder ich lasse den Gerichtssaal räumen!"

Halt die Klappe, Ribby! Halt die Klappe!

Als es still wurde, sprach die Richterin zu Ribby. "Und wer bist du?"

Um Himmels willen, Ribby hielt die Klappe!

"Euer Ehren, mein Name ist Rebecca Balustrade, aber alle nennen mich Ribby. Ich bin die Tochter von Martha."

Stimmen ertönten. Noch mehr Chaos. Die Richterin drohte erneut damit, den Raum zu räumen. Sie forderte Ribby auf, fortzufahren.

Der Anglophone trat ein.

"Meine Mutter ist unschuldig, und ich weiß, dass das wahr ist."

Ribby, bitte.

"Und woher weißt du das?" fragte Richter Delvecchio.

Einen Moment lang herrschte Schweigen, während Ribby ihre Fäuste ballte und wieder löste, so wie Angela es ihr beigebracht hatte.

Ribby verschwand und Angela übernahm die Führung. Sie kramte in ihrer Handtasche, zog eine Zigarette heraus und zündete sie an. Sie nahm einen Zug, ließ die Zigarette auf den Boden fallen und drückte sie aus. Sie schaute in die Richtung von Richter Delvecchio.

"Sie, Ribby, hat keine Ahnung. Sie ist so unreif, dass sie mich— ihren imaginären Freund— geschaffen hat und sie ist in den Dreißigern. Sie hat in ihrem Leben schon viel durchmachen müssen, unter anderem das Leben mit dieser armseligen Mutter." Angela drehte sich um und zeigte auf Martha.

Die Tränen kullerten über Marthas Wangen.

Angela. Nein.

Angela fuhr fort: "Also habe ich die Dinge getan, zu denen sie nicht in der Lage war. Allesamt."

Alle lehnten sich vor. Sie hatte ihre volle Aufmerksamkeit. Das Publikum hing an jedem ihrer

Worte. Sie fühlte sich so stark, als würde sie in einem Shakespeare-Stück einen Monolog halten. Sie war nie ein Fan des Barden gewesen, aber Ribby las ihn. Er langweilte sie zu Tränen. "Was die Person Wheeler angeht, er hat Tante Tizzy vergewaltigt. Ich hatte keine andere Wahl. Ich musste ihn von ihr wegbringen. Er hat sie umgebracht."

Angela hörte auf zu sprechen. Sie wandte ihren Blick erst zu Anglophone und dann zu Martha, bevor sie sich wieder dem Richter zuwandte.

Ihre Zuhörer hatten lange genug gewartet. "Ich beschloss, die Leiche loszuwerden. Der Plan war, ihn in seinem Van von der Klippe zu fahren. Gut, dass wir ihn los sind. Er war nichts mehr wert. Tizzy sollte aus dem Van springen, bevor er umkippte, aber sie tat es nicht. Sie ist auch umgekippt."

Martha stand auf. Sie wollte etwas sagen, aber ihr Anwalt brachte sie zum Schweigen und zog sie zurück auf ihren Sitz.

"Ruhe! Ruhe!" brüllte Richter Delvecchio. "Ich werde den Gerichtssaal räumen, wenn sich nicht alle beruhigen."

Angela ging hinüber zu Marthas Tisch. Sie schenkte sich ein Glas Wasser ein. Sie trank einen Schluck und schaute den Richter an, der sagte: "Wir warten."

"Normalerweise komme ich nicht so oft zum Reden", sagte Angela. "Jedenfalls nicht laut. Es ist eine durstige Arbeit."

Im Gerichtssaal wurde viel gelacht. Richterin Delvecchio wurde ungeduldig und schlug mehrmals mit dem Hammer zu. Sie stand auf und öffnete ihren Mund....

Angela unterbrach sie. "Ich gestehe auch den Mord an einem Türsteher auf der anderen Seite der Stadt. Ich habe ihn in Selbstverteidigung getötet, weil er versucht hat, mich zu vergewaltigen."

Was? Angela?

Du weißt nichts, Ribby.

Angela hielt inne. "Hier stehe ich also vor dir. Schuldig an allem. Ich erzähle euch keine Lügen. Ich habe diese Dinge getan, aber Rebecca, ich meine Ribby Balustrade, ist unschuldig. Weißt du, von Anfang an konnte ich sie ausblenden. Ich konnte sie völlig in Beschlag nehmen. Wenn ihr also jemanden anklagen wollt, dann müsst ihr mich anklagen. Die Sache ist die, dass ich gar nicht existiere. Ich bin nicht Ribby. Ich bin Angela."

Anglophone stand auf.

Angela sagte: "Sie hat sogar ihre Jungfräulichkeit verloren, ohne es zu wissen. Sie weiß es immer noch nicht."

Ribby schrie auf.

Anglophone drängte sich durch seine Reihe, hinaus und in den Mittelgang. Er hob seinen Stock in die Luft und wurde sofort entwaffnet und zu Boden getackelt. Als er aus dem Saal geschleift wurde, schrie er: "Ich bin Theodore Anglophone!"

Das interessierte niemanden.

"Ruhe im Gerichtssaal! Ich sagte Ordnung!" schrie Richterin Delvecchio, während sie mehrmals auf den Hammer schlug. Als alle ruhig waren, sagte sie: "In Anbetracht dieser neuen Informationen wird die Klage abgewiesen. Martha Balustrade, du kannst gehen. Nach einem psychiatrischen Gutachten wird sofort eine neue Verhandlung beginnen. Beamtinnen und Beamte, bitte bringen Sie Frau Balustrade bis zur weiteren Untersuchung in den Arrest."

Martha standen die Tränen ins Gesicht geschrieben: "Aber ich bekenne mich schuldig. Ich akzeptiere das Urteil. Sperren Sie mich bitte ein. Lass meine Tochter gehen."

"Zu wenig zu spät, liebste Mami."

Der Hammer fiel wieder und der Richter sagte: "Dies ist ein Gericht und wir verurteilen hier Mörder, keine schlechten Mütter. Ich könnte dich wegen Missachtung des Gerichts verurteilen. Ich könnte dich zu einer Geldstrafe verurteilen, weil du die Zeit des Gerichts verschwendest. Für Meineid. Für die Beherbergung eines Mörders. Für die Behinderung der Justiz. Verstehst du das Wesentliche? Ich rate dir, dich auf den Weg zu machen und das Gericht tun zu lassen, was wir tun müssen. Die Gerichtssitzung wird jetzt vertagt. Räumen Sie den Gerichtssaal, Gerichtsvollzieher." Richterin Delvecchio stand auf. Alle anderen folgten ihr und sahen ihr nach, als sie in ihrem Zimmer verschwand.

Martha beobachtete ihre Tochter, als die Beamten ihr Handschellen anlegten und sie abführten. Angela warf Martha einen Blick über ihre Schulter zu und grinste. Es war fast so, als ob dieser Blick Marthas Herz zum Stillstand gebracht hätte, zumindest erzählten sie die Geschichte hinterher so. Martha stürzte zu Boden und war tot, bevor der Krankenwagen eintreffen konnte.

KAPITEL 71

MARTHA BALUSTRADE WURDE IM Beisein ihrer Tochter beerdigt. Ribby wurde von zwei Beamten bewacht und trug ihr graues Gefängnisgewand mit gefesselten Händen und Füßen. Die Wachen drückten ihr einige Blumen in die Hand. Sie warf sie auf den Sarg, als sie sich endgültig verabschiedete.

Ist das nicht die Limousine von Anglophone?

Ja. Ich frage mich, warum er nicht aussteigt.

Nach seinem Auftritt im Gerichtssaal ist es ein Wunder, dass er überhaupt hier ist.

Er kannte meine Mutter kaum.

Ich habe immer noch keine Ahnung, was er vorhatte.

Er hatte Glück, dass sie ihn nicht erschossen haben.

Anglophone war dort, blieb aber lieber in seiner Limousine. Er überlegte ein paar Mal, ob er aussteigen und seine Aufwartung machen sollte. Er dachte auch daran, alles zu gestehen. Anstatt sich den Dingen zu stellen, befahl er seinem Fahrer, ihn nach Hause zu bringen.

Auf dem Weg dorthin schlief er ein wenig und als das Auto vor dem Haus hielt, bemerkte er einen leuchtend orangefarbenen Umschlag, der aus dem Briefkasten ragte. Nachdem er ihn gelesen hatte, zerriss er ihn in Fetzen.

Anglophone rief seinen Fahrer zurück. "Bring mich in die Bibliothek."

Als Anglophone dort ankam, war das Feuer bereits ausgebrannt.

Anglophone sah sich die geschwärzten Trümmer an. Alles, was von Rosemary übrig geblieben war. Ihm wurde klar, dass das der Grund war, warum Stephen seine Mutter nicht hatte sehen dürfen. Deshalb war er gezwungen gewesen, im Krankenhaus so einen Aufruhr zu verursachen. Die Idioten hatten sie entkommen lassen. Er hatte fast ein schlechtes Gewissen, weil er seinen Lohn gekürzt hatte. Fast. Er musste das Krankenhaus anrufen, damit sie ihre Überreste einsammeln konnten. Sie würden es vertuschen, denn er war ihr größter Spender. Sie würden es aus den Zeitungen heraushalten. Keiner würde es je erfahren. Schließlich war Rosemary bereits tot. Durch ihren Selbstmord hatte sie es Stephen unmöglich gemacht, jemals zu erfahren, wer sein Vater war.

Der Anglophone war aufgewühlt, als der Chauffeur ihn zu Hause absetzte. Er erwartete, dass Tibbles dort sein würde, um ihn zu begrüßen und zu trösten, aber von seinem treuen Diener war nichts zu sehen.

"Tibbles!", brüllte er.

Seine Stimme hallte im ganzen Haus wider, aber es kam keine Antwort. Anglophone war zu erschöpft, um zu versuchen, ihn zu finden. Er ging in sein Zimmer, drehte die Spieluhr auf und schlief eine Weile ein.

Als er aufwachte, spürte er, wie ein Schrecken durch seine Seele ging und er schrie nach Tibbles. Er zog und zog so oft an der Glocke, dass sie wieder aus der Decke fiel. Doch es kam niemand.

Er fühlte sich sehr allein, und das war er auch.

Außer Tibbles, der tot in seinem eigenen Zimmer lag, und Abbey, die unter den Rosen begraben war.

KAPITEL 72

NACH EINEM AUSFÜHRLICHEN PSYCHIATRISCHEN Gutachten ging Ribbys Prozess schnell über die Bühne. Sie wurde zu zwanzig Jahren Gefängnis verurteilt. Zehn Jahre für jeden Mord, abzüglich der bereits verbüßten Zeit. Der Tod von Tizzy wurde als Selbstmord gewertet.

Ribby weinte tagelang ununterbrochen, was sich zu Wochen ausweitete. Sie war nicht in der Lage, in der feindlichen Umgebung zurechtzukommen. Sie lebte am Rande des Existenzminimums.

"Sie redet wieder mit sich selbst", sagte Ribbys Zellengenossin Shona. Shona war für die Morde an ihrem Mann und ihren beiden Kindern verurteilt worden.

Der Gefängniswärter kam, um die Situation zu beurteilen. Er sah, wie Ribby sich auf ihrem Bett räkelte und schaukelte. Er wies Shona zurecht und sagte ihr, sie solle aufhören zu schreien oder er würde sie in Einzelhaft stecken.

"Ach komm schon", sagte Shona. "Ich habe nichts getan."

"Noch ein Wort und du kommst in die Einzelhaft", sagte der Wärter.

Shona streckte ihm trotzig die Zunge heraus, als der Wärter sich umdrehte und wegging. Sie sah ihm noch ein paar Sekunden lang nach, bevor sie sich umdrehte und Ribby gegenüberstand. "Ich beobachte dich, du Schlampe!"

Ribby drehte ihr Gesicht zur Wand.

"Dreh mir nicht den Rücken zu, Schlampe!" sagte Shona und gab ihr einen Schubs.

Angela stand auf und packte Shona an der Kehle. Sie stieß sie mit einer Wucht gegen die gegenüberliegende Wand, die die Zellengenossin überraschte. Shonas Kopf schnappte nach hinten. Er knackte, als er auf die kalten Ziegelsteine traf.

Mit ihren Händen um Shonas Hals sagte sie: "Lass mich ein paar Dinge klarstellen. Erstens: Du wirst nicht mit mir reden. Nummer zwei: Du wirst mich nicht anfassen. Und drittens: Wenn du eines der beiden Dinge tust, die ich gerade erwähnt habe, werde ich dich töten."

Shonas Augen schwammen in ihren Höhlen herum. Sie versuchte zu antworten, aber sie konnte nur noch nach Luft schnappen. Mit einem Nicken willigte die Frau ein.

Angela kehrte zu ihrem Bett zurück, aber bevor sie sich auf die dünne Matratze legte, nahm sie etwas Wasser und schüttete es Shona ins Gesicht. Diese Aktion riss die Zellengenossin aus ihrer Benommenheit.

Shona verbreitete die Nachricht über Ribby. Mit ihr war nicht zu spaßen. Ein paar andere versuchten es, aber Angela schaltete sie sofort aus. Sie hatte genug von Ribbys Wehleidigkeit und Opferrolle für ein ganzes Leben.

Die Jahre vergingen. Zellengenossen kamen und gingen.

Angela behielt die volle Kontrolle. Sie wurde sowohl respektiert als auch gefürchtet. Mit der Zeit gehörte ihr der Ort. Es war jetzt ihr Gefängnis und sie hatte die Kontrolle über es und über Ribby. Das Leben war lebenswert.

KAPITEL 73

Einige Jahre später stattete Anglophone der Justizvollzugsanstalt einen unerwarteten Besuch ab. Er besuchte nicht Ribby. Stattdessen traf er sich mit dem neu ernannten Gefängnisdirektor, J. B. Bedford. Bedford war der Enkel eines alten Bekannten, der ihm noch einen Gefallen schuldete.

"Ich würde hier gerne eine Bibliothek finanzieren", sagte Anglophone. Anglophone war jetzt haarlos. Sein Körper zitterte die ganze Zeit und er konnte nicht lange stehen.

"Das ist sehr großzügig von dir", antwortete Bedford. "Aber um ehrlich zu sein, könnten die Insassen viele Spenden gebrauchen. Ich meine, vor den Büchern."

Der Anglophone lehnte sich dicht an Bedford heran. "Mach eine Liste und schick sie mir. Geld ist kein Thema, aber eine Bibliothek ist ein Muss und zwar schnell. Ich bin ein alter Mann."

"Klar doch", sagte Bedford. "Wenn du das Geld hast, benennen wir sie sogar nach dir."

"Nein", sagte Anglophone. "Ich will keine Anerkennung. Ich möchte aber, dass du eine der Insassinnen einbeziehst. Sie kann bei der Einrichtung und Instandhaltung der Bibliothek helfen. Ihr Name ist Ribby Balustrade. Sie ist eine qualifizierte Bibliothekarin. Natürlich werde ich Kisten voller Bücher spenden."

Bedford kannte Ribby Balustrade. Sie war eine Balltreterin, die sich während ihres bisherigen Aufenthalts als neue Königin der Insassenschar an die Spitze gesetzt hatte. Bedford tat nicht so, als wäre er überrascht, als er sagte: "Sie scheint nicht der Typ Bibliothekar zu sein."

"Ribby Balustrade ist in der Tat der Bibliothekar-Typ. Sind wir uns einig?"

"Na klar", antwortete Bedford.

"Oh, und noch etwas", sagte Anglophone. "Sie darf nie von meiner Beteiligung erfahren. Ich meine, niemals."

"Verstanden", sagte Bedford.

***

ALS ANGELA DIE NACHRICHT über die neue Bibliothek hörte, war sie nicht begeistert. Bibliotheken und Bücher waren lahm. Sie hatte hart an ihrem Ruf gearbeitet. Sie wollte ihren Status im Gefängnis behalten. Sie musste ihr Profil aufrechterhalten. Um die Angst aufrechtzuerhalten. Ohne Angst würde sie alles verlieren, wofür sie so hart gearbeitet hatte. Sie würde Ribby nicht beschützen können, wenn sie sich ständig in der Bibliothek herumtreiben würde.

Lesen ist absolut langweilig und wenn du willst, dass ich dich beschütze, dann muss ich hier das Sagen haben.

Wenn die Gefangenen erst einmal eine Bibliothek haben, werden sie etwas zu tun haben. Es wird besser werden.

Oh mein Gott, Ribby, kannst du so dumm sein? Echt jetzt?

Vor der Idee mit der Bibliothek war Ribbys Persönlichkeit gerne in den Hintergrund getreten. Jetzt ist sie wieder aufgetaucht. Ribby fühlte sich fast glücklich.

Ich werde anderen helfen können. Sie mit Büchern bekannt machen. Und als Bonus werde ich lesen können, was immer ich will.

*Wir haben alle Zeit der Welt, um uns zu langweilen und
uns eine Zielscheibe auf den Rücken zu legen.
Es wird alles gut werden. Ich weiß es.
Weck mich auf, wenn es vorbei ist.*

✳✳✳

R IBBY STAND IN DER Mitte des ungenutzten Raumes. Er würde bald zu einer Bibliothek umgebaut werden. Er war geräumig genug, aber die nackten Holzsparren an der Decke waren hässlich. Genauso wie die kalten Backsteinwände und der Schieferboden. Die Wände könnte sie mit Bücherregalen verkleiden und den Boden mit Teppichboden auslegen. Die Decke war jedoch ein ganz anderes Thema.

Täglich kamen Kisten an, gefüllt mit alten und neuen Büchern. Ein paar der Kisten mussten mit einem Brecheisen geöffnet werden. Im Inneren der Kisten waren die Bücher mit Seilen in Kategorien eingeteilt. Ribby füllte die Regale und brachte alles in die richtige Reihenfolge.

Als die neue Bibliothek fertig war, stand Ribby neben Gefängnisdirektor Bedford. Die Insassen versammelten sich zur großen Eröffnung. Das Band wurde feierlich durchgeschnitten.

Ihre Mitgefangenen kamen in kleinen Gruppen herein. Ribby zeigte den Ort. Sie war stolz auf die Tische und Stühle und die Teppiche. Und die Bücher, so viele Bücher! Ganz zu schweigen von den Schiebeleitern, die den Zugang erleichtern. Eine Sache, die sie nicht ändern konnten, waren die Holzbalken an der Decke. Sie waren immer noch hässlich, aber die Beleuchtung half, sie zu verbergen.

Die meisten Gefangenen reagierten positiv auf die Bibliothek. Mit Ausnahme von Angela.

Ribby, diese Frauen sind extrem gefährlich. Es ist nur eine Frage der Zeit, bis sie wieder hinter uns her sind.

Mach dich nicht lächerlich. Diese Bibliothek ist ein Wendepunkt.

Ribbys Besessenheit von der neuen Bibliothek gab Angela allen Grund, sich mehr und mehr fernzuhalten.

Eines Nachmittags sprach Ribby mit dem Aufseher darüber, einen Buchclub zu gründen. Er hielt das für eine gute Idee, aber da sie nur ein Exemplar von jedem Buch hatten, wäre es schwierig, einen traditionellen Buchclub zu veranstalten. Ribby fragte, ob sie sich an örtliche Buchhandlungen wenden und um zusätzliche Exemplare bitten könne. Bedford warf ihr ein paar Münzen für das Münztelefon zu. Es dauerte ein paar Tage, bis sie eine Zusage bekam, dann traf eine Spende von fünfundzwanzig Büchern ein. Das allererste Buch für den Gefängnisbuchclub sollte Fjodor Dostojewskis "Verbrechen und Strafe" sein.

Als die ersten fünfundzwanzig Exemplare zur Verfügung standen, sprachen die Insassen über das Buch. Sie wollten es auch lesen. Das Konzept des monatlichen Buchclubs wurde zu einem wöchentlichen Buchclub. Die Gefangenen standen Schlange, um mitzumachen.

Wann werden wir jemals etwas Spaß haben?

Das macht Spaß und wir bewirken etwas. Schau dir die anderen Gefangenen an. Wir tun hier etwas Gutes.

Du bist ein echter Tausendsassa.

Oh, danke.

Du hast das Wort "langweilig" in das Wort "langweilig" verwandelt.

Also, dann geh weg. Ich brauche dich nicht mehr.

Der Gefängnisdirektor bemerkte einen großen Unterschied im Verhalten seiner Insassen. Er rief Ribby in sein Büro. Er bedankte sich bei ihr für die Vorschläge. Als neuer Direktor wollte er sich unbedingt profilieren, und Ribby half ihm dabei, sich zu profilieren.

Er fragte sie, ob sie noch andere Ideen habe, wie sie die Situation ihrer Mitgefangenen verbessern könne. Ribby schlug Autorenlesungen vor. Der Aufseher sagte, er kenne jemanden, der einen beliebten Autor aus Maine kenne. Ribby schickte über den Freund des Gefängnisdirektors einen Brief, in dem sie erwähnte, dass der Buchclub bald "Stand By Me" lesen würde. Schon bald spendeten Autoren aus der ganzen Welt Bücher und baten darum, ins Gefängnis zu kommen, um über ihre Bücher zu diskutieren.

Der Gefängnisdirektor rief Ribby erneut zu sich und fragte sie, ob sie weitere Ideen habe. Sie erwähnte einen Familientag, an dem die Insassen ihren Kindern vorlesen konnten. Sie beobachtete oft Familien, die im Versammlungsraum zusammensaßen, umgeben von Gefängniswärtern. Die Kinder sahen zu verängstigt aus, um zu sprechen. Das war für die ganze Familie ineffektiv. Sie schlug vor, einen Teil der Bibliothek abzusperren, wo jeweils eine Familie gemeinsam lesen konnte. Der Direktor hielt das für eine ausgezeichnete Idee und bot an, es zu versuchen. Durch Mundpropaganda kamen weitere Spenden von Buchhandlungen hinzu. Sie fügten eine Abteilung für Kinder hinzu.

Ribbys nächster Vorschlag: Häftlinge, die nicht lesen konnten, sollten es lernen.

Als Nächstes bat sie um Spenden, um eine Job-Ecke einzurichten. Computer wurden angeschafft und an das WI-FI angeschlossen, damit die Insassen vor ihrer Entlassung an ihren Lebensläufen arbeiten konnten.

Das sprach sich im gesamten Gefängnissystem herum. Gefängnisdirektor Bedford wurde mit Lob und Auszeichnungen bedacht. Er versäumte es nie, Ribbys Beitrag zu erwähnen.

***

Eine Kiste mit Büchern wartete darauf, ausgepackt zu werden. Ribby schnitt sie auf. Auf dem hinteren Umschlag war die Silhouette eines Mannes abgebildet.

Anglophone.

Glaubst du, er hat das alles gemacht? Und warum haben wir nicht früher gemerkt, dass er es war?

Ich bin mir nicht sicher, jetzt scheint es offensichtlich zu sein. Ich frage mich allerdings, warum er es getan hat.

Schuldgefühle? Gewissensbisse?

Liebe?

Ribby war ganz oben auf der Leiter, als Angela das Seil um den hölzernen Sparren festzog. Sie machte eine Schlinge und steckte ihren Kopf hinein. Als sie fertig war, begann sie zu singen:

Goody Two-shoes, Goody Two-shoes!

Ribby blieb standhaft. Sie löste das Seil um ihren Hals.

Nein.

Angela bemühte sich, die Kontrolle zu erlangen, griff nach dem Seil und legte ihren Kopf erneut hinein. Als sie sich von der Leiter stieß, gelang es Ribby, sich mit einer Hand an der obersten Sprosse festzuhalten. Mit dem Seil, das immer noch um ihren Hals befestigt war, hielt Ribby sich fest.

Angela versuchte, sich erneut abzustoßen, während sie immer noch die Melodie summte. Durch die schiere Kraft löste sich Ribbys Hand.

Ribby und Angela hingen einen Moment lang, dann schienen sie dem Licht entgegen zu fliegen. Aber das Seil war nicht lang genug. Sie pendelten und prallten dann gegen die Leiter. Sie wurde zur Seite geschleudert und an die gegenüberliegende Wand geschleudert, wo sie mit einem dumpfen Aufprall landete.

Ein Krankenwagen kam zu spät.

Epilog

Einige Jahre später traf ein Brief von Anglophones Anwalt ein, der an Stephen gerichtet war.

Darin wurde die Wahrheit enthüllt: Stephen war Anglophones Sohn und Alleinerbe.

"Gibt es etwas Interessantes?", fragte seine Frau Viveca.

"Überhaupt nicht", antwortete Stephen, während er den Brief ins Feuer warf.

Das glückliche Paar saß zusammen auf dem Sofa, während ihre Tochter Rebecca ein Buch las.

Quote

"Die Bürgermeisterin beschwerte sich, dass der
Eintopf kalt war;
'Und dein ganzes Geschwätz', sagte sie.
'Na und, Goody Two-shoes, was soll's?
Halt, wenn du kannst, dein Geschwätz", sagte er.
CHARLES COTTON

Ein Wort des Autors

Danke, dass du Ribby's Secret gelesen hast. Ich hoffe, du hattest genauso viel Spaß beim Lesen wie ich beim Schreiben!

Ribby's Secret begann als Kurzgeschichte im Jahr 2011. Die Geschichte endete, als Ribby in Marthas Getränk spuckte.

Es dauerte nicht lange, bis Angela anfing, mit mir zu reden. Ich ignorierte sie und sagte, das Projekt sei abgeschlossen, aber sie blieb hartnäckig.

Dann kam Theodore Anglophone.

Acht Jahre später wurde die englische Version veröffentlicht und ich dachte, es wäre an der Zeit, Ribbys Publikum zu erweitern.

Ich möchte mich bei meinen Korrekturlesern und Beta-Lesern bedanken - im Laufe der Jahre waren es viele. Und nicht zuletzt danke ich meinen Endredakteuren LF & MC - ihr beiden Damen seid ROCK!

Danke auch an meinen Mann und meinen Sohn, die immer für mich da sind.

Wie immer - viel Spaß beim Lesen!
Cathy

Über den Autor

Die mehrfach preisgekrönte Autorin Cathy McGough lebt und schreibt mit ihrem Mann, ihrem Sohn, ihren zwei Katzen, und einem Hund in Ontario, Kanada. Wenn du Cathy eine E-Mail schreiben möchtest, kannst du sie hier erreichen:

cathy@cathymcgough.com

Cathy liebt es, von ihren Lesern zu hören.

Auch von:

FICTION
Jedermanns Kind
Dreizehn Kurzgeschichten (darunter:
Der Regenschirm und der Wind
Margarets Enthüllung
Löwenzahnwein (READERS' FAVOURITE BOOK AWARD
FINALIST))
Interviews mit legendären Schriftstellern aus dem
Jenseits (2ND PLACE BEST LITERARY REFERENCE 2016
METAMORPH PUBLISHING)
Plus Size Göttin
NON-FICTION
103 Fundraising-Ideen für ehrenamtlich tätige Eltern
mit
Schulen und Teams (3. PLATZ BESTE REFERENZ 2016
METAMORPH PUBLISHING.)
+
BÜCHER FÜR KINDER UND JUNGE ERWACHSENE

9 781998 304530